クラシックシリーズ 2

千里眼 ミドリの猿 完全版

松岡圭祐

角川文庫 14927

目次

暗転

歩道へ降りる短い階段に一歩を踏みだしたとき、足がずぶりと泥にめりこむような感覚をおぼえた。

まただ。須田知美《すだともみ》はそう感じた。

耳鳴りがする。視界に霧がかかったようだった。目黒通りにつらなるクルマのオレンジがかったテールランプが、妙に美しく思える。点滅する歩行者用信号、向かいのビルのショーウィンドウやクルマのメタリックなパーツに反射する陽の光。さまざまな光がすべての時間の流れを飲みこむ。

なにもきこえなくなった。身体が妙に軽い。子供の手をはなれてしまった風船のように、全身が浮きあがっていく。

風景が揺れていた。横断歩道を渡る人の流れが、上から下へ向かっている。身体が大きく傾いていた。だが、なにも感じない。そのまま、身体は空気のなかを漂っていく。ゆっくりと、宙に投げだされていく……。

衝撃を感じ、知美は息を呑《の》んだ。

肩を誰かにつかまれていた。ふいに、身体の重さを感じた。

ビルの出口の階段で、知美は転げ落ちる寸前にまで体勢を崩していた。

「だいじょうぶかね」しわがれた男の声がした。「さあ、ほら。ちゃんと立ちなさい」

目の前に、頭の禿《は》げあがった老人の顔があった。耳のそばにわずかに白髪を残している。歳のわりには、腕力がある。意識が回復して、最初に頭に浮かんだのはそんなことだった。

知美はあわてて、身体を起こした。ふらつきながら、足もとを見る。高校指定の黒靴は、カーキいろのブロック製の階段を踏みしめていた。靴底を通して硬さがつたわっていた。

老人が心配そうな視線をこちらに向けている。まわりがゆっくりと動きだしていた。街の喧騒《けんそう》が戻ってきた。横断歩道に流れるカッコーの鳴き声、クルマのエンジン音やクラクション、人々のざわめき。

老人がとがめるようにいった。「そんな華奢《きやしや》な身体で転んだら、骨がぽっきり折れちまうぞ」

「すみません」知美は頭をさげた。

「気をつけてな」老人の声は優しさを帯びたものになった。「うちのビルで怪我人を出したかないんでね」

知美が顔をあげると、老人は目を細めて小さくうなずき、背を向けた。知美がでてきたビルのなかへ入っていく。エレベーターには向かわずに、傍《かたわ》らのドアに入るのがみえた。このビルの管理人のようだ。

思わずため息が漏れる。玄関のガラスにうつった自分の姿を見やった。制服の襟もとが乱れていた。それを整えてから、ビルを見あげる。

赤羽《あかばね》精神科。三階の窓に、大きくそう記されていた。

いま診療をうけたばかりだというのに、こんな調子だ。ひきかえして、先生に診てもらうべきだろうか。

いや、多少の立ちくらみは気にしなくていい、院長の赤羽喜一郎《きいちろう》先生はさっきそういっていた。頻繁に起きるようなら、お薬を飲みなさい。いつもどおりの指示だった。

こんなときは、はやく家に帰るにかぎる。

落としていたカバンを拾いあげ、階段をゆっくり下りた。

風に吹かれ、学校のチャイムの音が耳に届いた。近くの小学校からきこえてくる、午後五時を告げる鐘の音。

歩道では誰もがコートの襟をひきよせ、うつむきながら足ばやに通りすぎていく。その流れに加わることに、知美は一瞬ためらいをおぼえた。せかせかした行動は苦手だった。心拍が速まりつつある。それにつれて、また足場が柔らかくなってきた。ぬかるんだ地面のような感触……。

だめだ。知美は立ちどまった。急いだりあわてたりすると、すぐにこんなふうになる。コンビニに立ち寄って気を落ち着かせてから、知美はまた外にでて、歩きだした。

そのとき、身体が凍りついた。

この国の言葉でない言語がきこえてきた。金髪の白人男性がふたり、連れ立って歩いてくる。談笑する声が、いやに耳障りにきこえる。何メートルも離れているのに、耳もとでささやかれているようだ。言葉の節目に唾液《だえき》の音が響いている。

よく見ると、ふたりとも口が耳もとまで裂けている。爬虫類《はちゅう》のような舌が、波うちながらのぞいている。

また始まった。もう。こんなときに……。

知美は走りだした。ひとの流れにさからって、来た道を駆け戻った。人々が無表情にこちらを見やる。視線が突き刺さるように痛かった。

耐えきれない。知美は路地に入った。

ビルの谷間の薄暗い路地だった。さびついた自転車や古い型のテレビが放置されている。

いたるところに半透明のゴミ袋が散乱していた。黒い猫一匹が頭をもたげ、逃げだしていった。

息が詰《つ》まる。ぜいぜいという呼吸音が、路地にこだました。

しばらくその場に留《とど》まっていると、靴の音が耳に届いた。

知美はびくっとして顔をあげた。

黒いコートを着た男。背はそれほど高くないが、ほっそりとした身体つきがそこにあった。

「心配しないで」と男はいった。

ふしぎだった。霧が晴れていくように、恐怖がやわらいでいく気がした。

年齢は二十代後半から三十歳ぐらいに思えるが、落ち着き払った口調からすると、もう少し上かもしれない。

色白で頬のこけた、神経質そうな顔だった。それでもなぜか、柔和な顔だちに見える。ウェーブのかかった前髪で片目が隠れそうになっている。

口もとはしっかりと結ばれ、鼻すじが通り、切れ長の目がじっと知美を見つめていた。

「だいじょうぶ?」男はそういって、手をさしのべてきた。

知美はとっさに、その手から逃れようとした。敵意がないことはわかる。だが、いまはなにもかも異常なのだ。だれとも出会いたくない。

「いいんです」震える声で、知美はいった。「わたしのことは、かまわないでください」

「なぜ」男は静かにきいた。

「なんでもありませんから」

男は微笑んだ。やさしい口調でいった。「女の子がひとりでこんなところにいて、なんでもないわけがないだろう?」

「でも、わたしは、いま……ちょっと、おかしいですから」

「そんなことはない。きみはおかしくなんかない」

「そんな……。だって、へんなことばかり起きるし。わたし、もともと、精神科に通っているし……」

男は首を横に振った。「精神科に通っているというだけなら、風邪をひいているのとたいして変わらないよ。自分が異常じゃないことはきみ自身がよくわかってるはずだ。だから、心配しないで。きみはおかしくなんかない。おかしいのは、周りのほうなんだ」

「周り……?」

男はコートを脱ぐと、知美に羽織らせた。毛布のように温かい。

男は黒のジャケットに黒シャツ、ブルーのネクタイといういでたちだった。ひとめで高級そうなものだとわかるが、男はスラックスが汚れてしまうのも意に介さないようすだった。

「僕の名前は嵯峨《さが》敏也《としや》。きみの名前は？」

「須田知美……」

「さっき赤羽精神科から出てきたろ？　きみも、緑色の猿を見たのかい？」

「緑色の猿って？」

「……まあいい」嵯峨は懐からキーをとりだした。「この路地を戻って左手にまっすぐいくと、一階に自転車屋が入ったマンションのビルがある。知ってる？」

学校の帰り道にいつも通りかかる場所だ。知美はうなずいた。「ええ」

「よし。これはそこの二〇四号の部屋の鍵《かぎ》だ。僕が都内のあちこちに借りている部屋のうちのひとつだよ。精神的に辛いときには、いつでも休憩所がわりに使うといい」

「どうして？　嵯峨さんって、いったい……」

「きみは、不測の事態に巻きこまれた可能性があるんだよ。赤羽精神科には、もう行かないほうがいい。すぐご両親に電話して……」

「わたし……お父さんいません」

「じゃ、きみのお母さんでいい。迎えにくるまで、その部屋でじっとしているといい」

どういう意味だろうか。

幻覚を見たり、混乱を覚えたりするのはこれが初めてではない。わたしはその都度、自分の心が落ち着くまで待って、帰路につく。それが日課のようなものだった。

きょうに限って、どうして危険があるというのだろう。なぜこの人の借りている部屋で休まざるをえないというのだろう。

ひょっとして、この人はわたしを連れこもうとしているのか……？

「し、失礼します」と知美は身を翻し、駆けだした。

「あ、きみ」嵯峨の声があわてたように告げてきた。「よせ。赤羽精神科に関わったのなら、表にでないほうがいい」

なにをいっているのだろう。赤羽先生はわたしの力になってくれている。怪しいのは、嵯峨という男のほうではないか。

路地から走りでて、目黒通り沿いの歩道に戻った。

しばらく歩きつづけてから、後方を振りかえる。

嵯峨が追ってくるようすはなかった。

知美は乱れた前髪をそっと指先で整えた。いくぶん、気分が楽になってきた。

だが、同時に知美は衝撃を受けた。

カバンがない。いつの間にか手ぶらになっている。

さっきの路地に入るまでは、カバンは胸に抱えていた。生徒手帳も財布も、あのなかだというのに。

路地に戻ろうか。いや、嵯峨がまだいるかもしれない。あるいは、彼が持ち去ってしまったかも……。

戸惑いながら辺りを見まわしたとき、派出所が目に入った。知美はそちらに駆けていった。

派出所のなかで、警官は折り畳み式の椅子を開き、デスクの脇に置いた。「どうぞ、座って」

知美が従うと、警官は本棚から黒い表紙のファイルを引き抜いた。なかから一枚の書類をとりだした。

「じゃ、調書をとるからね」警官は知美のとなりに座って、ボールペンを手にした。「あなたの名前は？」

「須田知美です」

警官の目が知美の胸もとに走った。知美はふいに嫌悪を感じ、身をちぢこめた。

だが、警官は表情を変えず、また書類に目を落とした。「その制服は、目黒高校?」

「いいえ。目黒女子短大付属高校です」

「何年生?」

「三年です」

「すると、もうすぐ卒業ってわけだね。カバンはいつどこでなくしたの?」

「さっき、あの先の路地で……」

「戻ってみたら、なくなっていたとか?」

「いいえ。確認してないんです」

「どういうこと?」

「変な人がいたので……」

「どんな?」

「黒いコートを着た、痩《や》せた男の人で……。嵯峨敏也って言ってました」

警官の手がぴたりととまった。

知美は警官がなにかいうのを待ったが、沈黙はつづいた。

「なにか?」知美は声をかけた。

警官は知美をじろりと見やった。「その男は、どんなことを喋《しゃべ》ってた?」

「どんなことって?」

「嵯峨敏也という名前以外に、なにを話したかきいてるんだ」

ふいに詰問され、知美は困惑した。「さあ。赤羽精神科には行くべきじゃなかったとか、その嵯峨さんって人の借りてる部屋で休むべきだとか……」

「部屋? どこだ」

「あ、あのう……」知美は警官の態度が怖くなり、おずおずときいた。「どうかされたんですか?」

警官はしばし無言で知美を見つめていたが、やがて、その目からふっと氷が溶け去ったようにみえた。

「いや、べつに。その男から危害は加えられなかった?」

「それはありませんでした。すぐに逃げだしたので」

「ふうん」警官はつぶやいた。しばらくボールペンをもてあそんでいたが、それを投げだして、立ちあがった。「心配いりませんよ、ちょっとここで待ってなさい」

そういって警官は、奥のドアを入っていった。

さっきのことは、自分の思いすごしかもしれない。知美はそう思った。

じれったさを伴う数分がすぎた。警官はまだ、ドアからでてこない。

腕時計を見た。午後五時四十分。診療所に寄って六時には帰る、母親にはそういってあった。

家までは電車で三十分、徒歩で十五分。どうやら間に合いそうにない。電話をいれておかないと。だが、携帯電話はカバンのなかだった。

さらに何分か経った。外は目にみえて暗くなっていた。寒気がしのびいってくる。おかしい。いったいなにをやっているのだろう。

知美は立ちあがった。自分でも理由がわからないが、なぜか足音をたてないようにドアへ歩み寄った。

警官の話し声がきこえてくる。ささやきのなかに、ひどく苛立《いらだ》ったようすが感じとれる。

「だから」と警官はいっていた。「早くパトカーをまわしてくれ。ここで引き止めておくにも限度がある。通行人にもみられちまう。……そうだ、嵯峨と接触したんだよ。すぐにこの女子高生の身柄を確保すべきだ。大至急、手を打ってくれ」

知美の背すじに冷たいものが走った。

身柄を確保……。

「あと十分か。わかった」と警官の声はつぶやいた。「十分だけ引きとめておけばいいんだな」

知美はあとずさった。慎重に、足音をしのばせて外へ向かった。

ところが、ひざが傘立てにぶつかった。傘立ては倒れて大きな音をたてた。

警官の声がやんだ。知美の心臓の鼓動は激しく波打った。

気づいたときには、外へ駆けだしていた。通行人にぶつかりそうになる。その合間を縫った。

路地に向かっている。自分が逃げてきたほうへ戻ることに、ためらいがよぎった。

だが、交番から警官がでてくるのを視界の端にとらえたとき、知美は突き動かされるように走りだした。

「おい、まて！」警官の声がした。

知美は走った。歯を食いしばって走った。息が切れてくる。足もとがまた生乾きのコンクリートを踏むようにおぼつかなくなった。それでも走った。どうなっているのかわからない。でも、逃げなきゃならない。

サイレンの音がかすかに湧いてきた。パトカーの音だ。さっきの警官の声が頭をよぎった。

いったい、わたしがなにをしたというのだろう。なぜ身柄を確保されねばならないのだろう。

知美は人混みにまぎれて、警官の追跡を振りきると、赤羽精神科に歩を進めた。サイフをなくした以上、電車にも乗れない。家に帰ることができない。赤羽先生なら力になってくれるはずだ。嵯峨は逆のことをいっていたが、この際、信じられるのは当然、赤羽先生のほうだ。

ビルの前に着いたが、三階、赤羽精神科の窓に明かりはなかった。診療時間は終わっていた。

ほかの階の電灯もすべて消えている。居残りをしている人間は見あたらない。

ひざが震えた。その場にへたりこみそうになった。誰もいない。自分を助けてくれる人は、もう誰も……。

いや。このビルの管理人がいる。

知美はさっき転げおちそうになった階段を駆けあがり、玄関を入った。わきのドアをノックする。

「はい」とあの老人の声が応じた。

ドアがそろそろとあいた。老人の目が知美をとらえた。

「すみません。さっきは、どうも」

「はあ？」老人は眉《まゆ》をひそめた。「なんのことかね」

「さっき、階段で助けてもらった者です。じつは、ちょっと困ったことがおきまして」

「階段で助けただって？　だれが？」

知美は息を呑《の》んだ。老人を見つめた。頭の禿《は》げあがった老人。さっき出会った人物にまちがいない。着ている服も同じだ。

「そんな」知美はつぶやいた。「さっき会ったじゃないですか。わたしが転びそうになって、あなたがささえてくれて……」

老人は黙って知美を見つめていたが、やがて肩をすくめていった。「寝ぼけてんじゃないのか。私はあんたなんか知らんよ」

ドアが閉まりかけた。知美はとっさにそれを手で制した。「まってください。よく思い出してください。わたしは夕方ごろ、赤羽精神科から出てきて……」

「精神科？」妙に納得したような顔で老人はいった。「そうか、わかった。だが、もうこの時間ビルには誰もいないんだ。先生に相談があるなら、また明日、出直してくるんだな」

「そうするつもりです。でも、いますぐ助けが……」

「私ゃ精神科の先生じゃないんだ。失礼」老人はいうなりドアを閉めた。鍵《かぎ》のかかる音がした。

「まって！　話をきいて！」知美はドアを叩いた。

静寂だけが返ってきた。

なんだろう。いったいこれは……。

呆然《ぼうぜん》としながら、階段を下りてビルの外にでた。

なにがどうなっているのかわからない。都会の街なかにいるというのに、絶望的な孤独を感じていた。

家に電話しなきゃ。もう、頼れるのは母親しかない。

途方に暮れて歩くうち、さっき立ち寄ったコンビニの前にきた。

なかに入ると、レジにいる従業員がこちらを見ていった。いらっしゃいませ。

知美は駆け寄ってきいた。「わたし、覚えてますか。きょうここに来るのは二度目ですけど」

「はあ？　……なにかお買い求めになりましたか？」

「いえ。でも、かなり長いあいだそこの雑誌コーナーに……」

「さあ。覚えてませんけど、それがなにか？」

知美はなにもいえなかった。レジに近づいてきた女性客が怪訝《けげん》な顔で、知美を一瞥《いちべつ》した。

従業員はカゴの商品を精算にかかった。

誰を頼ればいいのだろう。家に連絡ひとつできない。

そのとき、女性客のサイフから、一枚の硬貨がこぼれ落ちた。硬貨は転がり、商品棚の下でとまった。女性客も従業員も、気づいていないようすだ。

知美はそれを拾った。背後に視線を感じる。そのまま、顔をあげずに自動ドアに走った。外にでると、公衆電話に飛びついた。受話器をとり、十円硬貨を入れようとした。手が震えて入らない。それでもなんとか硬貨を押しこんだ。自宅の番号をダイヤルする。

呼び出し音のあと、母親の声が応じた。「もしもし、須田ですが」

「お母さん？　知美だけど。遅くなってごめんね。いま、目黒にいるんだけど、困ったことになっちゃって」

「はあ？」母親の声は冷えきったものだった。「どちらさまですか？」

知美は気が遠くなるのを感じた。

公衆電話にしがみついた。触覚はたしかにある。すべては現実だ。そうとしか思えない。なのに、いまわたしが耳にしているのは現実ではない。

「わたしよ」震える声で知美はいった。「知美。知美だよ」

「なんですか」母親の声がそういった。「もしもし。どちらへおかけですか」

言葉がでなかった。受話器が手からすべりおちた。

ふらつきながら電話から離れる。コンビニのなかを見やると、さっきの店員がこちらに目を向けていた。無表情、輝きのない淀《よど》んだ目。

涙で視界がぼやけてきた。思わず泣きだしそうになる。

またパトカーのサイレンが聞こえてきた。

もうほかに手はない。知美は、コンビニのわきの路地に飛びこんだ。

怖がっている場合ではない。あのカバンを取り返さなきゃ。わたしがわたしであることを証明できる物は、あのカバンだけだ。

路地は真っ暗だった。嵯峨という男の姿はもうなかった。

ゴミ袋につまずき、知美はバランスを失ってつんのめった。生ゴミが手にまとわりつく。路地を這《は》いまわった。触れたものすべてをつかみあげる。カバンはここにあるはずだ。きっとここにある。

生ゴミの臭気につつまれ、手も足もねばねばした液体にまみれ、ひざをすりむいた。それでも、知美は路地を這った。

だが捜索は、長くはつづかなかった。

知美は路地に座りこみ、とめどなく流れ落ちる涙をぬぐった。

顔に粘着性のある物質がこびりついた。それをふきとろうとして、あきらめた。もう自分には汚れていない部分はない。制服も靴下も生ゴミにまみれていた。

サイレンが響く。この路地に入ってから、何度となくサイレンをきいた。この近辺を探しまわっているのだろう。

いずれ、わたしはみつかる。警察に連行される。そのあとどうなるのか、なにもわからない。わたしにはもう母親はいない。いや、いないことになっている。なぜこんなことになったのか、まったくわからない。

寒い。知美は身をちぢこめた。寒さがこたえてくる。昼間少し暖かかったせいで、学校指定のコートは羽織っていなかった。しのびよってくる冷気がしんしんと身にしみた。

路地は吹きさらしのなかにいるよりは暖かいはずだった。それでもコンクリートの地面が体温を奪っていく。

せめて子供のように大声をあげて泣きわめくことさえできれば、どんなに楽だろう。しかし、それすらもできない。ここにいることを悟られるわけにはいかない。

声をひそめて、身を震わせて泣きつづけた。

辺りがいっそう暗くなった。日没とともに、すべての現実は溶け去るように消えていく。

そんなふうに思えた。やがては、自分自身さえも。

時間

空と海との境界線がさだかではない。視界には澄みきった青いろがひろがっていた。強い日差しが海面に跳ねてそこかしこにきらめきをつくりだしている。

雲ひとつない青空。

海上をはこばれてくる潮風を感じた。湿気はなかった。日本の海で感じる風とはまったくちがう。周囲の空気が太陽の光に暖められるのを待つかのように、しばらく風がとだえているかと思ったら、暑さを不快に感じる寸前にまた吹きつけて、気温を調節する。神の息。この地元の人々は風のことをそう喩《たと》えた。実際にこの地に立って感じるのは、まさにそれだった。地上で息づくものすべてにもたらされる、目に見えない恵み。風が吹かなければ、ここはまさに灼熱《しゃくねつ》の地獄だったろう。

岬美由紀《みさきみゆき》は海のかなたに目を細めた。かすかに緑の島が見える。マダガスカル島だった。点のような船舶が海の上に白線をひきながら航行していく。音はきこえなかった。海岸に寄せては返す波の音だけが、静かに耳に届いていた。

そのとき、足もとになにかが軽く触れた。薄汚れたサッカーボールが一個、転がっている。

日本のスポーツ用品メーカーの名がかろうじて読みとれた。かなり古いものだ。ずっと以前にこの地をおとずれた人間が、置いていったものだろう。

村のほうから、ふたりの子供が駆けて来た。男の子と、女の子だった。真っ黒な肌は、アメリカやそのほかの国で出会う黒人とはちがい、つやのある褐色をおびて健康そうだった。ふたりとも裸足だ。

子供たちは立ちどまり、不安そうな顔でこちらを見た。

美由紀は微笑みかけてから、足もとのボールに目を落とした。

ハイヒールのつま先でボールを手前に転がし、リフティングして数回宙にバウンドさせてから、子供たちのほうにやや強めに蹴《け》った。

ボールはきれいに放射線を描いて、男の子の胸もとにおさまった。男の子は胸で受けて、ボールを膝《ひざ》でリフティングした。

女の子が笑っていった。「ありがとう《アサンテ》」

スワヒリ語、少しハヤ語のアクセントがまざった独特の言語だった。

美由紀は発音に注意しながらいった。「どういたしまして《スタレヘ》。それにしても、じょうずね。手を使わずにボール受けるなんて、将来はサッカー選手かな」

男の子はボールをリフティングしながら照れ笑いを浮かべた。

「ねえ」美由紀は愛想よくいった。「大人のひとたちがあまりいないみたいだけど、みんなどこへいったの？　パパとママは？」

女の子が応じた。「お仕事にいってる」

「そう。いつごろ帰るの？」

「ええと。わかんない」

「じゃあ、さみしいかな？」

ボールを蹴りながら、男の子が首を横に振った。「夜には、帰ってくるから」

「そうなの。ならだいじょうぶね。邪魔してごめんね」

「もう帰るの？」

「うん。そのほうがいいでしょう？」

「え？」

「いえ、べつに。じゃ、気をつけて遊んでね。怪我しないようにね」

「はあい《ンディョ》。じゃあさよなら《クアヘン》」

さよなら《クアヘン》。美由紀がかえすと、子供たちは黄色い声ではしゃぎながら、ボールを蹴りあって駆けていった。

ふたりの行く手には木造の粗末な小屋がある。彼らの自宅だ。十年ほど前には、もっと上質の家に住んでいたはずだった。長引いた戦火が、ここにも不幸の影をおとしている。かわいそうな子供たちだった。たえず食料不足に悩まされ、充分な医療も受けられない。しかし、問題はそれだけではない。

背後でクラクションが鳴った。美由紀は振り返った。

海岸線に二台のバスが停まっている。ボンネットが張りだした、ひどく古くさい型のバスだった。ボディはつやのないねずみいろをしている。塗装が剝《は》げ落ちているせいだ。アメリカかどこかの中古車を払い下げたのだろう。

それでも、この国としては贅《ぜい》を尽くした送迎とのことだった。二十人以上をいちどに運送できる車両など、ほとんど存在しない。まして、まともに動くものといったら数えるほどしかない。この国の大臣はそういっていた。

大臣は口を手でおさえながらしゃべる癖があるようだった。隠しごとがある人間によくみられる癖だ。美由紀はそのことが気になっていた。

だが、まだ確証といえるものはない。

またクラクションが鳴り響いた。権力はきらいだが、借りがある以上、もめごとは起こせない。

美由紀はため息をついて、バスに向かって歩きだした。わたしもシラを切らねばならない。いましがた、あの子供たちがわたしにそうしたように。

野口克治《のぐちかつじ》内閣官房長官は、サウナのように蒸し暑いバスのなかで、迷彩服姿の大男たちと向き合って座っていた。

屈強そうなその軍人たちは、仏頂面でライフル銃を携えている。さすがに銃口をこちらに向けているわけではないが、心が休まるはずもない。

隣りに座っている酒井《さかい》経済産業大臣が、耳もとでささやいた。「まるで人質にとられてるみたいですな。そうは思いませんか」

「そうだな。政府開発援助《ODA》の事前視察をきみにまかせたのは、失敗だったということだ」

「またご冗談を……」

「冗談？　きみの考えは読めてるぞ。ジフタニアへのODAを推進したのは、この国で産出される希少金属《レアメタル》が目当てだろう。日本のハイテク産業から、ぜひ獲得してきてくれと頼まれたか？」

酒井は表情を険しくした。「見返りを求めることは当然でしょう。官房長官はわれわれに、ボランティアにでもなれと？」

「そうはいってない。ただこの国への内政干渉になるというだけだ。支配階級の白人たちの私腹を肥やすと、内戦がまた活発になる恐れがある」

「心配しすぎですよ。内戦なんてもう過去の話です」酒井は窓の外を見やった。「しかし、あのカウンセラーを連れてくる必要があったんですか？」

「気になるのか？　それとも、本心を見透かされるのが怖いか」

「私はべつに、見抜かれて困るような秘密など持ってませんよ」

ふん。野口は鼻で笑って、酒井の視線を追った。

小柄でほっそりとした身体つきの、若い女がひとり歩いてくる。

年齢は二十八歳。グレーの比翼仕立てのジャケットにプリーツのスカートというきまじめな服装からは、いざというときにみせる勝気な性格は微塵《みじん》も感じられない。まるで政府広報が採用するモデルのようだった。

酒井のような腹黒い政治家が彼女を毛嫌いするのは当然だった。岬美由紀が内閣官房付きの国家公務員になってから、国会議員の嘘は次々に看破され、裏金が明るみにでて、失職する者が続出した。遂には総理大臣の相続税逃れまで暴いてしまい、矢部《やべ》政権の崩壊にまで繋《つな》がったことも、記憶に新しい。

岬美由紀によって、わが国の政権はたちどころに浄化された。そんな彼女だからこそ、ここに連れてくる価値がある。

「いかがです《ハウ・ドゥー・ユー・シンク》」ふいに飛びこんできた英語が、野口の物思いをやぶった。

仕立てのいいスーツを着た白人、ジフタニアの国務大臣クオーレは満面の笑みをたたえていた。「美しい土地でしょう。観光地にもってこいですよ」

「そうですね《インディード》、いい土地です《ナイス・プレイス》」野口は英語でかえした。「しかし外資系のホテルの進出をみとめるなら、まず地元の人々の賛同が得られなければ」

「もちろんです」クオーレはファイルから一枚の紙をとりだし、野口にさしだした。「これは地元民代表との契約書の写しです。復興のために、国民が一丸となって協力してくれます」

野口はそれを受けとった。土地譲渡に関する契約事項の下に、複数名の署名がある。

酒井は書類を一瞥《いちべつ》して、うなずいた。「問題ないですな。観光地の開発も援助のひとつとして考えてみることにしましょう」

「ちょっと」女の声がした。

野口は顔をあげた。美由紀がすぐ近くに立っていた。

美由紀は酒井に手をさしだしている。書類をみせろという意味だろう。

小さな子供を相手にするときにはやさしい女性でいられるのに、政治家と話すときには唐突にかたくなな態度になる。

酒井は顔をしかめながらも、仕方なさそうに書類を美由紀に手渡した。

美由紀は書類を見るなりいった。「クオーレさん、この契約はいったいどういう状況で交わされたのですか」

クオーレはききかえした。「どういうことです」

「地元の代表という人たちが、すすんで契約に応じたかどうか疑問だということです。署名したひとたちはずいぶん消極的だったようです。それに、怯《おび》えのようなものも感じられますけど」

「これは驚きですな。なんの根拠もなく、そのような憶測を」

「根拠がなくはありません。通常、納得ずくで署名された文字というのは、全体的に右上がりで、間隔が不規則になっているものです。積極的な心理が筆記にあらわれるからです。ところがこれらの署名はすべて右下がりで間隔は均等、それに文字が縦長です。右下がりなのは内向的、間隔が均等なのは緊張と警戒心と気力のなさ、縦長は欲求不満と反抗心の表れです。よって、その署名をしたひとたちは、ほんとうは署名したがっていなかったのではと推察されます」

「まるで占い師のような言いぐさだ」

「いいえ。そういう非科学的なものではありません。心理学に基づいた推論です。もっとも、その署名の真意を問いただそうにも、この地元の大人たちがみな姿を消してしまっていては、どうすることもできませんが」

「酒井さん」クオーレは経済産業大臣に向きなおった。「あなたがたは政府開発援助にいらっしゃったんじゃないんですか。それとも、わが国の政治を侮辱しに来られたのですか」

酒井はあわてたようにいった。「とんでもない。そんなつもりはありません。失礼があったことをお詫《わ》びします。どうしてもお国柄の違いというのは、さまざまな誤解を生みがちになるもので……」

「日本女性は控えめだときいていたが、最近はそうでもないのかな。あなたがたは偏見にとらわれておられるようです。この地方の人間は働き者で、昼間はほとんど村をはなれています。家にとどまっている大人はまずいません。お国柄の違いですよ」

「ごもっともです」酒井がいった。

野口は酒井の露骨なへつらいに不快感をおぼえたが、美由紀は表情ひとつかえず、運転席のすぐ後ろのシートに腰をおろした。

クオーレはふんと鼻を鳴らしてから、野口にいった。「では次は、ブエトルの石造建築群遺跡をご覧いただきます。世界遺産に登録されるべき建造物なのですが、このところ損傷が激しくて」

野口はクオーレを見かえした。「損傷したのは、治安側が遺跡のある場所にもかかわらずゲリラへの攻撃を仕掛けたせいだときいておりますが」

「昔のことです。内戦はもう過去のことになりました。いま遺跡を滅ぼそうとしているのは銃弾ではなく酸性雨ですよ」

バスが動きだした。海岸線からゆるやかに丘を登っていく。眼下の谷間には森林が広がっていた。降りそそぐ陽の光をあびて、あざやかな緑いろが浮かびあがっている。どこまでもつづく広大な緑の絨毯《じゅうたん》だった。

たしかに、息を呑《の》むほどの美しさだ。だが……。

腑《ふ》に落ちない、と野口は思った。

まるで観光案内のようだ。行く先々にはかならずガイドブックに載るような絶景が待っているが、人間の姿はほとんどない。見かけるのは子供ばかりだ。

野口は頭のなかでファイルをめくった。ジフタニア共和国。ジンバブエの南に位置する小国。一八八九年、イギリスの南アフリカ会社の支配下に入って植民地化された歴史をもつ。一九七八年に白人支配に反発する民衆が武装蜂起《ほうき》して内乱が勃発《ぼっぱつ》。その内戦の長期化とともに国土が荒廃し、つい半年前になってようやく和解案が成立した。

それでもこの国の政治経済は、あいかわらず国民の一割に満たない白人階級によって掌握されている。

バスの速度が落ちてきた。大きくカーブした。窓の外を見ると、道路に通行止めがしてあった。工事中の道を迂回《うかい》するつもりだろう。内戦で寸断された道路はまだ大半が復興されていないようだ。

クオーレが立ちあがった。バスが激しく揺れるなか、あちこちにつかまりながらこちらに歩いてきた。野口の前で、前かがみになって顔を近づけてきた。「お聞きしたいことがあるのですが」

「なんです」

「あの女性はあなたの秘書かと思ったが、ちがうようだ。いったい誰です」

野口は美由紀を見た。美由紀は無表情で窓の外に目をやっている。

「私じゃなく、総理の意向で同行してるんです」と野口はいった。「彼女は臨床心理士資格を持つカウンセラーですが、国家公務員として、政府に特別雇用されているんです。内閣官房直属の首席精神衛生官という役職にあります」

「どういう役職です、それは」

酒井が口をさしはさんだ。「閣僚の相談相手ってことですよ。民間のカウンセラーの世話になることができない重要な役職にある人間が、いろいろ悩みを相談してストレスを解消するんです」

「すると、日本の総理大臣も彼女の世話になると？」

「そうです」酒井は肩をすくめた。「精神衛生のためにね」

「なるほど」クオーレの口もとがかすかにゆがんだ。「ま、美人にはちがいありませんからな」

そのとき、美由紀の声が飛んだ。「いっときますけど、経済産業大臣のご説明は比喩《ひゆ》表現じゃありません。額面どおり、わたしはカウンセリングをするだけです。ほかの意味でお世話することはありません」

美由紀はそれだけいうと、また顔をそむけた。

クオーレの面食らった顔に、野口は思わず苦笑した。

「しかし」クオーレは声をひそめてきいた。「彼女はなぜわが国に来たのですか。あなたの精神衛生のために同行してるとか？」

「いえ。あなたがたの国は医療分野でも、わが国の援助を求めておいででしょう。身体の健康だけでなく、精神衛生にも気を配らねばならない。この国にカウンセラーが必要なら、わが国から派遣したり、この土地の人を教育して育成できると思っております。そう思って彼女を同行させたんです」

酒井が付け加えた。「ま、あなたがたがそう望めばですが」

「それは、どうも」クオーレは指先でひげをかいていたが、やがて顔をあげて美由紀にきいた。「失礼ですが、お名前をまだうかがってませんでしたな」

「岬です」美由紀はいった。「岬美由紀」

クオーレの顔がこわばった。「すると、彼女があの、千里眼？」

酒井が肩をすくめた。「まあ、そういう呼び名が一般的ではありますな」

野口は黙って、クオーレの顔を見つめた。

かなり動揺している。血の気もひいたようだ。この男も、千里眼を恐れている。

もっとも岬美由紀は、真の意味での千里眼ではない。かつて美由紀の師にあたる女性のニックネームだった〝千里眼〟が、いまでは美由紀を指す一般名詞となりつつある、それだけのことだ。

東京湾観音事件を解決し、首席精神衛生官になってからは与党閣僚の不祥事を暴きつづけた女。マスコミは千里眼と騒ぎ立てた。だが、美由紀はそういう評判を嫌っていた。

わたしはカウンセラーです、超能力者じゃありません。それが美由紀の口癖だった。わたしは当然わかるべきことがわかるだけです。際物のように扱われるのはまっぴらです。

野口はクオーレに対し、穏やかにいった。「誤解しないでいただきたいのだが、彼女がどんな評判をとっていようと、政府としては首席精神衛生官を同行させたにすぎないんです。あなたがたを疑っているとか、そんなことはいっさいありません」

「……当然でしょう」

クオーレは苦い顔をしてそういうと、自分の席に戻っていった。

そのとき、けたたましい音をたてて、バスが急停車した。

「どうしたんだ」野口はきいた。

運転手がこの国の言葉でなにか叫んだ。前方にまた通行止めの標識が置かれている。

クオーレが運転手に言葉をかえした。運転手はステアリングを切りだした。

「まって」美由紀が立ちあがった。「このまままっすぐ進みましょう」

「なんだと?」クオーレはいった。「この先は工事で行き止まりです。ここで迂回しなければ……」

美由紀はクオーレを無視し、現地の言葉で運転手になにかを告げた。

運転手は戸惑いがちに、バスをそのまま前進させた。

「やめろ！」クォーレが怒鳴った。「停まれ！」

またバスが停車した。

野口はきいた。「岬、どういうことだ」

「さっきから何度も行き止まりを迂回しています。これでは視察とはいえません。工事現場があるなら、それも見ておくべきです」

「まて」酒井がいった。「岬。工事中の場所と規模については、すでにこの国の政府から詳細な報告をうけている。いまさら視察するまでもない」

「そうですとも」とクォーレが大仰にうなずいた。「国務大臣の私みずからが指揮をとって調査したんです。あなたがたの手をわずらわせないためにね」

美由紀は冷ややかな目つきでクォーレを見た。「それならなぜ、こちらの質問に対し、いちいち嫌悪の感情を覚えるんですか？」

「なに？」

「表情筋は笑顔を保っていても、聞かれたくないことを聞かれるたびにほんの一瞬だけ、唇の片側の端がわずかにあがって左右非対称になる」

「私がそんな表情をしたとでも？」

「ええ。〇・三秒から〇・七秒ほどですけどね。あなたは表情を変えないことに自信がおありみたいですけど、わたしの目は誤魔化せません」

「馬鹿馬鹿しい！　〇・何秒だって？　そんなものを見過ごさなかったとでも……」

「Ｆ15でアフターバーナーを全開させている最中に、それぐらいの時間の出来事を見落としでもしたら、撃墜されたも同然です」

「あん？　Ｆ15……？」

野口は咳《せき》払いした。「彼女は女性自衛官初の戦闘機パイロットだった。Ｆ15ＤＪの操縦桿《かん》を握ってたんだよ。臨床心理士になったのは、その後のことだ。動体視力と心理学の知識が結びついたおかげで、瞬時に感情を察知できるようになったらしい。それが、あなたがたの気にする千里眼の正体だよ」

「な……」

クオーレは絶句した。

真っ赤になった顔には無数の汗がわきだしていた。

「とにかく」美由紀は告げた。「この先へいってみるべきです」

「勝手なまねをするな！」クオーレが怒鳴った。

迷彩服がいっせいに立ちあがる。ライフル銃を美由紀に向けた。

野口は凍りつくような寒気を感じた。

だが、美由紀は身じろぎもせずにいった。「ODAの視察にきた他国の政府関係者を撃つつもりですか。国連を敵にまわしますよ。日本のみならず、アメリカもイギリスも援助を中止することになると思いますけど」

クオーレはしばし美由紀をにらみつけていたが、やがて苛立《いらだ》ちをあらわにしながら、兵士たちに武器を下ろすよう手で合図した。

ライフルの銃口が揃って床に向けられる。酒井が安堵《あんど》のため息を漏らした。

「よかろう」とクオーレは告げた。「だが、工事現場を隠すのには理由がある。道路の寸断箇所を利用してゲリラの残党が反抗を開始しないともかぎらない。だからわれわれは、工事の規模をなるべく公にしないことにしている」

野口は疑問を口にした。「平和が戻った、そうおっしゃっていたが」

「もちろん、いまは平和です。ただし、どの国にも不穏な勢力はいるでしょう。あなたがたの国でもたしか、恒星天球教というカルト教団がテロを働いたじゃないですか。われわれはそういう事態に備えているというだけです」

美由紀は表情ひとつ変えなかった。「では、このまま進んでいただけますね」

クオーレはためらいがちに、運転手になにかを命じた。

バスが動きだした。通行止めの標識を無視して、その先に乗りいれていった。

ゆるやかに山道を登っていく。やがてバスは森林を抜け、視界が開けた。

山頂付近の草原に、サーカス小屋のような白いテントが張ってあるのが見えた。

「あれですよ」クオーレはいった。「あのなかで工事してるんです。強い陽差しを避けるためにテントを張っています。さあ、もう充分でしょう」

ところがそのとき、バスの側面のドアを開けて、美由紀が飛び降りた。

美由紀はテントに向かって駆けていく。

クオーレの怒号にも似た叫び声がした。バスは急停車し、迷彩服が続々と車外に飛びだして美由紀を追いはじめる。

酒井が衝撃を受けたようすでつぶやいた。「なにやってるんだ。無茶な……」

そのとおり、無茶な行為だ。

だが、あの岬美由紀が動いたのだ、何か理由がある。

野口は立ちあがり、バスの外にでた。この歳になって、炎天下を走ることになるとは。

息をきらしながら、テントの前にたどり着いたとき、美由紀は兵士になにか早口で問い掛けていた。

それから怒ったようにテントにつかつかと歩み寄ると、兵士が制止するのもきかず、美由紀は入り口の布をまくりあげた。

野口は凍りついた。

テントのなかはさしずめ野戦病院と化していた。

黒人ばかりがひしめきあいながら、地面に横たえられている。着ている物からみて、ほとんどが民間人だった。包帯が足りないのか、毛布やシーツの切れ端で応急処置されている者がほとんどだった。

美由紀がテントのなかに歩を進めていく。もはや、制止を呼びかける者はいなかった。

野口もなかに入った。内部は蒸すような暑さだった。血の臭いが鼻をつく。うめき声もきこえる。患者たちは一様に、栄養失調ぎみの痩《や》せこけた顔に不安のいろを浮かべていた。

美由紀は現地の言葉で全員に何かを語りかけた。さっきとはうって変わって、やさしく明るい声だった。

近くの老人が短い言葉を投げかけた。美由紀は微笑し、また喋《しゃべ》った。人々に笑いが湧きおこった。美由紀は老人の近くまで行き、ひざまずいた。今度は小さな声で話しかけた。

老人は何度もうなずきながら、顔をほころばせていた。

わずかな言葉だけで人々に安堵をあたえる。美由紀のカウンセラーとしての素質の高さは、野口も承知していた。

胃潰瘍《かいよう》になりかけていた野口の鬱積《うっせき》したストレスを、美由紀はあっという間に軽減してしまったことがある。人の信頼を得る強い神通力。どうやら美由紀のその才能に国境はないらしい。

駆けつけた酒井が、息を呑《の》んだようすでつぶやいた。「なんてことだ。戦災者を隠匿していたわけか」

背後からクオーレが息を弾ませて現れた。

「誤解だよ」クオーレは甲高い声でいった。「内戦ではない。ゲリラ同士の内ゲバなんだ。われわれはそれを調停していたんだ。ここは、治療のためにつくった臨時の施設だよ」

野口はこみあげる苛立ちを抑えられなくなった。「施設だと？　土の上に重傷を負った人々を寝かせてなにが施設だ。それにあなたがた政府は、民衆を弾圧しておきながら対外的にはいつも黒人同士の暴動だと発表していた。認めたらどうなんだ、内戦はごく最近までつづいていたが、わが国のODAを受けるために隠しとおそうとしていたと」

「いえ」美由紀がいった。「それはちがいます」

美由紀はテントの奥に歩きだした。うずくまっていた黒人たちが、その進路をあけた。

全員の目が美由紀に注がれていた。奥までたどり着くと、美由紀は壁がわりになっている白い布をつかみ、勢いよくひいた。

ロープで固定されていただけらしい。布ははがれ落ちた。その向こうには、またしても衝撃的な光景があった。

黒光りする機体。攻撃ヘリ、AH64アパッチによく似た形状をしている。かなり古びているが、飾ってあるだけのものではないようだ。

直線で構成されたいかついボディ、複座式のコクピット。短い両翼の下に対戦車ミサイルやチェーンガン、ロケット弾が装備されている。そのヘリの隣りには旧式のパンサー戦車が二台、ジープが四台。

広場は、高台の上に位置していた。切り立った絶壁の縁だ。兵器の向こうに広大な景色がひろがっていた。ジフタニアのほぼ全域が見渡せるといっても過言ではない。その緑地のいたるところで黒煙が立ちのぼっていた。

美由紀は振り返った。「ごく最近どころか、現在も内戦の真っ最中なんです。わたしたちの視察コースから一本わき道に入れば、そこは戦災者と武器弾薬が溢《あふ》れかえった地獄絵図です」

「クオーレ大臣！」酒井が狼狽《ろうばい》したようすでいった。「内戦が終結して、政府は軍備を解いたはずでしょう！　二か月前までにすべての兵器を解体したはずです！」

顔面蒼白《そうはく》になったクオーレは、まごつきながらいった。「あの……これは、だね……私どもとしては、そのう、表現に間違いがあったというか……」

野口はため息をつき、美由紀のほうに歩きだした。

テントからでると、野口は頰に風を感じた。静かな風だった。その風に乗って、戦乱の音がかすかに耳に届く。銃声。爆発音。

美由紀は高台から眼下をながめていた。

さびしげな横顔だった。かすかに潤んだ瞳《ひとみ》が、黒煙のたなびく国土を見つめていた。

野口は美由紀と並んで立ち、崖《がけ》から緑地を見おろした。

クオーレは入念に視察のコースをあみだしていた。地上からはまったく見えなかった戦禍が、ここからだとはっきりわかる。緑の絨毯《じゆうたん》の随所にオレンジいろの明滅がある。燃えさかる村だった。煙はそこかしこにたちこめている。消火する手段もないのだろう。

そうした光景が東の海岸から、西の国境付近までつづいていた。

これは内戦ではない。白人階級の黒人に対する一方的な弾圧だ。アパルトヘイトは一九九一年には廃止された。歴史ではそうなっている。しかし、現実はそうではない。

「ODAは中止だな」野口はいった。

美由紀がつぶやくようにきいた。「これから、どうします」

「引き揚げるしかないだろう」

「苦しんでいる人たちを、ほうっておいてですか」

「内政干渉は許されない。きみも政府の代表できているんだ。ボランティアじゃない。そのことは、理解できるだろう？」

しばらく間があった。やがて、美由紀は小さくうなずいた。

野口は静かにいった。「私たちにできることはなにもない。ここにいても、時間のむだだ。きみにもたいせつな時間があるだろう。それらを削る必要はない」

「たいせつな時間、ですか」

「そう。きみのカウンセリングを待っている子供たちが日本じゅうにいるじゃないか。目の前の人間を救いたいという欲求はわかるが、もっと自分の時間をたいせつにしたまえ」

「自分の時間……か」

そのとき、地鳴りがした。比較的近くで爆発があったらしい。

美由紀は辺りを見まわした。その目が一点を見つめてとまった。

野口は視線を追った。東の海岸線で火柱があがった。攻撃ヘリが二機、低空飛行で旋回しているのがみえる。

美由紀が緊迫した声でいった。「さっき立ち寄った村だわ」

「あきれたもんだな」野口はつぶやいた。「視察が引き揚げるのを待って攻撃か。たぶん、いままで通ってきたコースのあちこちで内戦が再開されてるんだろう」

「子供たちが……」

野口は返答に困ったが、やがて小さな声でいった。「仕方ないだろう」

美由紀は失望のいろを漂わせながら、無言で海岸線に立ちのぼる火の手を見つめた。

背後に足音がした。

野口が振り返ると、クオーレがハンカチで額の汗をぬぐいながら近づいてきた。「野口さん、これには訳があるんだ。じつはきのうになってゲリラが大規模な反撃を開始しましてな、政府としては緊急に対処せざるをえなくて……」

野口は首を横に振った。「この国にはそんなゲリラ勢力はいない。テントのなかの人々を見れば判る。あなたがたが土地の支配権を強めるために現地民を排除しようとしてるだけだ」

「どうか理解してほしい」クオーレは白い歯をみせた。「政府としても、治安のために支配体系を確立することは急務なんだよ。国家の要職にある身ならおわかりだろう？」

「さてね。いずれにしてもこれでは、ＯＤＡの対象外ということになります」野口は踵《きびす》をかえそうとした。

そのとき、ふいに甲高い音が耳をつんざいた。

ヘリコプターのエンジンが始動する音だとわかるまで、数秒を要した。

アパッチ型攻撃ヘリのメインローターが回転を始めている。

目を凝らし、コクピットにいる操縦士を見つめた。それが誰かわかったとき、野口は心臓が飛びあがるほどの衝撃を受けた。

なんてことだ。また、よりによってこんなときに。

「岬！」野口は怒鳴った。「なにをしている！　すぐ降りろ！」

コクピットにおさまり、スターターをオンにした美由紀は、エンジン回転計を五十五パーセントにセットした。すぐさまメインローターのクラッチスイッチを入れると、軽い振動とともにメインローターが回転を始めた。

周りにいた人々がいっせいにこちらを振りかえった。官房長官がなにかを叫んでいる。エンジン音でなにもきこえない。すぐ降りろとか、どうせそんなところだろう。以前にも散々いわれた言葉だ。

プリフライトチェックのひまはない。複雑な計器類に目を走らせた。燃料の量、エンジンや駆動系、オイル量、燃料サンプリング、機体、テールローター、メインローターブレード、いずれも飛行に支障はないように思える。というより、そう信じることにした。

機体とパネルに記されたメーカーの名はＢＵＫＱＡ、聞いたこともない社名だった。両翼にぎっしりと兵器類を抱えておいて、こんなちゃちな駆動系で果たして機体が地面から持ちあがるかどうか、じつに疑わしい。

迷彩服が駆け寄ってくるのが見える。銃撃される前に離陸せねば。

美由紀は右手で操縦桿《かん》を、左手でコレクティヴ・ピッチ・レバーを握った。油圧を確認しながら、ペダルに足を乗せる。どうもしっくりこない。踵《かかと》を床板に叩《たた》きつけてハイヒールを脱ぎ捨て、じかにペダルを踏んだ。

クラッチライトが消えた。エンジン回転数を八十パーセントにセットし、エンジン計器が正常値になるのを待って百パーセントに上げる。

高台の草が舞いあがった。ガバナーをオンにしてエンジン回転数を一定速度にした。マニホールドプレッシャーが上昇し、エンジンに負荷がかかるとともに機体が浮きはじめた。

右に回転しがちな機体をペダルで修正し、レバーを引く。機体が地上から離れた。メインローターの突風に兵士たちが銃をかまえることができずにいる。

操縦桿を前方に押した。ヘリは少し高度を落としながら前進した。速度とともに高度も上昇しはじめる。

やはり、このエンジン系統の馬力では装備が重すぎる。攻撃ヘリのわりには動きが鈍重だ。マニホールドプレッシャーが制限値を越えないように注意しながら、コレクティヴ・ピッチ・レバーを引いた。

エアスピードが五十ノット付近に達した。操縦桿を手前に引く。ヘリが急激に上昇した。巡航高度に達した。高台から離れると、ホバーリングが安定しなくなった。地面効果内まで高度をさげながら、海岸線に進路をとり、全速力で水平飛行にうつった。

緑の大地が急流のように眼下を過ぎ去っていく。

もう帰国できないかもしれない。この国の裁判にかけられ、厳罰に処せられるかもしれない。だが、かまわない。さっきの子供たちの命が、いま目の前で奪われようとしている。それを見過ごすことなどできない。

愚かなのはわかっている。世の中のすべての人を助けることができないのもわかっている。それでも、手が届く範囲ではだれも死なせたくない。だれも不幸にさせたくない。

ひどい騒音だった。振動も大きい。メインローターとテールローターの出力バランスが均等ではなかった。ペダルでの微調整が絶えず必要だ。

海岸が見えてきた。断続的に火柱があがっている。二機の同型の攻撃ヘリが地上を爆撃している。海岸沿いの山林が黒煙に包まれている。さっき訪ねた村を探した。しかし、燃えさかる炎が一帯を覆い尽くしている。位置の判別は困難だった。

　怒りがこみあげてきた。

　政府軍に対してだけではない。これだけの規模の攻撃が毎日のようにつづいていて、アメリカやイギリスの政府が事実を知らないはずがない。偵察衛星で一目瞭然《りょうぜん》のはずだ。にもかかわらず両国はすでに援助を開始している。いまも水面下でアパルトヘイト政策を支持しているからにちがいない。先進国にとって興味があるのは結局、この土地の資源だけだ。

　一機が極端に高度をさげた。地上すれすれでホバーリングしながら、村の家屋を機銃掃射している。

　黒煙のなかに、逃げまどう子供の姿が見えた。さっきの子供とはちがう。もっと大勢いる。機銃の着弾点は子供たちからかなり離れている。さすがに狙い撃ちするつもりはないのだろう。

　だが、それがかえって不快だった。あのヘリのパイロットは楽しんでいる。子供たちをまるでネズミのように追い散らし、快感を得ている。

　それだけ見れば充分だった。美由紀はマスターアームスイッチをオンにすると、レバーを倒して一気に急降下した。

村と敵機のあいだに割りこみ、着地寸前でホバーリングした。

機首を敵機に向けると、コクピットにいる兵士が見えた。ジフタニア政府軍正規パイロットの白いヘルメットをかぶっている。驚きに目を瞠《みは》っているのがはっきりわかる。

無線はパネルに組みこまれていた。美由紀はスイッチをオンにして叫んだ。「子供たちを攻撃しないで！」

敵の対応は、機銃の銃口をこちらに向けることだった。

美由紀は迷わなかった。手早く操縦桿で照準の位置を微調整し、トリッガーを押して七十ミリロケット弾を発射した。

反動が機体を揺るがす。耳をつんざく発射音とともにロケットが白煙をあげて飛んでいき、敵機のメインローターに命中した。ローターがはじけ飛び、たんなる鉄塊と化した敵のヘリが回転しながら数メートル降下し、海岸にどすんと落下した。

これならパイロットも負傷していないだろう。美由紀はすぐさま照準を機体に向け、狙いを定めた。煙を吐く敵機から、兵士が這《は》いだすのが見えた。あたふたと両手で宙をかきむしりながら逃げていく。

羽根を失い、パイロットもいなくなった鉄屑《くず》。だが、このまま残してはおけない。搭載兵器を回収されて再使用されるなど願い下げだった。

美由紀は操縦桿上部の赤いボタンを押した。ヘルファイア対戦車ミサイルが轟音《ごうおん》とともに発射され、海岸上の敵機は巨大な炎の玉と化し、大地を揺るがす爆発音とともに四散した。

一瞬の静寂のあと、機銃の音をきいた。接近してくる。右舷からもう一機が直進してくる。

操縦桿を倒して垂直上昇した。旋回しようとしたとき、敵機がすばやく前方にまわりこんできた。

機銃掃射を浴び、被弾した。機体が安定しなくなった。メインローターの出力がダウンしている。トランスミッション付近に被弾したらしい。

レバーを倒して高度を下げ、大きく旋回しながら逃れた。

なにかおかしい。あんなに急速なまわりこみは、この政府軍のアパッチもどきには不可能だ。

はっとして、背後をふりかえった。まちがいない。あれは本物のAH64アパッチだ。それも最新型のロングボウ・アパッチのようだった。

ロックオンされたらすべて終わりだ。このヘリでは、勝負にならない。

美由紀は機体を上昇させた。操縦桿がひどく重くなっている。だが、いまはできるだけ高度を高くしなければならない。この力の差を逆転するための方法は、ひとつしかない。急上昇した。地上がみるみるうちに遠くなっていった。敵機が追いかけてくる。捕捉《ほそく》されないよう、機体を左右に揺さぶりながら上昇した。それでも、敵は圧倒的に有利だった。わずかなすきをとらえてロックオンしてくるだろう。

敵機が高度をあわせようと上昇してきた。高度がそろったところで、水平飛行にうつる。敵は距離を縮めつつあった。

だが、まだ捕捉《ほそく》はされていない。美由紀は後方をふりかえり、敵機を見つめた。ロックオンから発射までの瞬間、パイロットは照準サイトに気をとられる。そのときだけは操縦桿から意識が離れるはずだ。

機体の揺さぶりを小さくしていった。そろそろくる。けたたましいブザーが鳴り響いた。セミアクティヴ・ホーミングの電磁波の感知を告げるブザーだった。

その一瞬、美由紀は賭《か》けにでた。ピッチ角を急激に変化させてローターの浮遊力を激減させた。

ヘリは垂直に降下した。降下というより、落下だった。重力にまかせて一気に高度をさげた。

すぐにレバーを戻しホバーリングに入った。垂直方向のGに耐えて、必死で持ちこたえる。

ブザーがやんだ。敵のロックオンが外れた。

頭上をミサイルが、次いで敵機が飛び越していった。ふたたび上昇したとき、美由紀は敵の背後をとった。照準をあわせ、トリッガーに指をかけた。今度は向こうのコクピットにブザーが鳴り響いているはずだ。

すぐには撃たなかった。数秒が過ぎたとき、敵機のメインローターが四方に分解し、複座のコクピットが機体から分離脱出した。美由紀はそのときを待っていた。

機体に向けてミサイルを発射した。主《あるじ》を失ったアパッチは墜落途中でミサイルの着弾を受け、オレンジいろの爆発を起こし、轟音とともに粉々に砕け散った。

眼下でパラシュートの半円がひらいた。それが水面に向かって小さくなっていく。

脱出したパイロット……。

二か月前の東京湾での出来事が頭をかすめる。鬼芭阿諛子《きばあゆこ》の操縦するF15DJの、後部座席におさまっていた友里佐知子《ゆうりさちこ》。こちらの機体を空中衝突させる寸前、コクピットからシートを射出し脱出を図った。

その後の行方は依然として知れない。無事に降下できただろうか……。

美由紀は頭を振り、その考えを追い払った。いまは考えたくない。

マスターアームスイッチを切り、海岸に向かって高度をさげた。あの砂浜に、また戻るときがきた。

ヘリを着陸させた美由紀は、そのまましばらくシートにおさまっていた。

エンジン音がフェードアウトしていき、静寂が戻ってくる。

額に手をやった。汗でぐっしょりと濡《ぬ》れていた。ヘルメットもかぶらず、装備品も着けていないことにいまさらながら気づいた。シートベルトさえしていなかった。ほんの一秒でも対処が遅れていたら、この鉄塊ごとあの世に送られていただろう。

キャノピーを開けた。波の音が聞こえてくる。寄せてはかえす、静かな音だった。

頬に風を感じた。さっき感じたのとおなじ風だ。神の息。こんなに早く戻ってくるとは、思ってもみなかった。

機体から飛び降りた。外壁を見て、背筋が凍りそうになる。コクピット以外のほとんどの部分に被弾していた。テールローターのドライブシャフト付近は、布のようにざっくりと裂けていた。あのまま飛びつづけていたら、空中分解していたかもしれない。

幸運だった。

いや、本当にそうだろうか。

ほんの数分のあいだに犯した行為。政治的にどれほど複雑な問題を引き起こすことになるだろう。

ジフタニア政府が日本政府に対して強い反感を持つかもしれない。南アフリカ諸国との国交に亀裂が入るかもしれない。ひいては日米、日英の関係に悪影響があるとも考えられる。米英とジフタニアの協調体制が強まり、いっそうの人種差別を助長することにもなりかねない。そうなったら、まるで逆効果だ。

でもわたしには、子供たちを見捨てることはできなかった……。

この国には終身刑がない。たいてい極刑だ。日本政府がわたしを見放したら、すぐに銃殺になるだろう。

わたしのように愚かな女は、それでいいのかもしれない。そんな末路がふさわしいのかもしれない。そう思えてきた。自分が愚かでなければ、二か月前のあの事件も、もっと早く真実を見ぬくことができていた……。

美由紀は憂鬱《ゆううつ》な気分でヘリから離れた。

そのとき、子供たちの姿に気づいた。まだくすぶっている村のほうから、大勢の子供たちがとぼとぼと歩いてくる。

子供たちと視線を合わせることが、なぜか怖かった。彼らにとっては、わたしも村を破壊した人種のひとりにしかみえないだろう。殺したいほど憎んでいるかもしれない。

だが、言い訳はしたくない。ある意味で、わたしは加害者なのだ。この国の内情を知りながら、なにもしないでいる。それはひどく残酷な行為だった。

子供たちは、かなり離れたところで立ちどまった。無表情に、ただ視線を美由紀に向けていた。

みな、粗末な服装をしている。両親、いや祖父母の代から受け継がれた古着かもしれない。あちこち破れている。今回のヘリの襲撃で、いっそう傷んでしまっている。

ごめんね。そういおうとしたが、声がでなかった。自分が悔しかった。体制から離れてカウンセラーになろうとしたのに、いまはまた体制の側にいる。権力だけを振りかざして、個の幸せばかりか、命までも軽んじる人々のもとにいる。

ふたたび風を感じた。汗がひいていくのを感じた。祝福される者に吹きつける神の息。ジフタニアの叙事詩にはそういう一節がある。しかしわたしは、それにふさわしい人間ではない。

「ねえ」呼ぶ声がした。

足もとに、サッカーボールが転がってきた。

美由紀は顔をあげた。さっきの男の子と女の子だった。満面の笑みを浮かべている。

ふたりは駆け寄ってくると、あどけない表情で美由紀を見あげた。

足もとに目をやったとき、美由紀はおぼろげに、子供たちの気持ちが理解できた。いま、わたしは裸足だ。ハイヒールはヘリのなかに置き忘れていた。

海岸に裸足で立つことは、すなわちサッカーで遊ぶこと。それが子供たちにとっての常識なのだろう。

子供たちはわたしを敵視していない。村を守るために戦ったことを理解してくれているのだろうか。それとも、戦火があまりに日常のこととなり、気にならないのだろうか。

あんな恐怖にさらされた直後でも、明るく笑うことができるなんて。美由紀は胸にこみあげてくるものを感じた。この気質が、権力者の弾圧に屈しない強い大人を作っていくのだろう。

「よし、いくよ」美由紀は声をかけた。サッカーボールを思いきり蹴《け》った。子供たちの歓声があがった。

ボールのほうにいっせいに駆けていく子供たちを見ながら、美由紀は思った。職務を全うするなら、罰せられたくないのなら、いますぐ官房長官に連絡をとるべきだろう。

だが、そんなことはいい。もっと重要なことがある。わたしにとってたいせつな時間。それはいま、ここにある。

意識

目が開いた。白い天井からぶらさがった、簡素な装飾の電灯が視界に入る。やがて、意識に現実が戻ってきた。

須田知美はベッドの上に寝ていた。明かりはつけっぱなしだった。視線をめぐらすと卓上時計が目に入った。午前八時十二分。陽の光を感じないのは、遮光カーテンをしめきっているせいだ。

くるまっていた毛布を跳ねのけ、ベッドの上に座った。身体のあちこちが痛む。

部屋にあった黒のTシャツを借りて着ていた、それを思いだした。男性用のサイズのTシャツは、ワンピースのように知美の身体をすっぽり覆っていた。膝《ひざ》を見た。紫色の痣《あざ》がある。それをながめているうちに、昨夜の恐怖がよみがえってきた。

あれはすべて現実だった。その証拠に、いまわたしはこの部屋にいる。

どうしようもなくなったわたしは結局、嵯峨に伝えられたとおりにするしかなかった。

マンションの二〇四号室に転がりこんで、鍵《かぎ》をかけ、しばらくのあいだ暗闇で震えていた。

やがて、室内に誰もいないことがわかると、ほんの少し落ち着きを取り戻した。と同時に、ひどく汚れた自分の姿が気になり、浴室に入り、シャワーを浴びた。着ていたものはすべて、全自動洗濯機に放りこんだ。

髪はそのまま乾くにまかせて、ベッドに横になり、そのまま眠りこんでしまった。

嵯峨がやってきたようすはない。わたしはひと晩、ここで独りきりで過ごした。

耳をすました。なにもきこえない。卓上時計のきざむ音があるだけだ。このマンションは表通りに面しているが、とても静かだった。隣りの部屋からも物音ひとつきこえない。かけっぱなしにしておいた洗濯機の音もやんでいる。

ゆっくりと立ちあがった。疲労は消えてはいなかったが、きのうよりは楽だった。足の裏がフローリングの床の硬さを感じていた。

正常だ。少なくとも、いまのところは。

2DKの部屋だった。すべてフローリングで、各部屋とも六畳ぐらいの広さがある。テレビも本棚もなかった。電話もない。家具らしきものはシングルベッドのほか、小さなデスクと椅子だけだ。

浴室に行き、洗濯機を開けた。乾燥まで済ませてくれる一体型だった。まだ温かさの残っている制服をひっぱりだす。汚れは落ちていた。臭いもなくなっている。アイロンでしわを伸ばせば、着て外出しても違和感はないだろう。

無事に一夜を明かすことができた。

わたしは、あの嵯峨という男に助けられた……。

彼はいっていた。ここから出てはいけない。

警官はわたしを捕まえようとしていた。母親までも、わたしを知らないといった。でもわたしは、まぎれもなくあの家の娘だ。すべて真実だとするなら、答えはひとつしかない。母が嘘をついているのだ。母だけではない、ビルの管理人も、コンビニの店員も。だれひとりとして、信用できない。

いま外にでても、なにもできない。昨夜と同じ孤立と恐怖のなかに身を投じるだけだ。そんななかで唯一、真実と思える言葉を投げかけてくれた人がいる。それが嵯峨という人だった。それなら、いまはいわれたとおりにするのが賢明かもしれない。

寝室に戻り、遮光カーテンに近づいた。カーテンをわずかに開けて覗《のぞ》くと、外は雨だった。濡《ぬ》れた路面の上を滑っていくタクシーが見えた。歩道にはいろとりどりの傘がひらいている。通学の時間。ふだんなら、自分もあの流れに加わっているころだった。

これからどうなるのだろう。

机の上に目を向けたとき、一冊の本が気になった。

催眠誘導の臨床的研究。題名にはそうあった。著者名は嵯峨敏也。

すると、これは彼の書いた本なのか。手にとって開いてみると、カバーの袖《そで》に写真があった。きのう会った彼に間違いなかった。

掲載されている生年月日からすると、現在の年齢は三十一歳だ。東京都出身で、臨床心理士。東京大学大学院社会学研究科博士前期課程（社会心理学専攻）修了。

臨床心理士。その肩書きは赤羽精神科でもみたことがある。待合室に飾ってあるポスターにあった。臨床心理士とはカウンセラーの資格制度です。そうあった。

すると、彼は赤羽先生とおなじく、心の問題に理解のある人だったのか。道理で、偏見を持たずに接してくれたわけだ。

でも、それならなぜ、赤羽先生を頼るべきでないと主張したのだろう。

そのとき知美は、サイレンの音を耳にした。

はっとして、カーテンの隙間から外を見やる。

マンションの前に、パトカーが三台連なって停車していた。警官が降り立ち、コートを着た男の指示で辺りに散開していく。

来た……。

彼らが探しているのはわたしだ。ほかに考えられない。

思考が一瞬停止し、それからすべての感覚がよみがえってきた。路地で感じた戦慄《せんりつ》、恐怖、不安、孤独。

ひざが震えた。立っていられなくなり、その場にへたりこんだ。

ここにはいられない。急いで玄関へ走った。

またしても足もとがおぼつかなかった。硬いフローリングの上にいるのはわかっているのに、泥を踏んでいるようだった。感覚のない足を強引に靴にすべりこませた。鍵をあけ、扉の外にでた。

廊下にひとけはない。裏手の扉から外にでて、非常階段を駆け下りた。

目黒通りから一本入った裏通り、傘をさした通行人の流れがある。知美とおなじ制服を着た高校生もいた。誰も目をくれようとしなかった。

きのうと同じ、孤独のなかに躍りでた。こうならざるをえなかった。

雨のなかを走りだす。どこへいけばいいのだろう。まったくわからない。それでも、ここを離れなければならない。遠くへ、できるだけ遠くへ。

息がきれてきた。胸が苦しくなった。知美は歩を緩めた。

どれくらい走っただろう、いつの間にか見覚えのない場所に来ていた。ゆるやかな坂道。両側には古びた団地がならんでいる。雨のせいか、外出するひともなくひっそりとしている。薄暗かった。駐車場のクルマに打ちつける雨の音だけが、静かに響いている。

髪も服もずぶ濡れになっていた。肌寒さを感じて、くしゃみをした。風がつめたかった。どこかで雨宿りをするべきだろうか。途方にくれながら歩く。足がふらついた。地面に視線を落としながら歩いた。ゆっくり、一歩ずつ足を踏みだしていけばいい。そうすれば、転ぶことはない。

前方に人の気配を感じた。知美は顔をあげた。すぐ目の前に灰色のスーツを着た、大柄な男がいた。傘はさしていなかった。猪首《いくび》で、がっしりとした体格だった。くぼんだ目が冷ややかに知美を見おろしている。

知美は足をとめた。男は行く手をふさいでいた。この男も幻覚ではなかった。かつては、目の前にとつぜん現れる幻影にしきりに悩まされた。いまはすべてが現実だ。現実なのに、幻覚とおなじく理解不能だった。

知美は後ずさり、それから身を翻して逃げようとした。ところがそちらからも、同じような身なりをした男が近づいていた。

ふたりが味方でないのはあきらかだった。

とっさに知美はガードレールを乗りこえ、男たちから逃げだした。

「まて！」男の声がした。

知美は走った。無我夢中で走った。だが、足音は背後に追いすがってきた。

助けを求めようにも、周りにはだれもいなかった。クルマ一台さえ通らない。ゴーストタウンのように静かだった。

男のひとりが背後に追いすがってきて、知美の口を手でふさいだ。両頰に指をくいこませてきた。

「声をだすな」と男はいった。

身をよじって抵抗したが、男の腕はびくともしなかった。

もうひとりの男が前にまわった。その口元がかすかに歪《ゆが》んだ。男の手から、電気カミソリのようなものが突きだされていた。男はそれを知美の身体に押しつけた。

瞬間、しびれる衝撃が全身を貫いた。激痛が走った。急速に全身の力が抜けていく。

意識が遠くへ去っていく寸前、知美は涙が頰をつたうのを感じた。これですべてが終わるのかもしれない。そう思った。なにもわからないまま、なにも知らされないまま。

直後に、目の前が真っ暗になった。

詭弁《きべん》

中央の会議用テーブルの表面だけが真上からのライトを浴びて、煌々《こうこう》と光っている。その光の反射を受けて闇に浮かびあがった列席者の顔はひどく不気味だった。生首がいくつも浮いているように見える。

総務大臣、外務大臣、経済産業大臣、内閣官房長官、防衛大臣、厚生労働大臣。列席者はそれだけだった。総理の姿はない。

美由紀は、テーブルからひとり離れて立っていた。この場で話し合われるのは、わたしの処遇だ。辛《つら》くても、すべての非難に耳を傾けねばならない。

防衛事務次官が入室してきて、テーブルのわきに立つと、手もとの書類に目を落とした。

「ご報告申しあげます。総理は現在、米大統領とホットラインで緊急会談中ですが、アメリカ政府は遺憾《いかん》の意を伝えてきているようです。他国において武力行使に及ぶことは憲法違反ではないのかと揶揄《やゆ》する声もあがっていると……」

総務大臣が顔をしかめた。「岬のおかした行為は国家としておこなったものではない。使用された武器も弾薬もわが国のものではない。死者どころか負傷者さえも出していない。それに彼女はもう自衛隊員ではないぞ」

外務大臣が首を横に振った。「諸外国はそう考えないでしょう。ODAと称して破壊工作員を紛れこませたと考える国もあるぐらいですから」

「ばかな」野口官房長官は吐き捨てるようにいった。「あれが破壊工作だとして、わが国にどんなメリットがあるというんだ？　ODAの名目でジフタニアへの企業進出を目論《もくろん》でいる国が、ジフタニア政府と敵対するはずはない。誰の目にもあきらかだろう」

円卓のほぼ全員がいっせいに発言した。すべての声がまざりあっていた。なにをいっているのかよくわからなかった。ただひとり、酒井経済産業大臣だけは、露骨に顔をそむけて黙りこくっていた。

外務大臣が声高に告げた。「官房長官は甘すぎる。各国首脳がこぞって総理を非難しているというのに、カウンセラーのほうをかばおうとするんですか」

「だれもかばっちゃいない」野口は椅子の背に身をあずけた。「この場は彼女を裁く査問委員会ではないんだ。会議の議題はあくまで国家として問題にどう対処するかであり、彼女は参考人にすぎない」

胸の詰まるような思いが、美由紀のなかにひろがった。

ここが事実上、わたしの査問委員会であることを、誰もが認識している。だが官房長官は、それを否定した。

わたしを弁護してくれようとしている。立場が不利になることを承知で、こんなわたしを……。

「それで」厚生労働大臣がきいた。「具体的な対策案はあるんですかな」

「いや、なにも」野口はふたたび苦言を呈しようとした列席者たちを手で制した。「さほど心配することではない。ジフタニアは表向き、国民への武力制圧をやめたと発表していた。兵器もすべて解体したと。それがそうではなかった。向こうの嘘からはじまったことだけに、これ以上ことを荒だてることはしない。だから岬美由紀を簡単に取り調べただけで、すぐに放免したのだ」

防衛大臣は腑《ふ》に落ちないようだった。「彼らの身から出た錆《さび》だからこちらに責任はない、そういうんですか。しかし、アメリカに対してはどうです。諸外国の首脳をどう説得されるつもりですか」

「アメリカがこの件に厳しい姿勢をしめしたのは、白人絶対主義者が要職のほとんどを占めているジフタニア政府の存続を陰で支持しているからだ。産出される希少金属が目当てでな。イギリスもご同様だ。それがわが国の、いや岬の行動でジフタニア政府側が損害をこうむった。わが国のODAが偽善的な経済進出であることは各国とも承知していたからな、それでぴりぴりしていたんだろう」

酒井が不満そうな顔を野口に向けた。

外務大臣が口をとがらせた。「そんなに簡単なことですかね。もしこの問題が国連で審議されたらどうなります。安全保障理事会でわが国に対する制裁が全会一致で可決されたら？」

野口は壁の時計に目をやった。「午後四時すぎか。もう事件から四十時間以上が経過してるわけだ。しかし、米英ともに政府はなんの公表もしていない。この事件はなかったことにされるだろう。マスコミさえシャットアウトしておけば、この件が世論に取り沙汰《ざた》されることもない」

酒井が納得いかないようすできいた。「なにを根拠にそう断言できるんです」

総務大臣がふんと鼻を鳴らした。「きみは国と国との均衡がどのように成り立っているのか知らんのかね。経済は経済、軍事は軍事。今回のようなトラブルはトラブル。あらゆるジャンルでの貸し借りだ。相手国がわが国に対して借りを作っている場合には、わが国が起こしたトラブルも大目にみてくれる。持ちつ持たれつというやつだ」

「そういうことだ」野口はうなずいた。「横須賀《よこすか》基地のイージス艦ジョン・S・マッケインがファーストホーク・ミサイルを暴発しそうになった件を、穏便に済ませた貸しはまだ生きてるだろう」

列席者たちは美由紀を見やった。

美由紀は恐縮して視線を落とした。それもわたし絡みのことだ。

「どうですかね」と厚生労働大臣が首を傾げた。「アメリカは軍関係のトラブルは日常茶飯事になりすぎて、おおごとだとは思っていないかも」

しばらく沈黙が流れたのち、酒井がいった。「あれはどうですか。在日米軍基地の人間が日本人女性に集団暴行を働いたっていう事件。あれもわれわれ政府の判断で、表沙汰になるのを防ぎました。基地排斥運動が激化したら困りますからね。マスコミには嗅《か》ぎつけられていないし、アメリカに貸しをつくったことに……」

外務大臣が苦笑した。「小さいよ」

「そうですか?」

「内部資料をちゃんと読め。被害者の女性はもともと精神に障害がある人間で、妄想を本当だと信じこんで被害届をだした。暴行の事実もなければ軍人と会ったこともなかった。公安調査庁と米軍調査部が合同で、極秘に徹底調査してあきらかになったことだ。ようするに被害妄想ってやつだな。精神障害にはよくあることらしい」

美由紀は胸をちくりと刺されたような気がした。

偏見に満ちたものの見方だ。抗議したい衝動に駆られたが、思いとどまった。これ以上、論点がずれるのは好ましくない。

「そうですか」酒井は肩をすくめた。「まあ、みなさんのおっしゃるとおり、レイプ事件ていどじゃ釣り合わないですな」

一同に小さな笑いが起こった。口もとをゆがめていないのは野口だけだった。

たまりかねて、美由紀はいった。「失礼ですが、そのようなおっしゃり方はどうかと思います。その事件は実際には起きていなかったことですが、暴行事件そのものは重大な犯罪であり、軽視すべきではありません」

酒井は美由紀をにらんだ。なにかをいいかけた。

だが、それを制して、外務大臣がいさめるように告げた。「酒井君。不用意な発言はセクハラと受け取られかねんよ」

大臣たちからまた苦笑が漏れた。

美由紀は複雑な気分だった。

閣僚たちはわたしをからかおうとしている。そんな意地の悪さが垣間《かいま》見える。思い過ごしだと考えたいが、そうもいかない。わたしは表情を見て感情が読めてしまう。野口を除く全員の大頬骨筋と眼輪筋が縮小している。つまり、わたしを糾弾できることに喜びを感じている。

裏金問題などの不正を暴かれることを恐れる閣僚たちが、わたしを嫌っていることは知っている。それでも、彼らの精神衛生のために役職を務めあげようと努力してきた。けれども、現実は冷ややかなものだった。わたしを失職させられる絶好の機会に、誰もが顔を輝かせている。

名誉ある職だった。でもここにも、わたしの居場所はない……。

「岬」外務大臣がいった。「きみ自身はどう考えているのかね。つまり、どう責任をとるかという話だが」

やはり。話題はそこに及んだ。

美由紀は重苦しい胸の内を打ち明けた。「申しわけのないことをしたと思っております。責任をとって、わたしはこの職を辞し……」

「いや」野口がいった。「それは許さん」

ざわっとした驚きが、円卓にひろがった。

酒井が身を乗りだした。「なぜです。まさかこのまま岬を国会議員の相談相手にさせておくつもりですか？　国家的な不祥事を起こした彼女を？」

「いかんかね？　なにがそんなに気にいらない？　不祥事といっても、カウンセリングのやり方が間違っていたわけではないだろう。それともきみには、千里眼が近くにいてほしくない理由でもあるのか。辞めていった大勢の大臣たちと同様に」

「……いや、そのう。そういったものはありません」

「なら気に病むこともない。静観すればいいだろう」

厚生労働大臣がきいた。「アメリカとイギリスが強く抗議してきたらどうする？」

「抗議はない。岬が交戦した二機めのヘリは本物のAH64アパッチだった。つまり、アメリカがジフタニア政府の背後にいたという証拠だな。見られたくないものを見られた以上、アメリカもそう強くは出られん」

「なんだ」外務大臣はため息をついた。「そんな切り札があったのか。じゃあ心配はいらんな」

閣僚たちは一様に、残念そうな表情を浮かべた。岬美由紀を失脚させられない、その事実に落胆したに違いなかった。

酒井がたまりかねたようにいった。「甘いですな。それでは対外的にしめしがつきませんよ。アメリカもイギリスも、岬がODAの視察に同行したこと自体に不信感を抱いています。千里眼をなぜ送りこんできたのか、それを訝《いぶか》しがっているんです。スパイ行為が目的だったと思われても仕方がないことです」

野口は眉《まゆ》をひそめた。「きみは、彼女を同行させた私の判断がまちがっているといいたいのか」

「ありていにいえば、そうです。失礼だが、官房長官は岬を過大評価しすぎている。家族の問題で彼女の力を借りたことに恩義を感じておられるようだが、それは公私混同というもので……」

「彼女は優秀なカウンセラーだ。首席精神衛生官としての働きも賞賛に値する。彼女が就任してから、国会議員の入院が激減した。ストレスからくる病気がカウンセリングによって解消されるからだ。それに、答弁から逃げ隠れするために仮病を使う連中もほとんどいなくなった。千里眼に見抜かれてしまうからな」

くぐもった笑い声が列席者から湧き起こった。

酒井はあわてたようにいった。「でもですね、国家間の重要な話し合いの最中に、独断であのような真似を……」

「たしかに行き過ぎはあっただろう。だが、結果的には救われたんだ。私も、きみもだぞ。あのままODAを開始してみろ。ジフタニア政府のペテンもいずれは露見する。そうなったら米英とともにわれわれは非難の矢面に立たされたことだろう。きみは首がつながったことに感謝するべきだ。それに、ジフタニア政府が軍備と民衆弾圧を認めていない以上、あの場での岬の行為は、目の前で暴徒によって危険にさらされている子供たちを救った、ただそれだけのことでしかない。緊急避難や正当防衛の範疇《はんちゅう》だといえるだろう。すでに各国の大使には、そのように説明してある」

「暴徒だなんて。相手は攻撃ヘリですよ」

「だから正当防衛のためには、岬もヘリを使ったんだろ」

野口の言葉に、また大臣たちが笑った。おかしさを感じているというより、誰もが諦《あきら》め顔だった。

総務大臣がテーブルの上で両手をひろげた。「仕方がない。ここは野口君の提案どおり、静観とするか。誰か意見があるかね」

沈黙がその答えだった。

「どうも」野口はいった。「では、解散だな」

列席者たちがおもむろに席を立った。酒井は硬い顔をして椅子に座っていた。

防衛大臣が美由紀を一瞥《いちべつ》した。「空中戦をしたいのなら、自衛隊を辞めるべきじゃなかったな」

皮肉めかせたひとことを告げると、防衛大臣は仏頂面のまま立ち去っていった。

美由紀は困惑せざるをえなかった。たしかに大臣のいうとおりだ。わたしはあまりに身勝手すぎる。

野口が近づいてきた。美由紀は頭をさげた。

「官房長官」美由紀はいった。「このたびは、ご迷惑をおかけしました」

「今後、気をつけたまえ」野口は厳しい口調でいった。

そのとき、円卓テーブル上の電話が鳴った。テーブルから離れようとしていた総務大臣が、受話器をとった。はい。

総務大臣の視線がこちらを見た。戸惑いの表情を浮かべている。そうですか、はい。では、そのとおりにします。そういって、受話器を置いた。

「岬」総務大臣は咳《せき》ばらいした。「一か月、自宅で謹慎せよとの総理の命令だ」

美由紀は呆然《ぼうぜん》として立ちすくんだ。

野口が信じられないようすできいた。「なんだって?」

「いまいったとおりだ。総理の命令だ」

ひとりテーブルに残っていた酒井が、弾《はじ》けるような笑い声をあげた。「これはどうも。官房長官、あなたの推測はまちがっていたようですな。まあ、解任にならなかっただけでもさいわいでしょうが」

「ばかな」野口は憤然とした。「米英の公式なクレームがこないうちからこちらが動けば、諸外国はかえってわれわれがやましいところを持っていると考えるはずだ。いま岬に処分を科すことは適当ではない」

「あなたはそう思っていても、総理はそう思わなかったってことです」

「それならきみも、処分されて当然だろう」

野口の言葉に、酒井の顔がこわばった。

総務大臣は浮かない顔でいった。「いや。酒井君にはなんの指示もない。謹慎は岬だけだ」

「ふん」酒井は立ちあがった。「すべてが把握できていると思ってる人間ほど、地に足がついていない場合が多いもんですよ。じゃ、経済産業省で会議がありますんで、これで失礼」

酒井は岬に目もくれず扉に向かい、歩き去った。総務大臣も無言で卓上の書類をまとめ、部屋をでていった。

「納得いかん」野口は苛立《いらだ》たしげにいった。「こちらの会議の結論を上げてもいないのに、どうして総理は一方的に命令を下してきたんだ。会って事情をきかねば」

美由紀は野口にきいた。「わたしはどうすれば？」

「きみは自宅で待機だ」

「でも……」

「待機だ。追って連絡する」

はい。美由紀はささやいた。

野口は足ばやに部屋をでていった。

美由紀はがらんとした室内を見わたした。

正しい行いをしたい。そう思って生きているのに、現実の壁が立ちふさがる。

ジフタニアの海岸で会った子供たちのことを思いだした。陽が傾き、海岸がオレンジいろに染まるまで走りまわり、サッカーボールを蹴《け》りあった。

水平線の向こうに落ちていく夕陽を、子供たちと眺めた。暗くなってくると、子供たちがさびしそうな顔をした。泣きだす子供もいた。気丈にふるまっていたが、やはり内心では不安なのだろう。

美由紀は子供たちを励ました。心配しないで、もうすぐお父さんやお母さんたちが帰ってくるから。そういった。それでも、子供たちには辛《つら》い毎日が待っている。彼らの住居はほとんど破壊されてしまった。翌日から、再建に向けて働かねばならない。

迎えにきたクルマに乗り、村を去るときの光景が忘れられない。走って追いかけながら、手を振る子供たちがいた。

いまこうしているときにも、あの子たちは地球上にいる。いや、いてほしい。この先も、ずっと。

いっそのこと、彼らのもとへ行きたい。美由紀はそう思いながら、暗い部屋をあとにした。

ピアノ

外はすっかり暗くなっていた。

美由紀はTシャツにデニムの上下、スニーカーというカジュアルな服装に着替えると、内閣府庁舎をでた。

ようやくいつもの自分に戻れた気がする。窮屈なテーラードのシングルふたつボタンのスーツは、二階のオフィスに置いてきた。

グランドプリンスホテル赤坂まで歩いて、旧館の裏にある駐車場に向かう。このあたりでリッターバイクを安心して停められるのはここしかない。

カワサキのGPZ1000RX、メタリックな黒のボディにまたがって、豪快にエンジン音を轟《とどろ》かせる。風をきってスロープを下り、赤坂通りから国道二四六号方面に向かった。

慢性的な都心部の渋滞をすり抜け、アクセル全開で駆け抜ける。いまは静止したくない。スピードに身をまかせて、憂鬱《ゆううつ》な思いから逃避していたい。

渋谷区のはずれのタワーマンションについた。四十八階建ての新築ビル、美由紀は不相応に高級だと感じていたが、ここに住むことは永田町の国家公務員としての義務なのだという。セキュリティは万全で、近くに警察署もある。与党の若手議員も多く住んでいるときいた。

バイクは地下駐車場に停めて、エントランスに向かった。

すると、オートロックの自動ドアの前に、ひとりの女がうろついていた。光沢のある派手ないろのコートを着ている。両手には買い物袋をさげていた。

女は美由紀を見ると、顔を輝かせて駆け寄ってきた。「美由紀！　ひさしぶり」

誰だろう。モデルのように整ったヘアスタイル、化粧もばっちりだ。年齢はわたしと変わらないようだが、こんな知り合いがいただろうか。

目を凝らすうちに、おぼろげにその顔に見覚えがあると感じだした。

はっとして、美由紀は息を呑《の》んだ。「高遠《たかとお》先輩？」

「そう」高遠由愛香《ゆめか》は満面の笑みを浮かべた。「奇遇ね！　こんなところで」

「あ、あのう」美由紀は返答に困りながらいった。「奇遇ってことはないよね。偶然じゃないし」

「……なんでそう思うの？」

「なんでもない。けど、会えて嬉《うれ》しい。高校以来だっけ」

「卒業してから全然連絡くれなかったでしょ。知らないうちに出世しちゃって。いまお仕事は何してんの？」

「高遠先輩……」

「ああ」由愛香は額にてのひらをやって、しまったという顔をした。「こんな外交辞令、やっぱ見え見えだよね。わたしがなに考えてるかわかるんだよね、美由紀って。千里眼になったんだし」

「ちょっと違うけど……。でも、やっぱり知ってたのね」

「そりゃ、マスコミでも毎日のようにやってたしさ。びっくりしたわ。あなたが友里佐知子の弟子やってたなんて」

「弟子じゃないけど……」

「あの女もねぇ、まさかあんな人だったなんてね。人は見かけによらないね。でもあなたもそうよ、美由紀。その前は戦闘機乗りでしょ？　で、いまは政府の相談役か何かだっけ？　すごすぎない？　どうやったらそんなに出世できんの。風水でもやってる？」

「高遠先輩、わたしに会いに来たんでしょ？　それもなにか用があって、わざわざ出向いてきた。ここではけっこう足が痛くなるぐらい長いこと待ってた」

「やだ。噂は本当だったのね。顔を見るだけで、そこまでわかるの？」

「まあ……ね。ごめんなさい、心を見透かすつもりはないんだけど、高遠先輩……」

「由愛香って呼んでよ。社会人になったら一年の違いなんて同い年みたいなもんだし。まあ、でもさ、美由紀。わたしの心が読めるなら話は早いわね。というわけで、お願い」

両手を合わせて頭をさげる由愛香を、美由紀は途方に暮れながら眺めた。

「ねえ……由愛香。って呼ばせてもらうけど……。どんな頼みなの？」

「なによ、もう。人が悪いわね。みなまで言わすつもり？」

「そうじゃないけど、わたしがわかるのって感情だけなの。あとは嘘をついているかどうかとか……」

「なんだ、ぜんぶ判るんじゃないんだ。ええとね、美由紀。わたしが将来、店を持ちたいって言ってたの、覚えてるでしょ？」

「ええ。飲食店やりたいって」

「今度さ、上野に中華料理店出すメドがついたんだよね。で、単刀直入にいうけど、お金貸して」

「……ほんとに単刀直入ね」

「千里眼相手に下心隠してもさ、意味ないでしょ。フカヒレが安くたくさん仕入れられるルートが見つかったの。ぜったい成功するからさー。投資のつもりで貸してよ」

「由愛香。気持ちはわかるけど、飲食店経営がうまくいく確率はとても少なくて……」

「ちょっと、美由紀。あなたが高三のときさ、家飛びだして行くあてもなくなって、それでどうしたんだっけ？」

「……大学生だったあなたのアパートの部屋に転がりこんだ」

「そうでしょ？　高校のサークルの先輩がさー、卒業したあとでもわざわざ力になってくれたんだよ。それってすごく恩義に感じていいことじゃない？」

「んー」美由紀は頭をかいた。「それはもちろん感謝してるけど……」

「夕ご飯、まだでしょ？」由愛香は買い物袋を持ちあげた。「材料用意してるから。お店のレシピどおりに作ってあげる」

「いえ、また今度で……。投資のことは考えておくから」

「美由紀」由愛香はため息まじりにいった。「相手の考えが読めるのは、あなただけじゃないのよ。わたしも、曲がりなりにも一年先輩だし、やせ細った難民みたいだったあなたに救いの手を差し伸べて、何か月も面倒みてあげた立場なのよ。あなたがいまどんなふうに感じているか、わたしにはわかるの」

「へえ……」

「あなたは気のないそぶりをしてるけど、じつは喜びに満ち溢《あふ》れてる。なにが嬉しいかって、わたしが来たことよ。あなたは人の心が見通せるようになって、孤独を感じてるわね。違う？　周りの人間がみんな表と裏があって、汚いやつばかりに見えて、信用できないと感じてる。だから友達も、彼氏もできなくて、こんなに早い時間に帰ってる。違う？」

「由愛香はそういう人じゃないわけ？」

「いいえ。だから言ってるじゃないの、下心はあるけど、わたしの場合は隠してないって。むしろ貸してほしい金額まで見透かしてって感じ。とにかく、孤独なあなたにはさ、少しばかり損得勘定があっても、一緒にいてくれる友達が必要でしょ。いや、必要なの」

「……由愛香。会えて嬉しいけど、話し合いはまた今度に……」

ところが、由愛香はオートロックのテンキーにつかつか歩み寄ると、上機嫌にいった。

「自分の心に正直になったら？　十年前みたいに楽しくやろうよ。さあ、開けて。暗証番号、何番？」

ためらいがよぎる。複雑な感情が美由紀のなかに渦巻いた。でも……。

「暗証番号、シェイクスピアの誕生年にしてるの」

「あー、そう。シェイクスピアね。美由紀、高校のころも読んでたもんね」由愛香はテンキーに手を伸ばした。

「何年か知ってるの?」

「もちろん。これだけは覚えやすいからさ。人殺し、と《1564》」

ブザーが鳴って、扉は解錠された。由愛香は上機嫌そうに振りかえってから、自動ドアのなかに歩を進めていった。

そんなゴロ合わせで覚えているなんて。美由紀は呆気《あっけ》にとられていた。けれども、わたしはなぜ彼女を受けいれてしまったのだろう。最初は断るつもりだったのに。

答えは簡単だった。彼女の指摘したことが当たっていたからだ。

わたしは孤独だ。千里眼が人を遠ざける。だから、誰でもいいから近くにいてほしい。こちらの許せるていどの下心なら、拒絶する理由なんてない。


「わー」由愛香は部屋に入るなり、リビングルームに駆けていった。「すごい部屋! 白いグランドピアノに白いカーペットって、まるでお嬢じゃない! そっちは寝室? うそー! 天蓋《てんがい》つきベッドって……お姫さまじゃないの! すげー。国家公務員って儲《もう》かるんだね。年金を分捕ってるだけのことはあるわ」

美由紀は困惑を覚えながらいった。「内閣官房付の役職は福祉の予算とはまったく別よ。

ピアノやベッドは病院勤めのころに買ったものだし……」

由愛香はベッドの上に飛び乗り、横たわった。「気分いい！　でもちょっとここ暑いね。インド人の恰好《かっこう》した僕《しもべ》とか雇って、おっきなウチワで扇がせたら？　頭にターバン巻いて、腹がでっぷり太ってる男」

「ねえ、由愛香……。たしか大学をでたら商社に入るとか言ってなかった？」

「入ったわよ。だけどさー、会社はどこも男社会でさー。嫌気がさして無断欠勤して、そのまま辞めちゃったから、退職金もなくて。いま文無しってとこ。美由紀のほうはどう？　性差別とか受けてない？」

言葉が見つからず、美由紀は黙りこんだ。

差別。あの閣僚たちの態度は、それに該当するのだろうか。

いや、悪かったのはわたしだ。わたしが面倒を引き起こしたから、彼らは会議を持たざるをえなかった。わたしは、人を責められる立場にはない。

「おっと」由愛香は起きあがって、枕もとのリモコンを手にした。「これまたでっかいテレビ。地デジも当然、入ってるんでしょ？」

壁ぎわのハイビジョン・プラズマに電源が入る。

ところが、画面はでなかった。音声もない。

「映らないよ？」と由愛香がいった。

「変ね」美由紀はリモコンを受け取った。

チャンネルを変えてみたが、どこも受信できない。

唯一、ケーブルテレビの文字ニュースチャンネルだけが表示された。ニュースの更新された時刻は、午後五時となっている。

表示された見出しには『中国の気功集団、光蔭会の参加者、一億人を超す』とあった。

「中国!?」由愛香は立ちあがってテレビに近づいた。「中華料理店のオーナーとしては、ちゃんと知識を得とかないとね。えーと、なになに……。光蔭会とは二十年の歴史を誇る、中国でも最大規模の気功の流派。中国全土に無数に存在する道場に、健康を求める老若男女が毎日のように通いつめている。宗教的な気功のグループとは異なり、光蔭会にはリーダーや組織体系はなく、受講も無料である。つまり営利目的の団体ではなく、流派が自然に人々のあいだに受け継がれ、急速に広まっていった……か。でもレストランで提供できるサービスじゃないなぁ。道場とかと一緒にするのって無理っぽいわ。保健所がうるさいから」

「気功だなんて……。由愛香、そっちはさすがに手をだしてほしくないけど」

「そう？　うちの母は気功の教室通って、肩こりが治ったって言ってたわよ」

「気功健康法はたしかに効果があるし、問題もないの。〝気〟があくまでイメージトレーニングとして用いる想像上のもので、実際には自己暗示によって体内環境がよくなるっていう、心理学的な効能であることを承知しているのならね。でも、超常的なパワーの存在を信じてると、それがないとわかったときに、急に気功健康法の効能がなくなっちゃう可能性もあるから」

「ふうん。美由紀、変わったね」

「そう？」

「なんか、そんなに理路整然と喋《しゃべ》るなんて美由紀らしくもない。無口な女だったのにね。いつ変わったの？　自衛隊に入ってから？　そういえば、その当時の写真とか飾らないの？」

「そういうのは……。自衛隊のころの写真はぜんぶ捨てちゃったし」

「ぜんぶ!?　どうして？」

「思い出としてとっておきたい物じゃなかったし、こだわりもなかったし」

「さっぱりしてるわ。そこは昔と変わらないかもね。あ、それでさ、お店のことなんだけど……」

電話が鳴った。

「ごめん、ちょっと待って」美由紀はサイドテーブルの受話器を取った。「はい、岬です」

官房副長官のしわがれた声がした。「福井《ふくい》だが」

「なんでしょう」

「もうきいていると思うが、きみは明日から一か月謹慎だ。自宅からでてはいけない。わかったな」

奇妙な感触がかすめた。美由紀はきいた。「あのう、さきほど野口官房長官が、総理と話をすると……」

「これは官房長官の指示だ。総理と相談された結果だ」

「では、官房長官からの連絡があるまで待ちます」

「その必要はない。官房長官は私に言伝《ことづて》を頼んだんだ。繰り返す。ひと月、謹慎したまえ」

返事もまたず、電話は切れた。

空虚さとともに、妙な気分が広がっていく。

野口官房長官は、言伝を嫌う。どんなことでも自分で伝えようとする。それなのに、どうしていまは……。

腑《ふ》に落ちない。謹慎にしても、なぜ自宅から出てはいけないと念を押すのだろう。ひと月も外に出ないなんてありえない話だ。

マスコミの取材でも気にしているのだろうか。美由紀は窓辺に近づき、マンションのエントランス前を見下ろした。

そのとき、美由紀のなかに緊張が走った。

向かいのオフィスビルの窓、双眼鏡をこちらに向けている男の姿がある。

スーツを着た、痩《や》せた男だった。いまは、そ知らぬふりをして室内に引き返していく。だが、さっきまではちがっていた。こちらを見張っていた。

ブラインドを閉じて、美由紀は身を翻した。

「ちょっと、美由紀」由愛香が呼びかけた。「どこ行くの？」

玄関でスニーカーを履きながら、美由紀はいった。「ごめん。ちょっと出かける。ここにいていいから」

「え？　そんなの……。ってか、あなたに隠しごとできないんだったね。嬉《うれ》しぃー！　寝泊りしてもいい？」

「うん、朝まで帰ってこれないかもしれないし……。お金のことは、明日相談に乗るね。じゃ、キッチンとかは好きに使っていいから……」

返事も聞かず、美由紀は扉から駆けだした。

胸騒ぎがした。なにかが起きている。わたしがまだ気づいていないなにかが。

美由紀はマンションの外にでた。

向かいのビルを見あげる。こちらを監視していた男は、もう部屋に留《とど》まってはいないだろう。そんなに鈍い人間とは考えにくい。

そのとき、マンションの外観がなぜか気になった。どこかがいつもと違って見える。地デジ用のUHFアンテナだ。十階の壁面から突きだすように設置されているはずなのに、いまは取り払われている。

しばらく見あげていると、靴音が近づいてきた。階下に住む顔見知りの女性だった。女性は会釈して通りすぎようとした。

「あの」美由紀は声をかけた。「テレビのアンテナ、どうなったか知りません?」

「ああ……。きょうは点検だとかで、電気屋さんが来てるんですよ。忙しいから遅い時間になるって、エレベーターのなかに張り紙がしてありましたよ」

「そうですか。どうも……」

女性はマンションに入っていった。

張り紙は見ていない。エレベーターにそんなものはなかった。誰かが剝《は》がしたのだろうか。

それよりも、胸にひっかかることがあった。

わたしはあまりテレビを観ない。ひとりで部屋に帰っていたら、テレビはつけなかっただろう。だがきょうは、たまたま由愛香がリモコンでスイッチをいれた。とはいえ、つけても映らなかった。

どちらにしても、結果は同じだった。テレビは観られない運命だった。なぜそんな偶然が起きたのだろう。

ため息をついて、その思考を中断した。偶然は偶然だ。わたしは、ささいなことを気にしすぎる。

地下駐車場への階段に向かった。暗くなっていたが、風に吹かれてどこからともなく、子供がはしゃぐ声がきこえていた。

胸騒ぎ

いつからこの部屋にいるのだろう。

須田知美はぼんやりとそう思った。思いだせない。

ここで目覚めてからどれくらい経っただろう。数日、あるいは数週間。わからない。考えても仕方がない。ここでは、時間は意味を持たない。そんなふうに思えた。

窓のない、閉塞《へいそく》感のある正方形の小部屋。天井は妙に高く、中央に埋めこまれた電球がきいろい光を放っている。

さっきから、電球の表面に黒点のようなものがちらついて見える。目を凝らした。蛾だとわかった。しばらく、明かりにたわむれる蛾の姿をみつめた。

しだいに、それが気になってきた。光があるせいで、蛾は休みなく飛びつづけねばならない。やがて、疲れきってしまうだろう。

かわいそう、そう思った。明かりを消してあげよう。そうすれば、蛾も羽根を休めることができる。

身体を起こそうとしたが、動けなかった。ふいに、自分がどうなっているかを思いだした。

わたしは床に横たわっている。両腕は、なにかを抱きかかえるように胸の前で交差して、背中へとまわされ、固定されている。

拘束衣を着せろ、たしか誰かがそういったのを聞いた。そしてこれを着せられた。

身体の向きを変えようとすると、激痛が走る。全身の骨が抗議するような痛みだった。だから動かずにいた。

他人の目にはわたしがどう見えるのだろう。少し考えたが、すぐにどうでもよくなった。いまできることはふたつしかない。電球をみつめつづけること。そして疲れ知らずに飛びまわる、蛾の動きをながめつづけること。

どれくらい時間がすぎただろう。唐突に、目の前が真っ白になった。

電球が急に明るさを増し、太陽のように強烈な光を放った。蛾の動きがかすみ、やがて溶けこむように見えなくなった。

目に痛みを感じた。顔をそむけようとしたが、不可能だった。首すじに痛みが走る。目を閉じても、光がまぶたを通して飛びこんでくる。

苦痛だった。これまでも、何度か経験したことを思いだした。この部屋にきてから、同じことが繰り返された。それがまた始まった。あの悪夢のような時間が。

「おはよう」男の声がした。スピーカーを通したような、くぐもった音声だった。音量はやけに大きい。頭のなかに突き刺さってくるようだ。

「須田知美」男の声はいった。「充分休んだようだね。それでは、つづきをはじめよう。質問に答えるんだ。いいな」

逃げられない。知美は身体が震えるのを感じた。また、あの長く辛《つら》い時間がはじまる。どこへも逃げられない。いっそのこと、死んでしまえたらどんなに楽だろう。

男の声が厳しくいった。「返事はどうした。はいと答えろ」

知美はなにもいえなかった。声がでない。息をするのも苦しくなってきた。

「いいか、質問に答えるんだ」しばらく間があって、声は厳しくいった。「なぜ返事をしない。はいと答えろ！」

なにかが動きだした。揺れている。壁全体が揺れている。壁の模様も、しきりに姿を変えている。なんだろう。まだら模様の壁紙が、うごめいているように感じられる。

模様じゃない。虫だ。蛾ではなく、羽根のない虫がいる。それが何千何万、壁と天井を覆いつくしている。

いや。知美はそう叫んだ。壁に声が反響した。それに反応したのか、虫の動きが活発化した。

「いやじゃない」男の声が大きくなった。「きかれたら、はいと答えるんだ！」

知美は首を振ろうとした。しかし、身体はぴくりとも動かなかった。虫はどんどん増殖している。顔の上にも這《は》ってきそうだ。それでも、どこにも逃げられない。

男の声が反復する。私の質問に答えろ！　返事をしろ！　はいと言え！

悲鳴をあげた。自分ではそう思った。声がでているかどうか、さだかではない。なにもわからない。なにもできない。涙が目にあふれた。それでも容赦なく、強い光が射しつづけた。目が痛かった。涙を流すこと自体、苦痛だった。しかし、泣きやむことはできなかった。

虫は幻覚だ。それはわかっている。けれども、苦しみは和らぐことがない。恐怖と、不快感と、焦燥感と、嫌悪感。すべてが渾然《こんぜん》一体となって全身にひろがっていく。

知美は自分の悲鳴をきいた。自分の口から液体が流れだすように、とめどなく悲鳴をあげつづけていた。

美由紀はバイクを降りると、ガードレールをひとまたぎした。

夜の闇のなか、総理官邸前はひっそりと静まりかえっている。西側のなだらかなスロープ、一階玄関に向かう道に、美由紀は歩を進めた。

すると、セキュリティゲート付近でなにやら怒鳴りあう声がした。中国語のようだが、北京語か広東語かはっきりしない。

ゲートのすぐ向こうで、警務隊のSPらしき黒いスーツの男に対し、中国人とおぼしき青いスーツの男がしきりに抗議している。

どうしたのだろう。

美由紀がゲートに近づいたとき、中国人はふいに踵《きびす》をかえして、こちらに歩きだそうとした。そのため、美由紀と真正面からぶつかってしまった。

中国人はカバンを落とした。書類、筆記具、薬のビンが散乱した。市販品の塗り薬のパッケージには、香港脚とあった。

「対不起《ごめんなさい》」美由紀は中国語で詫《わ》びながら、それらを拾い集めた。

万年筆は象牙《ぞうげ》の蓋《キャップ》だった。傷がついてしまったかもしれない。

だが相手はなにもいわず、むっとした顔でそれらを美由紀から受け取り、元に戻した。それから苛立《いらだ》たしげに咳《せき》払いをして、さっさと歩き去っていった。

SPは美由紀を見た。「なにかご用で？」

「あ、首席精神衛生官の岬美由紀です。官房長官にお会いしたいんですが」

「岬さん、ですか」SPの表情は曇った。「官房長官は閣議室で総理と会談されてる最中でして。中座はできないとのことです」

ほんの一瞬だが、SPの上瞼《まぶた》が上がり、下瞼は緊張した。わたしと目を合わせることを恐れた。それはつまり、嘘をついている人間の典型的な反応だった。

美由紀はSPの肩ごしに、スロープの先の玄関をちらと見やった。

公務用のセダンが出払っている。官房長官のみならず、閣僚のほとんどが不在に違いなかった。

「みんなどこに行ったんですか？」と美由紀はきいた。

SPはぎくりとした顔をした。「さ、さあ。何のことですか？」

「警備部警護課は、警視庁のなかでもエリートのはずでしょ。とぼけたり嘘をついたりするなんて、ふさわしくない行為だと思うけど」

「嘘などついてませんよ」

「ふうん……。いま中国の人が、怒って帰っていったけど、あれは誰だったんですか？」

「香港の観光協会の人ですよ。外務大臣と面会の約束があったんですが、大臣は緊急の会議でお会いにならなかったので」

「本当のことをいってほしいんですけど」

「いってますよ。……私の嘘を見抜いたとでも？　評判の千里眼で？」

「表情から察しただけじゃないの。さっきの人は香港じゃなくて、中国政府の関係者でしょ。たぶん大使館員」

「な……なぜそう思われるんです？」

「カバンの中身に、水虫の薬が混じってた。パッケージに香港脚とあったけど、水虫をそう呼ぶのは香港以外の中国なの。香港では星加坡《シンガポール》脚って書くし」

「で、でもなんで大使館員だと……」

「万年筆の蓋が象牙だったから。二〇〇四年五月に中国政府が合法の象牙製品に適用したマークがついてた。合法といっても、あんなものを日本国内に持ちこめるのは中国大使館領事部ぐらいだろうし。あなたが口止めされているのはわかったけど、あえて聞きたいんです。官房長官たちはどこ？」

「あの……それは、ですね……。申しあげるわけには……」

しかし美由紀は、ＳＰの返答には期待していなかった。正解は彼の顔にあらわれている。

美由紀は背を向けて歩きだした。「どうも、お邪魔しました」

「あ、お待ちください。岬さん。……どこに行かれるつもりなんですか」

バイクに駆けていきながら、美由紀は行き先を絞りこんでいた。大臣たちが揃って外出し、どこかで会議を持っているとなれば、それは都内にいくつか点在する極秘の施設のいずれかだろう。

官房長官の居場所を尋ねたとき、SPの表情筋から、血圧の上昇と新陳代謝が促進される反応が読みとれた。それは、赤いろを思い浮かべたときに無意識的に起きる生理学的な反応だった。

極秘の施設、赤いビル。考えられる場所はひとつしかない。

美由紀は赤坂通りにバイクを飛ばし、六本木方面に疾走していった。

午後七時すぎ、まだ繁華街は混みあっている。景気の回復とともにタクシーも数を増やしているようだった。

都心は往年の賑《にぎ》やかさを取り戻しつつある。でも、格差はどんどん広がる一方だ。

外苑東通りと交わる乃木坂《のぎざか》陸橋付近の交差点で、赤信号で停車した。

交差点の角にそびえる超近代的な高層ビル、その正面に設置されたオーロラビジョンが、企業のコマーシャル映像を流していた。

世界的に有名な女優が微笑し、企業ロゴが重なる。ナレーションが告げた。「百億人が満ち足りた暮らしを送る星、未来の地球へ――。メフィスト・コンサルティング・グループです」

メフィスト・コンサルティング。世界じゅうに支社を持つ老舗《しにせ》のビジネス・コンサルティング・グループ。このビルはそのグループ内企業のひとつ、ペンデュラム日本支社だった。

このところの景気回復は、メフィスト・コンサルティングの力によるところが大きいとされている。国内経済ニュースでも、頻繁にその名が取り沙汰《ざた》されていた。コンサルティングの対象となる職種は金融、医療、建設、運輸、交通、広告、食品、通信など多岐にわたる。現在、世界的企業のほとんどがメフィストと契約を結んでいて、高い業績をあげているときく。

いまの日本の大企業にとってメフィストはまさに救世主的な存在なのだろう。ただし、コンサルタント契約のためには多額の費用が必要にちがいない。本当に苦しんでいる町工場の経営者、商店の店主らには縁のない話だろう。

信号が青になった。美由紀はバイクを発進させた。

百億人が豊かな暮らしだなんて。資本主義的搾取企業の代表的存在として知られるメフィスト・コンサルティングにはふさわしくないキャッチフレーズだ。食糧不足に縁のない人々は、全人類のわずか二十パーセント以下だというのに。

ジフタニアの子供たちを含め、貧困は世界に広がっている。

飢餓、それに伴う戦争……。どうすれば不幸の連鎖を食い止められるのだろう。

物思いにふけりながら、美由紀はバイクを竹芝通りに乗りいれさせた。

警備の警官の姿が目につく。そこかしこに警察車両がある。美由紀は確信した。やはり、官房長官たちの居場所は、このすぐ先に違いない。

ほどなく目的地に着いた。

港区芝大門《しばだいもん》西四―七―十六。イタリア人建築デザイナーにより朱いろに覆われた外壁は、芝公園周辺の落ち着いた景観を破壊するものとして、地域住民の反対運動も起きている。

その崎山《さきやま》ビルの外観は、じつは省庁所管の施設であることを隠蔽《いんぺい》するために、意図的に派手な色づかいがなされたものだった。

人目をひく真っ赤なビルの一階と二階に、日本の防衛の要である防衛統合司令本局なる部署がおさまっているとは、誰も想像できないだろう。

実際、美由紀も防衛省の組織図に記されていないこのセクションの存在を、つい最近になって知らされた。恒星天球教のテロに対する各基地の特別警戒態勢へのアドバイスのために、東京湾観音事件の当事者として招かれたのだった。

美由紀は道路をはさんだ向かいのビルの前にバイクを停めた。

ＳＰが周囲の警備を固めている。道沿いには閣僚専用のセダンが連なっていた。

二階の廊下に明かりが灯《とも》っている。大会議室に入ろうとしている人の群れがあった。

閣僚たちの姿もあった。総務大臣、外務大臣、防衛大臣、厚生労働大臣、文部科学大臣、財務大臣、国土交通大臣。警察庁長官の顔も見える。そして、野口官房長官も内閣府特命担当大臣と歩調をあわせながら、戸口のなかに消えていった。

なんの会議だろう。警察庁長官が同席しているということは……。

そうだ、恒星天球教の件に違いない。

防衛統合司令本局で極秘の会議を持つということは、非公式に大規模な防衛作戦を展開しようとしているのだろう。

友里佐知子はやはり生きていたのか。また動きだしたのか……？

けれども、どうしてわたしひとりが蚊帳《かや》の外に置かれているのだろう。

理由は考えるまでもなかった。ジフタニアであんな暴走行為に及んだわたしを、テロ対策会議に加えたがるわけがない。

でも……。

やはり、じっとしてはいられない。

友里はわたしの人生に深い爪あとを残し、運命を狂わせた。わたしは彼女の企《たくら》みに気づけなかった。側近のような立場でありながら、友里の正体を見抜けなかった。

いま、国家の平和が脅かされているのは、わたしのせいだ。

もう二度と、遅れをとりたくはない。そして、テロの犠牲者をひとりもだしたくない。

美由紀はバイクのグリップを握った。ここで歓迎されない以上は、独自に道を切り拓《ひら》くしかない。

防衛統合司令本局の大会議室で、福井官房副長官がいった。「厄介ですな。われわれがここに集まることがあるなら、それは恒星天球教がふたたび動きだしたときになると思ってました。ところが、きょうはそれとはまるで無関係……というより、ずっと大きな問題を抱えているわけです。それも中国とは」

野口はため息をついて椅子に身をしずめた。

米英に対する方針が固まったと思ったら、思わぬところから火種があがった。これでは気の休まる暇もない。

安全保障室長が吐き捨てるようにいった。「中国政府はいったいなにを考えているんだ。正気とは思えん」

「しかし」酒井が大声でいった。「もとはといえば野口官房長官がODAの視察に岬を同行させたせいでしょう」

やかましい男だ。野口はにらみかえした。それはわかっている。責任をとる覚悟もできている。だが、いまの自分にはもっと重大な課題が与えられている。筋を通し、すべてを明らかにし、危機を回避することだ。

環境大臣が咎《とが》めるようにいった。「酒井君。もとはといえば、ジフタニアにODAの視察を派遣することを提案したのはきみだろう」

酒井は口ごもった。「しかし、私はあんなことになるとは……」

「もういい」野口はいった。「ジフタニアの事件はたしかに私の責任だ。だが、なぜこれが現在の危機に結びつくのかはあきらかでない。どう考えても、中国政府の過剰反応としか思えない。総理の名義で送ってある申し開きの文書を読めば、向こうも考えが変わるはずだ」

法務大臣が腕時計を見た。「そろそろ返事が来ないとおかしいですが」

しばらく沈黙があったのち、厚生労働大臣が苦々しくいった。「だいたい、外交において臭いものに蓋《ふた》というやり方はまちがっている」

外務大臣が表情を険しくした。「なにがいいたい」

「報道規制ですよ、一連の。中国の対日感情は十年も前から急激に悪化していた。日本製品の不買運動や企業の締めだしなどもあった。それなのにわが国では嘘の貿易収支を算出するなどして関係が健全であるかのように装いつづけた。あれでは中国人民の不満が鬱積《うっせき》するのは当然です」

「それはわが国だけの政策ではない。社会不安を煽《あお》らないよう、国連で決議されたことだぞ！」

「その結果がこれですか。おめでたいのは国民だけですよ。これだけの危機に瀕《ひん》しながらいまも気楽な時間を過ごしている。明日以降もそんな日がつづくと信じてる」

「やめろ！」野口は苛立《いらだ》ちとともに怒鳴った。「常識で考えろ。これが戦争の引き金になるはずがない。彼らがそんなに愚かであるはずがない！」

ふたたび静寂が包んだ。

酒井は椅子から立ちあがると、落ちつかないようすで、部屋のなかをいったりきたりしていた。あとの大臣は焦燥のいろをただよわせながら、無言でテーブルを囲んでいた。

数分がすぎた。あわただしく駆けてくる足音がした。

ドアが開いた。内閣府の若い職員が、汗まみれの顔で飛びこんできた。「動きがありました」

野口は立ちあがった。ほかに座っていた列席者も、すべて腰を浮かせていた。

「返答か」と野口はきいた。

「いえ」職員は青ざめた顔でいった。「返答はありません」

「どうしてだ。国家主席は文書を受け取ったはずじゃなかったのか」

「はい、それはたしかです。ただし……情報によると中央軍事委員会の多数決で、わが国からの文書を無視することが決定したとのことです」

時間が静止したかのようだった。

閣僚たちは無言のまま、身体を凍りつかせていた。

野口も呆然《ぼうぜん》とせざるをえなかった。こんなことがありうるのか。

職員が告げた。「さらに悪いことに……中国側は在日大使を引き揚げさせました」

重苦しい空気が大会議室に広がっていく。

防衛大臣がいった。「自衛隊に警戒体制を発令せねばなりません。失礼していいですか」

野口がうなずくと、防衛大臣は足ばやに退室していった。

会議テーブルは喧騒《けんそう》に包まれた。議論は活発になったかに見える。だが、そうではない。解決の糸口など、いまのわれわれに見いだせるはずもない。

悪夢としかいいようのない事態だ、と野口は思った。

戦後最大の危機。いまがその瞬間だった。

職員が近づいてきて、野口に耳うちした。「官房長官。ちょっとよろしいですか」

「なんだ」

「総理官邸のＳＰからの報告ですが、さきほど岬美由紀が現れたとか」

「岬が？　許可なく外出してるのか」

「ええ。それも彼女は現状を理解していないらしく、謹慎の理由を聞くために、官房長官を探しまわっているようだと」

「馬鹿な」と野口は吐き捨てた。「夕方からテレビのニュースでさんざんやっているのに、まだ知らないっていうのか」

公安

美由紀のバイクは靖国《やすくに》通りにでた。新宿三丁目から歌舞伎町方面に走らせる。渋滞するタクシーの長い列のあいだを縫うように走り、アルタ前を通り過ぎ、大ガードの下を抜けて新宿西口に向かう。

都庁にほど近い、京王プラザホテルの裏手に、十階建てのガラス張りのビルがそびえていた。美由紀はその前でバイクを停めた。

いくつかの窓の明かりがついている。正面の入り口にはシャッターが下りていた。殺風景なオフィスビルに見えるが、どこにも看板が掲げられていない。インターホンもなければ郵便受けもない。ビルの中身をしめすようなものはいっさい存在しない。

美由紀はビルのわきにある通用口に向かった。白い金属の扉は固く閉ざされている。ボタンを押して、バイオメトリクス認証用のカメラレンズに顔を向ける。認証は数秒で終わった。短いブザー音とともに、扉は解錠された。

なかに入ると、受付のカウンターにひとりの男がいた。

デスクに歩み寄ると、美由紀は政府発行の身分証明書をさしだした。

男は怪訝《けげん》な顔をした。「失礼ですが、どのようなご用で？」

「恒星天球教の極秘調査に関わることです。責任者はおいでですか」

「私が代わってうけたまわっておきますが」

「いえ。どうしても本人でないと」

「……わかりました。そちらへどうぞ。エレベーターで七階におあがりください」

ありがとう。美由紀は軽く頭をさげて、通路を進んだ。

このビルは公安調査庁に属していた。正式名称は公安調査庁首都圏特別調査部。内部部局や、全国八か所にある公安調査局、十四か所にある公安調査事務所から独立した存在で、内閣が緊急かつ重大な調査と認めた場合にのみ、内部部局から出向した職員によって運営される。いわば公安の前哨《ぜんしょう》基地だ。

さっきの受付の男も警察官に違いなかった。恒星天球教に関する情報は、まずここに集められてから警視庁に送られる。職員も信頼に足る人材で固めてあるに違いない。

突き当たりのエレベーターに乗り、七階まであがる。

行き着いたところは、広めのオフィスだった。内装と家具はアールデコ調で統一されている。役人が使うものにしては贅沢《ぜいたく》すぎるように思えた。

窓の外には、新宿駅周辺のネオンがきらめいている。

デスクは無人だった。責任者はまだ来ていないらしい。

棚の前に歩み寄ると、黒革表紙のぶ厚いファイルが目に入った。恒星天球教調査記録NO.812。表紙にはそう印刷されていた。

美由紀はそれを手にとって開いた。信者と目される人々の周辺調査の結果らしい。家族構成、日課なども掲載されている。「教団幹部との関わり」という欄に、そっけなく「なし」と書いてあった。テロに関わる危険性のある幹部クラスではなく、末端の信者にすぎないということだろう。

顔をあげた。大きな本棚に数百冊の同じ形のファイルがおさまっていた。膨大な量の調査記録だった。

それでも、これですべてではないのだろう。通し番号があちこち抜け落ちている。検察局や公安調査員に貸し出されているぶんをすべて集めたら、この部屋が埋まってしまうかもしれない。

友里佐知子の記録も、この棚にあるのだろうか。

「いや」男の声がした。「そこに友里関係のファイルはないよ」

びくっとして、美由紀は振りかえった。

いつの間にか、部屋の奥にひとりの男がたたずんでいた。

四十代半ばぐらい、短く刈りあげた髪をていねいに七三にわけている。かなりの長身だった。皺《しわ》ひとつないダブルのスーツはオーダーメイドらしい。紺のジャケットに光沢のあるエンジのネクタイは公務員にしてはいささか派手だが、痩《や》せこけた浅黒い顔にはふしぎと似合って見える。

だが、なにより異質なのは、その男の胸に抱かれた動物だった。黒い顔、腕、脚はまさしくラングール、それもオナガザル科のラングールのようだった。本来なら銀いろのはずの長い体毛は、光沢のある緑いろに染まっていた。体長は七十センチほどもあり、尾長は一メートル近い。男が抱いているさまは、まさしく親子のようだ。

美由紀が歩み寄ろうとしたとき、男はそれを制するようにいった。

「そこにいてくれ。距離を置いたほうがいい。人見知りをする猿なのでね。凶暴だし、飛びかかる恐れもある」

「……あなたにはずいぶん、なついているみたいですけど」

「産まれたころから育てているからね。ハヌマン・ラングールの一種だよ。インドでは警備猿としても飼育されている。孫悟空のモデルでもある」

「インドネシアの絶滅危惧《きぐ》種を公安調査庁で飼ってるなんて、意外ですね」

「ほう。よく知ってるな。博学多才という噂は本当のようだ、岬美由紀」

「わたしをご存じなんですか」

「有名だからね。あ、私は公安調査庁首席調査官の黛邦雄《まゆずみくにお》。この猿の名はジャムサという。私個人のペットだよ。職場に愛玩《あいがん》動物を連れてくることに難色をしめす向きもあるが、ここに籠《こ》もりっきりで報告を受けるだけの仕事は退屈でね」

「……わたしが友里のファイルを探そうとしていたことを、よく見抜けましたね」

「おや。千里眼のあなたがこんなことで驚くのかな」

黛は、子供ほどの大きさのあるミドリの猿を抱いていることを除外しても、異質さの塊のような存在だった。

なぜそんなふうに思えるのか、理由ははっきりしていた。目だ。鋭く光る細い目がじっとこちらを見つめている。直視する目と向きあったのはひさしぶりだった。この男は千里眼を恐れてはいないらしい。

「岬美由紀」黛は抑揚のない声でいった。「二十八歳。防衛大学校、人文・社会科学専門コース国際関係学専攻。航空自衛隊を二等空尉で退役後、臨床心理士資格を取得。東京晴海医科大付属病院勤務となるが、いわゆる東京湾観音事件に関し重要参考人となる。しかし、政府の特別措置により首席精神衛生官として内閣官房付となる」

「重要参考人というのは適当でないと思いますけど。わたしはテロの容疑者になったわけじゃないですし」

「そうかな。あの事件の際、きみは恒星天球教の幹部に迎えいれられる寸前だった。供述ではそうなっているが」

「そのとおりです。友里佐知子は元自衛官だったわたしの経歴に目をつけ、テロの尖兵《せんぺい》として養成できると考えたようです」

「それを察知したきみは逆襲に転じ、教団による国家転覆テロを未然に防いだ。そうだったな。しかし、あまりにも話がうますぎないかな」

「なにがおっしゃりたいんですか」

「きみの活躍にもかかわらず、恒星天球教の幹部はひとりも逮捕されていない。事件直後に都心の本部を撤収した幹部連中は、どこへともなく雲隠れしてしまった。教祖の阿吽拿《あうんな》こと友里佐知子も国内に潜伏しつづけていると思われる。警察が捕まえることのできたのは、末端の信者連中だけだ」

「彼らが用意周到だったからです。友里はもともと信仰心など持っていませんでした。宗教はあくまで革命後に国民の崇拝を集め、統治するための手段だと考えていました。戦闘に特化した団体だった以上、テロが失敗した場合や、教団本部の所在が発覚した場合に備えて、対策案も練られていたでしょう」

「だから迅速に逃げおおせた、そういうわけかね。しかし、ほかの可能性も考えられる。たとえば、きみが彼らの逃亡を助けたのだとしたら？」

神経を逆なでされたような気がした。美由紀はいった。「わたしがじつは教団幹部で、あの事件はやらせだったとおっしゃるんですか」

「そういう可能性があるといっているだけだ」

「その件に関してなら、厳重な取り調べを受けたはずですけど」

「報告は読んだ。だが、どうかな。きみは幹部として教団のテロに協力していたが、やがて教祖を失脚させて自分がリーダーになりたいと欲するようになった。それで事件を失敗に追いこんだ」

美由紀は怒りを覚えた。「ばかなことをいわないでください。わたしがそんなことをしてなんになるんです」

「政府に恩を売ることによって、きみは国家公務員として政府中枢に入りこむことができた。教団のテロ活動を支援する隠れ蓑《みの》としては絶好のポジションだ」

「恒星天球教の幹部は、友里の脳切除手術を受けてます。わたしは彼女の操り人形になってはいない」

「例外もいるよ」

「というと？」

「われわれは、脳の切除手術を受けていない幹部が一名存在している事実をつかんだ」

「ああ……。知っています。鬼芭阿諛子という女ですね」

「いや」黛は猿の背を撫《な》でながらいった。「そんな女の存在は確認できていない」

「でも、わたしは現に……」

「目撃したか？　鬼芭阿諛子というのは、きみの調書のなかにしか出てこないんだよ。きみが東京湾上空で、Ｆ15を操縦する女を見た。その女はきみとともに日本エア・インターナショナルの国内便のコクピットに飛び移り、きみと会話を交わし、その後の消息は不明。調書ではそうなってるな」

「コクピットにいたキャビン・アテンダントの女性が、鬼芭阿諛子を見てます」

「幻覚だったかも、と証言してるよ。あまりの事態に気が動転していたそうだ」

「鬼芭阿諛子は実在していたんです！　それは疑いようのない事実です」

「そうかな……。友里の右腕となって活躍していた、脳切除手術を受けていない幹部。女で、しかも戦闘機を操縦していた……。誰が最も可能性のある存在か、きみにもわかるだろう」

美由紀は口をつぐんだ。

公安調査庁がわたしを疑っているなんて……。

「黛さん」美由紀は震える自分の声をきいた。「わたしは、危険分子などではありません。恒星天球教の幹部でもありません。調書に記してあることは、すべて事実です。だからお願いです。わたしも調査活動に協力させてください」

「調査活動？　はて。どういう意味か解しかねるが」

「官房長官や閣僚らが極秘のテロ対策会議を開いています。友里佐知子がふたたび動きだしたんでしょう？　どんな事件が起きようとしているんですか」

ふん、と黛は鼻で笑った。奇妙なことに、猿も同時に鼻を鳴らしたように見えた。

「わかってないな、きみは」黛は首を横に振った。「ひとつきこう。きょうの中国情勢についてなにか知ってることがあるかね」

「中国情勢ですか？　気功集団、光蔭会が一億人を突破したとか、それぐらいですが……」

「やれやれ。おめでたい人だ。そこのリモコンを手にとりたまえ」

美由紀は黛の視線を追った。デスクの上にリモコンが置いてある。デスクに歩み寄り、それを取りあげた。

黛がいった。「テレビをつけろ」

棚のわきに液晶モニターがあった。そこに向けてボタンを押す。

電源が入った。ニュースが映しだされる。海外からの映像らしい。

広場で群衆がデモ行進している。中国人のようだ。

興奮ぎみのリポーターの声がかぶった。「……で、北京では天安門事件以来最大の、二百万人規模でのデモ集会がひらかれ、人民解放軍も抑制するどころかそれに同調する動きをみせるありさまで、群衆の興奮状態には歯止めがかけられない状態になっています」

「デモですって？」美由紀は驚きの声をあげた。

「そう」黛は猿をあやしながらつぶやいた。「中国における反日デモはめずらしくない。何年か前にも流行《はや》ったな。だが、今度の規模はそれどころではない」

リポーターの声はつづいた。「人々は北京中心部、紫禁城の西側にある中南海を取り囲むように集結し、国務院および中央官庁、そして中国共産党本部に実力行使を訴えています。かつての民主化運動などとはちがい、過激な武力闘争を訴えるデモは近代中国の歴史にみられなかったものであり、諸外国も危機感を強めています。同様の集会は山東省《シャンドン》、貴《コイ》州《チョウ》省など中国全土各地でみられ、参加者の総数は二億人にのぼるといわれています。上海ではこの十二時間に略奪や放火が続発し、軍による戒厳令が敷かれています。かつて総理大臣の靖国公式参拝を機に起きた反日感情とは比較にならない事態であり……」

美由紀は目を疑った。どうしてこんなことに……。

画面に映しだされる人々の表情は憎悪に満ち、闘争本能をむきだしにしている。群衆が日本企業の支社ビルに投石し、路上にあった日本車を破壊している。

リモコンを操作して、チャンネルを変えた。どの局も同じニュースを報じていた。群衆の暴動、そして空軍基地のあわただしい動き。F8、中国独自の設計製造による超音速・全天候型戦闘機だった。おびただしい数のパイロットたちが、無数の機体に駆け寄り、搭乗していく。

出撃準備。そうとしか思えない。

「新華社通信によりますと」とキャスターがいった。「ついさきほど全国人民代表大会の承認を受けて、国家中央軍事委員会が全中国軍に警戒体制につくよう発令したとのことです。これを受けて中国人民解放軍各総部から大軍区党委員会、各級部隊党委員会が動き、全軍が戦闘配備についたもようです。ワシントンからの報告では、国連で緊急開催された安全保障理事会に中国は欠席、国連の問いかけにも応答していないとのことです。党中央委員会は沈黙を守っていますが、新華社によると国家主席が、これは歴史の必然であると発言、中央委員百八十九人、中央委員候補百三十人全員がこの発言を支持しているとのことです」

そんな、馬鹿な。

これが事実だとしたら、中国はまさしく全面戦争の開戦に踏み切ろうとしていることになる。それも、日本に対して……。

耳を疑うような報道はなおもつづいた。

「朝鮮戦争以来の極東における危機に、アメリカは第七艦隊の派遣を検討しているとのことですが、時すでに遅く、世界第一位を誇る総兵力二百三十九万人の中国軍は続々と戦闘準備を整えつつあります。青島《チンタオ》で原子力潜水艦十一隻、渤海《ポーハイ》でミサイル駆逐艦九隻が待機状態に入り、南海艦隊のフリゲート艦二十隻、ミサイル艇二百七隻、魚雷艇百十六隻、哨《しょう》戒《かい》艇四百十五隻がすでに出航していることが確認されています。空軍では爆撃機部隊と空《くう》挺《てい》部隊が召集され、さらに通化《トンホワ》、青州《チンチョウ》、洛陽《ルオヤン》、景徳鎮《チントーチエン》、靖州《チンチョウ》、昆明《クンミン》などでCSS2ミサイルが燃料注入を開始し……」

CSS2……。美由紀は思わず絶句した。

射程二千七百キロの中距離弾道ミサイル。用途は、日本の本土攻撃以外に考えられない。

黛は妙に静かにいった。「この数時間の世界情勢はきみの常識をはるかに上回っている。世の中は恒星天球教どころじゃなくなっているんだよ」

「でも、どうして」美由紀は悲痛な自分の声をきいた。「通化からＣＳＳ２が発射されたら六分か七分で東京に到着します。中国がこんな行為におよぶなんて……」

「原因が皆目見当もつかん。そういうのかね」黛はあきれたような顔で、テレビを見やった。

そのようすが気になり、美由紀はテレビを振りかえった。

今度は、アメリカの軍事評論家らしき人物の顔がアップになっている。

評論家は淡々とした口調で告げていた。「そう、決定的だったのは、先日のジフタニア共和国を訪問した日本のＯＤＡ視察団の行為だといわれています。あろうことか視察団のひとりがジフタニア政府所有のヘリコプターを操縦、搭載兵器により海岸の村に住む子どもたちを危険にさらした。そのようにつたえられています。憲法九条改正や先制的自衛権を日本の軍備増強の前段階と解釈する中国国内の勢力が強まっているなかで、日本政府の派遣団が外国で破壊工作とおぼしき行為をおこなった。それが日本脅威論に結びつき、今回の事態を生んだのでしょう」

画面が切りかわり、スタジオのキャスターが映った。やはりアメリカのネットワークだった。

キャスターはいった。「ジフタニア政府筋によりますと、そうした行動を起こしたのはODA視察団に加わっていた元航空自衛隊員とのことです。千里眼のニックネームを持つカウンセラーと報じられた、岬美由紀首席精神衛生官、二十八歳で……」

美由紀は、殴りつけられたような衝撃を受けた。

信じられない。こんなことが……。

「ようやくわかったようだな」黛は猿を抱いたまま、傍らの椅子に腰を下ろした。「この事態をひきおこしたのは岬美由紀、ほかならぬきみだ」

「そんな……。信じられない。こんなこと、あるわけがない。あれが原因だなんて理不尽すぎるわ。ひとりの負傷者もださなかったのに……」

「きみにとってはオーケーでも、彼らにはちがったんだろう。こういう事態になってから、評論家はいろいろ理屈をこじつける。いわく、一九七二年以来の日中友好ムードは経済的事情により中国共産党がむりやり平和路線に転じたにすぎず、中国の国民大多数の意識はずっと反日的だった。いわく、尖閣《せんかく》諸島問題や東シナ海の大陸棚問題、南沙《なんさ》諸島問題や台湾問題で悪化した対日感情は癒《い》えていなかった。言葉ではなんとでもいえるだろう。だが、事態はそんなに単純ではない。ここ十年、中国は対日感情を急激に悪化させていた。特に一年ほど前からは、いつ在日米軍と武力衝突が起きてもおかしくない状態だった」

「なんですって……?」

「知らないのも無理はないな。報道されていなかったからだ。それでも中国への海外旅行について外務省が手をまわして自粛させたり、いろいろ水面下で動きは生じていた。そんな一触即発の状況で、きみが彼らを刺激した。平時では見過ごしてしまうような、小さな出来事だったかもしれない。だが、いまはちがったんだ。はちきれんばかりに膨らんだ風船に爪を立ててしまったようなものだ」

ショックのあまり、美由紀はなにも言葉にできなかった。

やがて、視界が揺らぎだした。涙がこみあげるのを抑えられなかった。

すべてはわたしのせいだ。わたしの独善的な行為が、多くの生命を危険にさらしている。その事実は否定できない。

「いいかね、岬美由紀」黛はいった。「政府にとっても国民にとっても、きみは危険な存在以外のなにものでもない」

「まってください」美由紀はあわてていった。「とりかえしのつかないことをしてしまったことは、よくわかりました。でも、だからこそなんとかしなければ。原因がわたしにあるなら、わたしが中国政府と話すことで解決法を見いだすことも……」

「国家間のことは政府にまかせておけばいい。きみが危険分子である以上、私がきみについてなすべきことはただひとつ。身柄の拘束だけだ」

「でも……これはあきらかに誤解に端を発していることです。あるいは、誰かの思惑が働いてのことかもしれない」

「誰かの思惑？」黛は眉《まゆ》をひそめた。やがて、口もとがわずかにゆがんだ。「この件まで、恒星天球教のせいにでもするつもりかね？　彼らが中国人民十三億の脳切除手術をして意のままに操っているとでも？」

「そんなことはいってません。けれど、おかしいんです。ここまで事態が悪化する前に、なんらかの手は打てたはずです。それなのに、わたしにとっての不可抗力が連鎖して、事情を知ることができなかったんです」

「不可抗力？」

「ジフタニアでの事件後、四十時間も軟禁状態で取り調べを受け、帰宅してもテレビを観ることができず、総理や官房長官も事情を説明してくれなかった。偶然がすぎると思うかもしれませんけど、わたしにはほかの道が選べなかったんです。こうなるように、仕向けられたんです」

「本気でいってるのかね。きみは恒星天球教に嵌《は》められたっていうのか？」

「まだわかりません。だけど、なんだかおかしい……。こんなの変よ。誰かの意図を感じるの。もしわたしを狙ってのことだとしたら……。友里佐知子の復讐《ふくしゅう》と考えるのが妥当かもしれない」

「きみにとってはな。私にしてみれば絵空事だ」

「絵空事かどうか、確認するすべを与えてください」

「というと？」

「公安調査庁が把握している恒星天球教の最新情報……。まだ警察庁にも知らせていない事実があるなら、教えてほしいんです」

「それが何になるというんだ？　きみの現状と結びつく話じゃないだろう」

「まだわかりません。だから確かめたいんです」

しばらくのあいだ、黛は猿を膝《ひざ》の上で弄《もてあそ》んでいたが、やがてその猿を抱きあげながら腰を浮かせた。

「いいだろう」と黛はいった。「エレベーターで地下一階に降りたまえ」

美由紀は歩きだそうとしたが、黛が動こうとしないのを不審に思い、立ちどまった。

だが黛は、うながすようにエレベーターの扉に顎《あご》をしゃくった。

なぜ、わたし独りで行かせようとするのだろう。彼とはずっと一定の距離を保ったままだ。

「断っておくが」黛が告げた。「なにを見ても余計な感情をさしはさまないでくれ。これはわれわれの仕事だからな」

隔離

美由紀はひとりでエレベーターに乗り、地階に下った。

扉が開いたとき、美由紀は驚いて立ちすくんだ。

無機的な白い廊下の先に、また黛がたたずんでいた。やはりミドリの猿を抱いたままだった。

先回りしたのだろうか。ということは、ほかにもエレベーターがあったのか。

「来たまえ」と黛は踵《きびす》をかえした。

行く手には金庫室のように、頑丈そうな扉があった。傍らに制服警官が立っている。黛が近づくと、警官がその扉を押し開けた。

扉の向こうには、近代的な設備があった。ひとつのフロアが、ガラスによっていくつかのブースに仕切られている。それぞれのブースでは、防護服で頭から足の先まですっぽり覆いつくした数人が、デスクを囲んでなにか作業をしている。

「あれは無菌室だ」黛がいった。「ここには科学警察研究所にも劣らない鑑定用の設備がある。わずかな布の切れ端や一滴の液体でさえも、つぶさに分析できる能力がある」

美由紀は黛の後を追った。「それは警察の仕事のような気もしますけど」

「われわれがおこなっているのは調査だ。捜査ではない。警察組織のようにいちいち上の了解をとる必要もない。この機関は恒星天球教についての調査の全権を政府から委任されている」

黛はブースのあいだに伸びた通路を先導していった。

すべてのブースの前には制服姿の警備員がいた。美由紀が見たことのない制服だった。一見、制服警官のようだが、襟の形もネクタイの色もちがっている。腕には公安警備と書かれた腕章がある。それでいて、腰には拳銃《けんじゅう》と警棒がある。

ここの警備のために特別に組織された、警視庁からの出向組かもしれない。警察は把握できないほど複雑な組織だ。とりわけ官庁がらみになると、いったいどこの誰が最高責任者になっているのかまるでわからないことがある。彼らはその典型だった。

だが、制服以外にも異質なところがあった。異質というより、異様だった。彼らの視線は冷たかった。前を通りすぎるたびに、肌寒さを感じるほどだった。美由紀と目が合っても、なんの表情も浮かべず見かえしてくる。人間の目というより、監視カメラのようだった。

休めの姿勢をとったまま、身体をぴくりとも動かさない。存在自体がこの空間に同化しているようにすら思える。

無菌室。細菌ひとつ入りこむことのできない部屋。彼らは警備員というより、部屋の開閉をつかさどる弁のようにみえた。地階のメカニズムの一部に、溶けこんでしまっているかのようだった。

通路はひとつの扉に行き当たった。小さな覗《のぞ》き窓がついた、白い金属製の扉だった。扉のわきには、やはり制服の警備がついていた。

胸さわぎがした。これと同じ扉を海外で見たことがある。

忌まわしい前時代的な発想の精神病院、その病棟。人間を人間として扱わない、刑務所よりも酷《ひど》い場所。ときおりうめき声がこだまする長い廊下に、これとおなじ扉が連なっていた。

黛は美由紀から離れて立った。猿がこちらを見つめ、目を瞬かせている。

また距離を保とうとしている。なぜわたしの近くに寄ろうとしないのだろう。本気でわたしを危険分子と見なし、警戒しているのだろうか。

「開けろ」と黛が警官に命じた。

警官が鍵《かぎ》を外した。扉は重々しく開けられた。戸の周囲にはゴムが張りめぐらされていた。防音効果があるのだろう。

美由紀は戸口に歩み寄った。部屋のなかをみて、身体が凍りついた。

狭い室内には椅子ひとつ置かれていない。床にはカーペットもない。廊下とおなじく、冷たく硬いタイル張りだった。

その上に、ひとりの人間が転がっていた。女の子だ。

こちらを背にして、壁のほうを向いて身体をちぢこめている。

いや、そうではない。拘束衣を着せられているため、その姿勢をとらざるをえないのだ。拘束衣のすそからは紺色のスカートがのぞいている。学校の制服のようだ。ふくらはぎがひどく汚れていた。靴と靴下は脱がされたのか、裸足だった。

女の子はぴくりとも動かなかった。眠っている気配もしない。

どれくらいの時間がすぎただろう。

美由紀は立ちつくしていた。やっとのことで、言葉が漏れた。「彼女は？」

「接触者だ」黛はいった。

「接触者？」

「恒星天球教と接触した疑いのある人間を、われわれはそう呼んでいる。名前は須田知美。教団幹部と出会ったらしい」

「らしいとはどういうことです」

「なにも答えてくれないのでね」

「それでここに監禁したんですか。公安にこんな権限があるんですか」

「岬美由紀」黛は露骨に顔をしかめた。「きみは物事の一片だけを捉《とら》えてものを喋《しゃべ》る。すこしは考えたらどうなんだね。教団幹部と接触したとみられる人間は、教団の信者または協力者である可能性も捨てきれないため、ただちに隔離して調査する。具体的な証言が得られたのちは、警察で法に基づいた捜査に入る。われわれは警察が動く前段階の、超法規的措置としての調査を許されているんだ」

「だからといって、拘束衣を着せたのはなんのためです。特別立法によりあるていどの権限を与えられていても、人権侵害までは許されないはずです」

「逆だよ。われわれは彼女を保護しているんだ。彼女は素直に話そうとせず、大声をあげたり、暴れたりした。精神科医の意見によると、重度の精神障害にあるのだそうだ。だから怪我をしないよう、やむなくこういう措置をとった」

「精神障害？」

「そう。海外のカルト教団の関係者には精神障害が多い。統計的にもそれはあきらかだ。この須田知美をわれわれが重視する理由がおわかりだろう」

「それは偏見です。精神障害だからといって即犯罪者になりうると決めつけるべきじゃありません。それに恒星天球教は諸外国のカルト教団とはまったく趣を異にするものです」

「いや。彼女の精神状態はきわめて不安定だ。錯乱に近いものがあるといえる。脳の手術を施されていなくても、凶悪な破壊活動を肯定し信奉する可能性もある」

美由紀は苛立《いらだ》った。「いったい、なにを根拠にそのようなことをおっしゃるんです。あなたは首席公安調査官であっても、精神科医ではないでしょう」

黛の目が鋭く光った。警官にいった。「芦屋《あしや》さんをここへ」

警官が小走りに去っていくと、黛は美由紀に向きなおった。「専門家の意見なら、あなたも聞く耳を持つだろう」

「黛さん」美由紀は嫌悪感とともに湧きあがってきた疑惑を口にした。「わたしを拘束せずにここまで案内したのは、彼女の自白を手伝わせるためですか」

黛はいっこうに顔色を変えなかった。これは話が早い、つぶやくようにそういった。「きみには内閣官房付の国家公務員としての責務がある。目先のことにとらわれず、国の安全
「閣僚たちはこの件をきみの耳にいれるべきではないと考えたようだが、私はちがう。きみには内閣官房付の国家公務員としての責務がある。目先のことにとらわれず、国の安全

を脅かす敵を壊滅させることに力を貸すのは当然だろう」

さっきまで黛が渋っていた理由がわかった。

精神障害だというこの少女をまのあたりにしたら、わたしは国益よりも彼女ひとりを救うことを優先させてしまう、そう考えたのだ。ジフタニアでの出来事をきいて、より確信を深めることになったのだろう。

たしかに、その予測はまちがってはいない。たとえ恒星天球教につながる手がかりを持っていようと、精神に障害のある人間の病状を悪化させることは許されない。彼女を追い詰めて自白させる、それは非人道的な行為にほかならない。

美由紀はいった。「この子を苦しめることに、なんら罪の意識を感じないというんですか」

「おやおや」黛はため息まじりにいった。「がっかりさせないでくれ、岬。きみは恒星天球教を自分の宿敵だといいきったじゃないか。首席精神衛生官であるからには、精神障害にも詳しいだろう。千里眼が国のために役立つことがあるとするなら、まさにいまこのときじゃないのか」

それにしても……。

この黛という男の感情がまったく読めない。表情筋の変化を見落とすはずはないのに、なにを考えているのかさっぱり判らない。
○・一秒の微妙な変化すら顔にださない。こんな男がいるだろうか。
そのとき、知美がかすかに唸《うな》った。

身体はまったく動かなかった。顔が見えないので、眠っているかどうかもわからない。

美由紀は黛にきいた。「彼女と話しても?」

黛は渋々といったようすでうなずいた。

いいたいことはわかっている。ただ漠然と話すのではなく、こちらの知りたいことを聞きだせというのだろう。

美由紀は室内に足を踏みいれた。少女の近くにひざまずく。

何日間、ここに監禁されていたのだろう。髪はべっとりとしていた。入浴も許されなかったのだろうか。

「知美さん」美由紀は声をかけた。「須田知美さん、起きてる?」

少しの間をおいて、知美の頭がぴくりと動いた。

やがて、知美の顔がゆっくりとこちらを向いた。

やつれた顔だった。血色を失った青白い肌、うつろな目。唇は小刻みに震えていた。

もともと痩《や》せていたようだが、いまは頬骨がくっきりと浮きだすほどに肉が落ちてしまっている。

焦点がしだいに定まってきた。目が、美由紀の顔をとらえた。

美由紀は微笑みかけた。「知美さん、だいじょうぶ？」

ふいに、知美は大声をあげた。わめきとも、悲鳴ともつかない声だった。拘束衣にくるまれた身体を激しくよじり、目を見開いて絶叫した。

「みろ」黛が声を張りあげた。「その子にはなにをいってもむだだ」

だが、美由紀はたじろがなかった。叫びをあげる知美の顔を見つめたまま、こみあげてくる怒りを感じていた。

この子は重度の精神障害ではない。たしかに、もともと精神病の傾向はあったのだろう。しかし、それは現代人ならさほどめずらしいことではない。彼女が錯乱しているのは、監禁され自由を奪われたことの恐怖からだ。それが精神疾患を助長し、混乱状態を引き起こしたのだ。

しかも、それだけではない。意識状態を変容させるなにかがほどこされている。

そのとき、戸口から男の声がした。「やれやれ、またですか」

美由紀は顔をあげた。

でっぷりと太った白衣姿の男が入ってきた。なぜか手術用のゴム手袋をはめ、黒カバンをさげている。魚のように両目が離れ、その中間にやけに低い鼻がある。全体としては、ゴリラのような顔つきだった。

男は美由紀に一瞥《いちべつ》をくれると、知美の近くにしゃがんだ。

黛が部屋の外から声をかけた。「芦屋さん、いつものやつを」

芦屋と呼ばれたその男はカバンを開け、注射器をとりだした。美由紀の見たことのない形状だった。薬品の入った小ビンをとりだし、中身を注射器のなかに注入した。

なおも叫び声をあげつづける知美の首すじに、芦屋はその注射器の先端を近づけた。

美由紀はとっさに手をのばし、芦屋の腕をつかんだ。「なにをするんです」

芦屋は怪訝《けげん》な顔で美由紀を見た。「精神を安定させるんです」

「首の血管に注射するつもりですか」

「拘束衣を着せられているんだから、仕方ないでしょう」

不穏な空気が漂っていた。たんなる精神安定剤なら、注射以外にも投与の方法はあるはずだ。それに、なぜゴム手袋をしているのか。

芦屋の手から注射器をもぎとった。なにをする、芦屋がそういった。美由紀は液体を少し押しだして、においをかいだ。

美由紀のなかに電気が走った。芦屋を睨《にら》んできいた。「これは、なんの薬です」

芦屋は返答に困ったように口ごもった。その肩ごしに、黛がいった。

「注射器を芦屋さんに返したまえ」

「この薬は」美由紀は知美の絶叫にかき消されまいと、大声でいった。「精神安定剤じゃないでしょう！　あなたは嘘つきか、やぶ医者かのどちらかです」

「なんだと」芦屋はむっとした。「誰だか知らないが、言いがかりはよしてくれ。それはステラジンだ。情緒不安定やヒステリーを抑える薬品だ」

「ちがいます。わたしはカウンセラーですが、病院に勤務していたときの記憶で薬のにおいぐらいは判別がつきます。これはアンフェタミンです。交感神経と中枢神経を刺激し、極度の興奮状態をつくりだす。中毒性があり、大量に服用すると妄想が起き、暴力的になる。ラベルはステラジンですが中身は違います」

「戯言《ざれごと》はやめろ」芦屋は顔をしかめた。「うちではそんな初歩的なミスを犯したりはしない。さあ、注射器を返しなさい」

「ミスじゃありません。アンフェタミンと聞いたとき、鼻の両側と鼻筋に一瞬だけ皺《しわ》が生じたのは、図星を突かれて嫌悪の感情が生じたからでしょう。ほかに理由は考えられない」

「か、彼女は精神障害なんだぞ！　錯乱してしまっているんだ。カウンセラーが薬物に口をだすなんて、おかどちがいだ。その注射器を返せ！」

「錯乱を促進しているのはあなたでしょう。なんの目的か知りませんが、彼女を苦しめるのはいますぐやめてください」

黛の声が飛んだ。「その子は恒星天球教につながる手がかりを持っている。なにより、それをききだすことが先決だ」

「彼女は精神障害じゃありません！　もともと彼女の精神面に不安定なところがあるのを利用して、アンフェタミンの投与によりそれを助長し、精神障害のようにみせかけたんでしょう。そうすればこのように自白するまで監禁しておけるからです」

ふいに芦屋がつかみかかり、注射器をもぎとろうとした。「この女……」

だが、美由紀は反射的に合気道の防御で側面に逃げ、上体を沈めて芦屋の腹に手刀を浴びせた。

たっぷりと水が入ったゴム袋のような腹だった。腹筋はほとんどないだろう。芦屋は弾《はじ》き飛び、部屋の壁に背中を打ちつけた。

知美はまだ叫びつづけていた。美由紀は知美をかばうように寄り添った。

黛が室内に入ってきた。戸口をふさぐように立ち、くぐもった笑い声をあげた。「そうか。やはりそうだったか」

美由紀は油断なくきいた。「なにがです」

「きみは教団の仲間だな」

「ばかなことをいわないで。いくら首席調査官とはいえ、そんな信憑《しんぴょう》性のない報告をでっちあげられると思ってるの？」

「でっちあげではない。嘱託医に暴力を振るったのがなによりの証拠だ」

「知美さんに乱暴をしようとしたからよ」

「調査および治療だ。乱暴ではない」

「事実を曲げる気なの？」

「きみの身柄は拘束する。それは揺るぎない事実だ」

「こんなことが許されるの？　法治国家なのに」

「そう、法治国家だ。だからこそ、罪を犯していないと主張するのなら調査を受けて潔白を証明するべきだろう？　きみは調査を受けねばならない」

美由紀は手もとの注射器をかざした。「これを証拠として提出していい？」

「どうぞ」黛はいった。「きみの指紋が検出されるだろう。カウンセラーは薬物を扱ってはいけないはずだったな。薬事法違反でもあるわけだ」

芦屋の肥満しきった身体がやっとのことで起きあがった。勝ち誇ったような顔で、くくっと笑った。その目は線で書いたように細くなっていた。

ゴム手袋をはめていたのはそういうわけか。

美由紀は怒りが燃えあがるのを感じた。

黛は自分の書いたシナリオどおりに調査結果をつくりあげようとしている。

またしても、わたしの運命は一本道だった。こうなるように仕向けられた。

運命……。

「そう」美由紀はつぶやいた。「わたしを罠《わな》にかけているのは、あなたたちだったのね」

「ほう……？　何をいいだすのかと思ったら。きみが中国人に嫌われるように煽動したのも私だというのかね？」

「あなたは使われてるだけよ。もっと強大な、見えない力が動いている。わたしを国家の敵に仕立てて孤立無援にさせて、身柄を拘束する。そこに至るまでの用意周到なシナリオ。よくできたお芝居だったわ」

「そんな突拍子もないことを、信じる人間が世間にいるかね？」

「いないでしょうね。それもあなたたちの計算のうちだし。だけどね、わたしはもう迷う必要はなくなったわ。わたしが正しいと自覚できたから。これはあなたたちの薄汚い罠。中国の開戦騒ぎも策略でしかない」

知美の悲鳴は、いつしかやんでいた。潤んだ瞳《ひとみ》が美由紀をじっと見つめていた。身体を震わせていた。薬品のせいもあるだろう、だがそれ以上に、恐怖を覚えているに違いない。こんなに怖がらせるなんて。断じて許せない。

「ふん」芦屋が近づいてきた。手を差しだし、ふてぶてしくいった。「戯言はそれぐらいにしろ。さあ、注射器を返してもらおうか」

「いいわ」

いうが早いか、美由紀は満身の力をこめて注射器を、芦屋のてのひらに突きたてた。

一瞬のことだったせいか、芦屋の顔には一秒ほど笑みがとどまっていた。それが消え去り、みるみるうちに苦痛に歪《ゆが》んだ。

「痛《いて》ぇー！」と芦屋は絶叫した。まだ注射器がささったままの手を振りまわし、雪男の踊りのように身体を回転させ、足をばたつかせた。

めざわりだった。美由紀は右手を手刀にしてテイクバックし、手首のスナップをきかせて切掌《せっしょう》を芦屋の顔面に浴びせた。芦屋は仰向けにのけぞって倒れた。

「警備員！」と黛が叫んで戸口から身を引いた。

代わって、ひとりの警官が駆けこんできた。

だが美由紀はすかさず首と腰のねじりを先導し、足を高くあげて後旋腿《こうせんたい》、後ろ回し蹴《げ》りを放った。踵《かかと》が警官の顎《あご》に衝突し、警官は激しく回転して倒れた。

美由紀はその身体を飛び越えて、部屋の外にでた。

戦うには都合のいい場所だった。ガラスのブースにはさまれた通路は狭い。警官もひとりずつしか向かってこられない。

先頭のひとりが警棒を引き抜いた。警棒を持った右手が振りおろされた。

側面に避けてその腕をとらえ、一歩踏みこんで下から掌を打ちだした。警官の耳に命中した。その警官が横方向に飛ぶと同時に、次の警官がホルスターに手をやった。

美由紀は飛びかかり、拳銃《けんじゅう》を引きぬいた相手の手の外側から両手を巻きこんだ。右足を相手の足にひっかけ、肘《ひじ》をあてながらガラスの壁に警官の身体を押しつけた。

警官がもがき、銃声が轟《とどろ》いた。ガラスが割れる音、瞬時に発火する轟音《ごうおん》が響いた。熱風が押し寄せた。辺りがオレンジいろに染まった。美由紀が警官に手刀を浴びせて振りかえると、ブースのなかのポリ容器が燃えさかっていた。

ガソリンだったらしい。けたたましく火災報知ベルが鳴り響いた。

目に痛みが走った。黒煙が充満しつつある。警官たちの動揺する声がきこえる。

「退避」誰かがそう叫ぶのが聞こえた。

美由紀は部屋にとって返し、倒れている知美に駆け寄った。

知美は怯《おび》えた目で美由紀を見あげた。

「だいじょうぶ」そういって美由紀は知美を抱き起こした。

拘束衣を脱がそうとしたが、ベルトの留め金はびくともしなかった。

このまま運ぶしかない。美由紀は両腕に力をこめた。重量はかなりのものだったが、なんとか知美の身体を抱きあげた。

戸口から通路にでると、煙が霧のように立ちこめていた。

息苦しくなってむせた。目に針を刺したような激痛が走り、涙がこぼれ落ちる。

警官たちが通路の先で右往左往していた。黛の姿はなかった。

美由紀は、ブースの扉のひとつを押し開けてなかに入った。非常出口はひとつだけではないはずだ。

無人のブースの奥にドアがあった。駆け寄ってノブを握ったが、回らなかった。

知美の身体をいったんデスクの上に置き、ドアを蹴った。しなる感触があった。さらに力をこめて数回蹴る。割ける音がして、ドアが傾いた。

それを押し開けると、向こうは暗い廊下だった。

美由紀は振り返ったとき、息を吞《の》んだ。ふたりの警官が知美を抱えあげようとしていた。

すかさず、猛然と美由紀は警官たちに飛びかかった。二起脚の体勢で威力をつけるために第一打の分脚を振り、その反動でジャンプし、左足を持ちあげて右足を高く蹴りだした。つま先が警官の胸部を直撃した。知美の身体は軽いショックとともにデスクの上に落ちた。

もうひとりの警官が拳銃を構えていた。美由紀は釘脚《ていきゃく》のローキックで警官の膝《ひざ》を蹴って打ち倒した。床に投げだされた右手をひと蹴りし、拳銃を遠くに飛ばした。

ふたりの警官が床に這《は》っているうちに、美由紀は知美を抱え、ドアから駆けだした。

コンクリートの壁に囲まれた通路を走った。ベルの音がしだいに遠のいていく。

それにつれて、知美の泣き声がきこえてきた。知美は身を震わせて泣いていた。

「心配しないで」美由紀はそういった。「わたしを信じて、身を預けていて。自由はすぐそこにあるから」

なおも走りつづけるうちに、息がきれてきた。知美の身体は軽いのだろうが、拘束衣はかなりの重量があった。

身動きできないように錘《おもり》がいれてあったのだろう。忌まわしい服だ。首席精神衛生官として、この服の国内での使用禁止を提案すべきだった。そう思った。いまはもう夢だ。二度と復職はできまい。

行く手にまたドアがあった。半開きになっていた。それを押し開けると、広い空間にでた。

照明が消えて真っ暗だったが、それでも、あちこちに金属の光の反射がかすかに浮かんでみえた。地下駐車場だった。

ほどなく、目が慣れてきた。クルマのほとんどは黒のセダンだった。国家公務員御用達の車両だった。逃走には使えない。目立つし、自動車電話やGPSによって位置を割りだされる可能性もある。

駐車場の隅に白の軽トラックがあった。工事か清掃作業用だろう。荷台にはなにもなかった。その上にあがり、知美を寝かせた。

美由紀は知美の顔をのぞきこんでいった。「ごめんね、窮屈な思いをさせて。もうすぐほどいてあげるから、ちょっとだけ辛抱して」

返事はなかった。暗闇のなかに光る潤んだ瞳が見かえすばかりだった。美由紀は知美の頰を軽くなでて、荷台から飛び降りた。

運転席のドアには鍵《かぎ》がかかっていた。足元に置いてあったブロックを拾い、ウィンドウに投げつけた。ガラスは粉々に砕け散った。

鍵をはずしてドアを開け、運転席のハンドルの右下にあるボンネット解除ノブを手前に引いた。

トラックの前にまわり、ボンネットのカバーを開けた。ステーでカバーを固定して覗《のぞ》きこむ。

懐中電灯がほしいところだが、そうもいかない。エンジンルームを手でさぐった。スズキのようだ。

頭のなかで自衛隊の車両整備訓練テキストのページを繰った。右手でウォッシャー液のタンクとパワステオイルのあいだに通っているコードを探りあてた。左手でエンジン本体の前側に付いている黄色い把《と》っ手《て》をつかんだ。油量計だった。それをいったん引き抜き、奥にあるコードを指先にひっかけた。力をこめて、左右の手を一気に引く。コードは二本ともエンジンから外れた。目を凝らすと、いずれも先端に細い銅線の束が数センチ飛びだしていた。

そのふたつを直結した。火花が散り、手元が青白く光った。エンジンのかかる音がした。ボンネットを閉め、運転席に乗りこんだ。ギアを入れ替えてアクセルを踏んだ。

走りだした。ヘッドライトを点灯すると、かなり広い駐車場だとわかる。

前方に遮断機が横たわっていた。それを弾《はじ》き飛ばし、スロープを上った。行く手は鉄製の格子に遮られていた。かまわない。防災上、この手のシャッターはそれほど頑丈にはできていない。またギアを入れ替え、アクセルを踏みこんで速度をあげた。

格子がみるみるうちに迫ってきた。速度をひたすらあげたまま、格子に突進した。

衝突の瞬間、すさまじい音とともにフロントグラスが粉々になった。

ステアリングをとられ、車体の右側が浮きあがるのを感じた。横転させないようにステアリングを逆に切り、ブレーキを踏んで速度をさげた。車体が水平に戻った。慣性にのって、トラックは路上をずるずると滑った。

窓から身体を乗りだし、荷台を振り返る。拘束衣を着た知美が横たわっているのがみえる。荷台の上には被害はないようだ。無事を確認しているひまはない。この場から、逃げなければならない。

アクセルを踏みこみ、新宿方面に向かった。

都心に近づくのは危険ではある。だが、夜を通してクルマが途絶えない都心の道路にまぎれこむほうが、逃げられる確率は高まるだろう。

歌舞伎町に戻り、ネオンの渦のなかを走った。ビルの側面を、電光掲示板の表示が昇っていく。「中国軍が警戒体制に。ロイター通信、日本に対する武力行使の可能性ありと指摘」

だが、誰もその表示を注視してはいなかった。日中開戦の危機が迫っているというのに、この街は変わらなかった。

湧きあがる嬌声《きょうせい》、奇声、飲食店の呼びこみや酔っ払いのだみ声。あらゆる声が混ざり合って耳をかすめていった。

ニュースを本気にしている人は数少ない。けれども、今度の危機は本物だ。

このままでは、日本は世界最大の軍隊に総攻撃を受ける。大都市はことごとく壊滅し、上陸部隊が本土を制圧するだろう。アメリカの支援が間に合っても、日本全土が戦火に巻きこまれることは必至だった。

理由は腑《ふ》に落ちない。それでも、すべては事実だ。政府はなんらかの対抗策を講じているだろうか。わからない。いまの美由紀は政府とつながりがあるわけではない。

ただひたすら追われる身。孤独だった。美由紀はふたたび、ひとりきりになった。

代々木《よよぎ》の体育館近くまで一気に走った。途中、すれちがったのはタクシーばかりだった。人けのない有料駐車場に乗りいれ、トラックを停めた。運転席から降りて車体を迂回《うかい》し、荷台に飛び乗った。一瞬、安堵《あんど》した。知美は公安のビルを脱出したときとおなじ状態で寝そべっていた。

美由紀は声をかけた。「知美さん」

知美はびくつきながらこちらを見あげた。

かわいそうに、いまこの瞬間も恐怖から解放されてはいないだろう。

拘束衣の背にあるベルトの留め金に手をかけた。知美はこれを着せられた当初、暴れたのだろう。留め金は結び目のように硬くなり、ベルトに食いこんでいた。それを慎重にはずした。

胴のまわりを固定するベルトをはずし、最後に首を絞めつけているひもをほどいた。

「ほら」美由紀はいった。「両手を上にあげてみて」

だが、知美は拘束衣を着せられていた姿勢のまま動かなかった。

美由紀は知美の手をとり、腕を伸ばさせた。髪がひっかからないように注意しながら、拘束衣を徐々に首から脱がせていった。

ようやく、拘束衣は知美の身体から離れた。美由紀はそれを地面に放りなげた。

横になった知美の身体をみた。どこかの高校の制服だった。皺《しわ》だらけになっている。

「どこも折れたりしていない？　だいじょうぶ？」

知美は仰向けに寝転がったまま、美由紀の顔をじっと見つめていた。無表情だった。

だが、それは内面を表してはいなかった。極端な恐怖を体験した場合など、顔面の神経が麻痺《まひ》することがある。いまはそれに近い状態なのだろう。

「不安でしょうね。でも、もう心配いらないから。どこにでも、好きなところへ行くことができるの」

知美が唇を震わせながら、小さな声でささやいた。「おうちに」

「帰りたい？　そうでしょうね。知美ちゃんの家には、ご両親いるの？　連絡はとれるかな？」

知美の目がみるみるうちに涙で満たされた。大粒の涙が頰をこぼれ落ちたとき、知美は身を震わせていった。「お母さんしかいない。でも、わたしのこと、知らないって」

「落ち着いて」美由紀は知美の額をなでた。「知美ちゃんのお母さんが、そういったの？」

「ほかにも……ビルのおじいさんも、コンビニの人も……」

「わかった。落ち着いて」

幻聴でないとすれば、考えられる可能性はひとつしかない。

恒星天球教の幹部に接触した人間は隔離する、黛はそういっていた。だが黛たちは、恒星天球教をターゲットになどしていない。彼らの狙いはわたしだった。

わたしのほかにも、黛たちがマークしている人間がいるのだろう。その人物が、知美に接触したにちがいない。

だが、妙だった。いくら公安といえども、そこまで不特定多数の人々を煽動する力があるだろうか。実の母親までもが公安に賛同して、子供を突き放してしまうなんて。

いずれにしても、知美は美由紀とおなじ境遇にあった。ひとりきり、頼れる者はだれもいない。

この半日で、わたしはみるみるうちに世間から孤立した。あらゆる状況が自分にとって仇《あだ》となり、周囲の誰もが敵にまわった。一見、偶然の連鎖のようにも思える。だが、そうではない。

これからどうするべきだろう。

マンションの自室には高遠由愛香が居残っている。けれども、彼女に連絡をとるすべはない。エントランスも部屋も見張られているだろうし、へたに接触すれば由愛香を危険に晒《さら》してしまう。

美由紀はジャケットのポケットをまさぐった。一万円札が数枚と小銭が入ったサイフ。キャッシュカードやクレジットカードは、足がつくから、使えない。

電源を切ったままの携帯電話。これも使おうとすれば、場所を特定されてしまう。ここに捨てていかざるをえないだろう。

ため息をついた。気温がさがっている。吐いた息がかすかに白く染まった。

そのとき、羽虫のような音がきこえた。それがハミングだとわかった。知美が、曲を口ずさんでいる。

知美は仰向けに寝たままだった。空に目を向けていた。身体を動かさず、ただ音階を口ずさむ。

ふしぎな曲だった。童謡のようにゆっくりとしたわかりやすいメロディ。ささのはさらさら……、あの唄によく似ている。たなばたさま、という題名の唄。それでいて、日本の音階とはちがうようだ。西洋のものともちがう。

美由紀は知美の顔をのぞきこみ、静かにきいた。「なんの歌？」

知美は答えなかった。美由紀に焦点をあわせてもいなかった。

ただ虚空を見つめ、ハミングをつづけていた。目のなかに膨れあがった涙が、頰をこぼれおちた。それでも、知美は曲を口ずさんでいた。

美由紀は知美の涙を指先でそっとぬぐい、荷台に腰をおろした。

強いショックの直後は、幼児退行を起こすことがある。小さな子供のころを鮮明に思いだす。その想い出に浸ることで、自我の崩壊を防ぐ。そういうこともある。

制止しないほうがいい。この辺りには、人けがない。

そよ風を感じた。季節的には、木枯らしに近いかもしれない。それでも、寒くはなかった。暑苦しいほど上昇していた体温が、やっとさがりつつあった。

その風のなかで、知美の奏でるメロディをきいた。安らぎをもたらす、優しくて優雅な曲だった。

知美は何度も同じ曲をくりかえしていた。それでも聴き飽きることがなかった。音階の幅はかなり狭い。アジアの宮廷音楽にも近い。そうだ、ガムランの音階だ。美由紀は気づいた。ジャワ島などに伝わる、青銅製の板を並べた鍵盤《けんばん》楽器。ガムランは二台一組のペアで演奏する。ひとつは半音を含まないスレンドロ、もうひとつは半音を含むペロッグ。知美のメロディは、そのペロッグ音階に近かった。

やがて、知美の奏でるメロディが小さくなっていった。きこえなくなった。

美由紀は知美を見た。知美が見かえした。徐々に、落ちつきをとりもどしつつある。

「いい曲ね」と美由紀はいった。

知美は無言だった。しかし、表情はさっきとちがっていた。瞳《ひとみ》のなかに安らぎがあった。

「さて」美由紀は辺りを見まわした。渋谷方面にネオンの光の集合がある。「泊まるところを探さなきゃね」

「……泊まるところって?」

「あなたもわたしも自分の家には戻れない。だから、てごろなホテルでも見つけなきゃね。とはいっても、あまり贅沢《ぜいたく》はできないけど。なにしろお金がないし、目立つ場所だとすぐに見つかっちゃうし」

都内の宿泊施設はすべて危険だった。それに、チェックインする際に筆跡を残したくもない。

そのとき、知美がいった。「目黒」

「え?」

「目黒駅の……近く」

「そこに、なにがあるの?」

「嵯峨さんって人の部屋」

「誰? 嵯峨さんって……?」

「嵯峨敏也さん」

美由紀のなかに衝撃が走った。「も、もしかしてそれって、臨床心理士の嵯峨敏也?」

「そう。部屋を貸してくれたの」

名前は聞いたことがある。たしかわたしより三つほど年上だった。東京カウンセリングセンターという、大勢の臨床心理士を抱える精神医療機関に勤務していたはずだ。

知美が接触したというのは、彼のことだったのか。

黛たちが、わたしのほかにマークしている存在というのは、嵯峨敏也だった。彼もわたしと同じく、黛たちの策謀を察知し、反旗を翻しているのかもしれない。

遠くでパトカーのサイレンの音が湧いていた。

「そこへ行くしかなさそうね」美由紀は知美に手を差し伸べた。「立てる?」

知美は不安そうな顔でじっと見つめてきた。

たずねたいことはわかっている。美由紀は微笑みかけた。「だいじょうぶ。わたしはあなたの心の支えになる。これからずっと」

知美がささやいた。「本当ですか」

「ええ」美由紀はうなずいた。「それがわたしの仕事。カウンセラーなんだから」

第一人者

嵯峨敏也は、ひとり机に向かい、憂鬱《ゆううつ》な時間を過ごしていた。

目黒のこのマンションに籠《こ》もって過ごす日々は、いっこうに終わるきざしがない。ため息とともに室内を見まわす。静寂につつまれていた。目黒通りを駆け抜けるクルマの走行音がかすかに響く。

壁に立てかけられた姿見に目をとめた。自分の顔が鏡にうつっていた。やつれた顔だ。髪はみだれていた。胸もとまではだけたワイシャツにも、汗がにじんでいた。

時計に目を移す。午前零時をまわったところだった。

椅子から立ちあがって、リビングルームに向かった。ファスナーを開けたままのスポーツバッグが置いてある。本や着替えがのぞいている。必要なものはあらかた、詰めこんであった。必要があれば、いつでも逃げだせる準備は整っている。

須田知美という女子高生は、ここに立ち寄ったようだ。ベッドに寝たあとがある。外に出るなといったのに……。

いまごろどうしているだろう。きっと路頭に迷っているにちがいない。またひとり、不幸な人間をだしてしまった。この状況を、なんとか変えたい。けれども、いったいどうすればいいのだろう。いまや周囲は理解不能なことに満ちている。無力感にさいなまれる毎日だった。なにもできないまま逃げまわり、隠れつづける毎日。そんな日々がいつまでつづくのだろう。

嵯峨は頭をふり、その考えを追いはらった。考えてもはじまらない。というより、いままで何度も自問自答してきた。そして答えは見つからなかった。

確かなのはただひとつ、ここに留《とど》まれるだけ留まって、あの赤羽精神科の犠牲になる人間をひとりでも多く救済すること。それが僕に課せられた義務だ。

ふと、廊下を歩いてくる足音を聞きつけた。ひとりではない、ふたりいるようだ。警察がここを嗅《か》ぎつけたのだろうか。知美の口から聞きだした可能性もある。

チャイムが鳴った。

嵯峨は玄関のドアに近づいた。覗《のぞ》き穴に目を凝らすと、意外にも、広角レンズのなかに見える人影は警察の制服ではなかった。女だ。しかもその女に寄り添うようにして、須田知美が立っている。

あわてて鍵《かぎ》をはずし、扉を開けた。

知美の顔を見た。潤んだ瞳が嵯峨をとらえた。あいかわらず、脅《おび》えたような表情。だが、かすかな安堵《あんど》も感じられた。

少なくとも、路地で会ったときよりは精神状態が安定している。そう思えた。

嵯峨はもうひとりの女に目を向けた。すらりとした体型、カジュアルな服装。しかし顔は煤《すす》にまみれて真っ黒になっていた。髪は乱れ、額は汗びっしょりだった。

息づかいも荒く、女はいった。「はやく彼女をなかへ」

「ああ」嵯峨は知美を抱きかかえた。多少ふらついてはいるが、なんとか歩けるようだった。

靴を脱がそうとして、嵯峨は面食らった。知美は裸足だった。泥で汚れ、つま先は血がにじんでいた。

知美を寝室に運び、ベッドに寝かせた。

極限までの疲労と不安、緊張感。知美の精神状態はぼろぼろになっている。嵯峨は知美の額に軽く触れて、瞳にかかりそうになっていた前髪をはらった。

「もう心配はいらないよ」嵯峨は語りかけた。「ここが自分の家だと思って、くつろげばいいんだ」

知美は小さくうなずいた。そして、疲れきったように目を閉じ、たちまち眠りにおちていった。

嵯峨は、部屋に入ってきた女を振りかえった。

「きみは？」と嵯峨はきいた。

「岬美由紀。臨床心理士です」

「ああ……きみが岬さんか。噂はきいてる。自衛官から転職したんだっけ？」

「わたしもあなたのご高名はうかがってます。嵯峨先生」

「よせよ」嵯峨は苦笑して、リビングに美由紀を案内した。「嵯峨って呼んでくれればいい」

「そんな。先輩なのに。嵯峨さんってお呼びしましょうか」

「嵯峨君でいいよ。この業界では若手だから、そう呼ばれるのが慣れてる。でも、もう後輩がいるんだな。時が経つのは早いよ。きみはいま、どこに勤務を？」

「固定していないんです。毎朝、臨床心理士会の事務局に寄って、派遣先を聞いてます」

「最初のうちはそうだね。誰かに指導してもらってる？」

「ええと……まあ、舎利弗《しゃりほつ》先生かな……」

「舎利弗浩輔《こうすけ》先生？　いつも留守番してる……」

今度は美由紀が苦笑した。「そう。でも知識はとても豊かな人だし」

「わかるよ」嵯峨はソファに腰を下ろした。「僕もそのうち事務局に行って、職探ししなきゃ」

美由紀は向かいのソファに座って、たずねてきた。「東京カウンセリングセンターに勤めてたんじゃなかったの？　催眠研究もされてたとか……」

「昔の話だ。いまは辞職したよ」

「どうして？」

「一年近く前のことだけどね。職場にも家にも、へんな電話がかかってきた。以前に僕が受け持ったことがある、解離性同一性障害の相談者の症例について、マスコミを通じて詳細を公表しろというんだ。相談者の実名入りでね」

「解離性同一性障害というと、多重人格障害？」

「そうだよ。入絵由香《いりえゆか》という主婦でね。ふだんはおとなしい女性なんだけど、いろいろな人格に移り変わって、最終的には想像上の宇宙人なんていう人格にまでなった。病院の精神科の治療に協力して、いまではそれなりによくなってる。旦那《だんな》さんと田舎で静かに暮らしてるよ」

「それをどうして公表する必要が……」

「僕も疑問でね。電話をしてきた、低い声の男にも言ってやったよ。こちらとしては守秘義務があるし、相談者のプライバシーは明かせない。すると向こうは、入絵由香の症例について詳しく知っていて、緑色の猿の幻覚のことまで承知していた」

美由紀が表情を険しくした。「緑色の猿……?」

「入絵由香は人格が入れ替わる際に、そのような生き物を目にするといった。解離性障害に幻視が伴う症例はポピュラーではないけど、内部に生じる外界から定位されない声を聞くことはあるし、その一歩進んだ状態と考えられる。催眠療法やアモバルビタール面接で別の人格をひきだしたときにも、緑色の猿という幻視を見る反応をしめした」

「なぜ緑色の猿なのかな。そこに理由はある?」

「彼女はバリ島に旅行に行ったことがあって、ヒンドゥー教の寺院を訪ねたとき、そこに緑色の猿《グリーンモンキー》の像が祀《まつ》ってあった。その像の顔を見るうちに、自分にメッセージを送ってきているように感じ、別のものに成り変わっていったというんだ。いわゆる憑依《ひょうい》体験は、統合失調症の患者にみられるものだけど、入絵由香の場合もその病状が下地にあって、緑色の猿の像を見たときに解離性障害を発症したらしい」

「動物の像からメッセージを得たということは、ドリトル現象も伴っていたわけね。人間と動物との境界線が不明瞭《めいりょう》になって、解離性同一性障害の複数の人格が生じることに拍車がかかった」

「長期に亘《わた》るカウンセリングでようやく彼女の病状の全容を暴きだした。でも、この症例はそれほど特異なものじゃない。ところが、電話をかけてきた何者かは、公表しろの一点張りだ。とりわけ、緑色の猿にご執心でね。その幻視が症例として公のものになることを、強く望んでいたみたいだった」

「で、どうしたの？　公表した？」

「まさか。あくまで突っぱねたよ。すると僕の周囲に奇妙なことが起きだした。回復したはずの相談者が発症したり、別の症状を訴えたり、僕の見立て違いだったと結論づけられるような事態が頻発してね。ミスの多いカウンセラーってことで、上司もかばいきれなくなった。それで失職したわけだ」

「変ね……。嵯峨先生……嵯峨君がそんなにミスするなんて考えにくいけど。知識も経験も豊富だと聞いてるし、論文も読ませてもらったけど、素晴らしかったし」

「どうも。でも、世間のバッシングには逆らえなくてね」

「それで、どうしてここに？　いまは何をしてるの？」

「さいわい僕も独身だったから、身を隠すことは簡単でね。実家の母親に迷惑がかかってはいけないから、行方をくらますことにした。と同時に、僕を失職させた犯人を暴きだそうと決心した。疑わしい男が働いている場所のすぐ近くに部屋を借りて、監視しようとしたわけだ」

「疑わしい男って？」

嵯峨は立ちあがり、サイドテーブルから古い新聞記事のスクラップ帳を取りあげた。それを美由紀に渡しながら、嵯峨はいった。「これを見てごらん」

美由紀は記事に目を落とし、読みあげた。「精神科医の赤羽喜一郎氏、緑色の猿の幻視について研究……」

「その記事によると、このところ精神病患者の治療中に、緑色の猿の幻を見たと証言する患者が急増しているらしい。奇妙なことに、赤羽先生のところの患者に限られているんだけどね」

「じゃあ……」

「そうとも。脅しをかけてきたのは、その赤羽さ。どういうわけか、彼はその症例の患者を独占的に治療したがっているようだ。新しい精神症候群の第一発見者になりたいのかもしれない。事実、その記事によれば、赤羽は『緑色の猿症候群』という名で症例を論文にする準備を始めているらしいから」

「でも、赤羽喜一郎といえば、精神医学界でも広く名を知られた第一人者でしょ？　その人が研究の独占なんてことにこだわるかしら」

「人は見かけによらないよ」

「赤羽先生に直接抗議したら？」

「もちろん、そうしたさ。でも、電話をかけた覚えなんかないって」

「向こうがしらばっくれていると、嵯峨君はそう思っているわけね」

「ほかに何があるんだ？　彼は危険な人物だよ。だから、赤羽精神科に出入りしている患者には声をかけて、注意をうながすようにしてる。須田知美さんもこの部屋に招いて、事情を説明しようとしたんだ」

「……見ず知らずの男の人に声をかけられて、部屋に来いといわれたら、女の子は当然、不安を感じると思うけど。未成年者に対する指導としても適切じゃないし」

「そんなことはいってられないよ。赤羽は、僕をクビに追いこむために、相談者たちの症状を悪化させた。手段を選ばない男だ。彼の病院に出入りすることは、すなわち彼のモルモットになることを意味する」

「嵯峨君……」

「信じてくれとはいわない」嵯峨は腰を浮かせた。「ただ、僕は確信してる。わかってくれと頼んでるわけじゃない」

「頼まれなくても理解できるわ」美由紀は嵯峨の顔を見あげた。「あなたが嘘偽りなく、信念の通りに行動していることは、表情を見ればわかるから」

「……ああ、きみはすごい早さで表情を観察できるんだったな。評判は聞いたよ」

「でもね、嵯峨君。おかしいと思わない？　入絵由香さんの場合は、バリ島での旅行があって、それが偶然ミドリの猿の幻視につながったという症例でしょ？　つまり彼女特有のものにすぎない。なのに、どうして赤羽先生のところの複数の患者が、ミドリの猿の幻を見るの？　みんなバリ島にいって同じ症状になったとか？　ありえない話よ。そうは思わない？」

「それは……たしかにまだ納得はいってない。でも、僕はその患者の症状ですら、赤羽先生がでっちあげたものじゃないかと思ってるんだ」

「なぜそんな必要があるの？　そうまでして、赤羽先生があなたの手柄を横取りしたいと思ってるわけ？」

「あるいは、入絵由香のプライバシーについて知りたがっているとか……。動機はまだわからないよ。だけど首謀者は彼に違いないんだ」

しばらく沈黙があった。

美由紀は真顔でつぶやいた。「嵯峨君。もしわたしが、ついさっき同じ体験をしたといったら、どうする?」

「……同じ体験って?」

「ミドリの猿よ。この目で見たわ」

「まさか……」

「いいえ。そのまさかよ。知美さんも見てる」美由紀は静かに告げた。「そしてそれは、幻覚じゃなかったの。ミドリの猿は実在したのよ」

世界が終わる日

府中の航空総隊作戦指揮所、全国の航空自衛隊の中枢は喧騒《けんそう》に包まれていた。百二十あるオペレーター席がすべて埋まり、各方面隊基地と連絡をとりあっては手もとのパネルに情報を入力、それが正面のモニタースクリーンに続々と表示される。

バッジシステムのセンサーとして機能する全国二十八部隊の地上レーダーサイトから、常時航空監視のデータが転送されてくる。領空侵犯はこの二十四時間で、常時の五倍以上に増加していた。

しかも、それらの航空機はすべて中国の軍用機だ。具体的には、すべて戦闘機ばかりだった。

仙堂芳則《せんどうよしのり》司令官は、禿《は》げあがった頭をかきながらモニターを眺め渡した。移動警戒隊からも、航空侵攻の予兆を告げるような不審な機影をキャッチしたと連絡が入っている。早期警戒管制機E767の機上レーダーも、日本海の洋上遠方に戦闘機部隊とおぼしき機体の群れを捉《とら》えていた。

警戒体制が敷かれないかぎり使用されることのないオンライン・システムが、いまはすべて起動している。壁面を覆い尽くす巨大なスクリーンの日本地図上に、次々と赤い点が表示されていく。それは、その基地の要撃準備が完了したことを告げている。演習を除けば、この光景をまのあたりにした自衛官はいままでひとりもいなかった。いま、すべてが現実となりつつある。

現役のうちに、このような事態に突入するとは。これが歴史のターニングポイントなのだろうか。未来永劫《えいごう》つづくかに見えた平和が、終焉《しゅうえん》のときを迎えるのか。

「仙堂」航空幕僚長が声をかけてきた。「順調か？」

「はい」仙堂は応じた。「すべての航空方面隊の作戦指揮所が要撃準備を完了しつつあります。小松基地の第六航空団はすでに空中待機に就いています」

「ご苦労。高射群のほうは？」

仙堂は後方をふりかえった。「高杉」

電子戦支援隊と連絡をとっていた高杉将補が、クリップボードを手にして近づいてきた。

「ペトリオットはすべて日本海側に展開させています。千歳の第九高射隊は奥尻《おくしり》島に移し、佐渡と輪島にもＰＡＣ３を配備しました」

航空幕僚長がうなずいた。「在日米軍との連携で、第一波攻撃には備えられそうだな」

高杉の表情は和らがなかった。「主力戦闘機の性能ではこちらが勝りますが、圧倒的なのは数の差です。中国空軍は約四千機の戦闘機を保有していますから」

仙堂は口をはさんだ。「問題はそれよりミサイルを搭載した原子力潜水艦だ。夏級が一隻、漢級が五隻。明級が一隻。それに宋級が三十六隻もいる。これらが日本海に巧みに配置された場合、至近距離から弾道ミサイルが同時発射されることになる。おそらく自衛隊と米軍の基地を真っ先に叩《たた》くだろう」

「海上自衛隊の潜水艦部隊が防衛にあたるといっています」

「まかせるしかないか。そして、残るは……中国本土から飛んでくるCSS2だな」

「しかし」高杉は顔をこわばらせた。「まさか本気で核ミサイル攻撃を……」

航空幕僚長はため息をついた。「国連が中国に対して再三の説得をおこなっているが、彼らは無視しつづけている。CSS2にはすでに燃料注入が開始されていると聞く。数からいっても、威嚇《いかく》だけとはとうてい思えない」

仙堂は航空幕僚長を見つめた。「そのような事態になったら、飛来するミサイルすべてを撃墜することはとうてい不可能です。そして、在日米軍基地が被弾したら、ただちに原子力潜水艦が報復攻撃を開始するでしょう。全面戦争の開始となります」

沈黙がおりてきた。周りの騒々しさが意識に昇らなくなり、なにも耳に届かなくなった。そんな感覚があった。

「とにかく、最善をつくせ」航空幕僚長はそういって、踵《きびす》をかえした。

「あの」仙堂は呼びとめた。「防衛大臣とお話しされましたか」

「ああ」

「それで、なんと？」

「われわれの任務は防衛だけだ。政治に関心はない。事件の発端になったのがきみの元部下だろうと、われわれの関知する範囲ではない」

「ですが、中国は岬美由紀の行動について誤解しているのはあきらかです。事情を説明できれば……」

「くどい！　それが有効だと判断したら政府がやっているだろう。われわれの仕事ではない。きみは航空自衛隊の一元指揮を担っている。そこに集中したまえ」

仙堂はテーブルの作戦図を見下ろした。

岬美由紀が行方をくらましている。さる筋からそうきいた。怖くなって逃げだしたのだろう、そう囁《ささや》く声もあった。

そんなことはありえない。平和を愛し、人命を尊重していた彼女が、全面戦争のきっかけをつくり、自分だけ逃げおおせる。まったく考えられない。

どこにいるんだ、岬。

苛立《いらだ》ちと怒りが燃えあがった。仙堂は作戦図めがけて力いっぱいこぶしを振りおろした。音はきこえなかった。喧騒のなかに埋もれていった。


美由紀は腕時計に目を落とした。

午前二時すぎ。これほど時間の重みを痛感したことはなかった。

一分ごとに、世の中のあらゆるところで亀裂が大きくなっていく。いつ中国からCSS2が飛んできてもおかしくはない。いつ公安調査庁の息がかかった警官が踏みこんできてもおかしくはない。

孤立無援、絶望。わたしはそんな境遇にある。

しかし、糸口はかならずみつかる。この世に、英知で解き明かせないものなどない。そうでなければ、人間は本当の意味での自立を手にできるはずもない。少しずつでも、自分の力で打開していくしかない。

深夜の赤羽精神科、その応接室。嵯峨は落ち着かないようすで、ソファに浅く腰かけ、両手の指を絡めていた。

彼にしてみれば、自分を失職に追いやった天敵のアジトに身を置いているわけだ。居心地は悪くて当然だろう。

ただし、美由紀はそうは思っていなかった。ここには大きな事実の食い違いがある。

ドアが開いた。五十歳前後の険しい顔をした男が、書類の束を抱えて入室してきた。

赤羽喜一郎は書類をテーブルにどさりと置いた。「とりあえず、緑色の猿についての症例を訴えている患者の記録だ。すべてではないが、参考になるだろう」

「どうも」美由紀は頭をさげた。「真夜中にお呼び立てしてしまい、申しわけありません」

だが嵯峨は、露骨に顔を背けながらいった。「結構。そんなカルテ、役には立たないよ」

「嵯峨君……」

「どうせでっちあげに決まってる。赤羽先生は、僕の相談者の症例をどこかで知って、それを症候群として発表しようと考えた。それだけのことさ」

「心外だな」赤羽は眉《まゆ》をひそめた。「きみのカウンセリングの実績など知らなかったし、横取りしようなんて思いやしないよ。患者たちの生の声を聞いてみるといい。みんな症状を訴えてる」

「あなたがそういわせているだけでしょう」

「嵯峨君、それは違うわ」美由紀はいった。「赤羽先生は嘘なんかついてない。わたしにはわかるの」

「きみは……ひと目見ただけで相手の感情が読めるんだったね。でも僕のほうは、そんなきみの判断が正しいかどうかわからない」

「わたしが事実を曲げているというの？　あなたも臨床心理士として、表情筋の変化を読むことはできるでしょう？」

「ビデオに撮ってじっくり観察すればね。きみみたいに一瞬で判断できるわけじゃないし」

赤羽が口をはさんだ。「まあ、おふたりとも。若くして臨床心理士になった勤勉さは認めるが、私はもう長いこと精神科医をさせてもらっている。その私がこんな夜遅くに、わざわざ自宅から出向いてきたんだよ。もう少しましな対応があってしかるべきだと思うがね」

美由紀は当惑しながらいった。「どうもすみません……」

だが、嵯峨はなおも不服そうに視線を逸《そ》らしている。

やがて、赤羽はため息まじりに告げた。「きみらも専門家なら、表情より確実な検討材料が目の前に山積みになっているのに、無視する手はないだろう。カルテを読んでみたらどうだね。捏造《ねつぞう》かどうか、穴が開くほど眺めればいい」

「そうします」美由紀はカルテを二枚とり、一枚を嵯峨に差しだした。

嵯峨は気が進まなさそうにしていたが、渋々といったようすでそれを受け取った。

美由紀は、手もとのカルテに目を落とした。睡眠障害、閉塞《へいそく》時睡眠時無呼吸の治療の記録だった。高血圧、不整脈、右心不全……。

しばらくして、嵯峨がつぶやいた。「これは……」

その真剣な横顔に、驚きのいろが表れている。

「わかるだろ」と赤羽がいった。「患者の症状はさまざまだが、治療し回復する途上で、緑色の猿を見たと証言しはじめた点が共通している。しかし心因性の起源も、側頭頭頂葉の刺激性病変もみとめられない。そもそも患者たちのほとんどは生まれつき健康体で、精神病とも無縁だった」

嵯峨は、次々とカルテを手にとって、その文面に目を走らせていった。「これも……これもそうだ。患者の症状はいずれも、数年以内の心的外傷後ストレス障害《PTSD》……」

「そうだ」赤羽はうなずいた。「なぜかアルコールや薬物の過剰摂取で複雑な精神病的症状を引き起こしているが、元を正せばＰＴＳＤだ。どうかね、嵯峨君。私が功名心に憑《つ》かれてこれらのカルテをでっちあげたとしたのなら、こんな症状を書くかね？　これらを緑色の猿症候群として論文にまとめて発表したら、学界のいい笑いものだよ」

「で、でも」嵯峨はあわてたようにいった。「それならどうして、患者たちは緑色の猿の幻視を……」

「それはまだわからん。不明だからこそ研究を進めてきた。しかし、現時点でいえることはひとつだけだ。彼らに妄想知覚が発生しているとは思えない。つまり、精神的混乱のなかで、緑色の猿なるものはたしかに見た。そう考えるのが妥当だろう」

「そうだとすると」嵯峨は信じられないという顔を美由紀に向けてきた。「事実はきみのいったとおりか」

「そのようね」と美由紀はいった。

「だけど……まだ納得いかない。どこかに緑色の猿なんてものがいて、患者たちがそれを目撃したっていうのなら……どうしてそういう証言がほかの場所からでない？　なぜ赤羽精神科の患者ばかりなんだ？」

「このカルテを見ると、赤羽先生は患者たちにずいぶん丁寧な治療をしているの。ベンゾジアゼピン系薬物ジアゼパムを一日数回、二ミリグラムから十ミリグラムを経口で摂取。不安焦燥状態がみられたときにも、ただちに処方する。抗てんかん薬のクロナゼパム〇・五ミリグラムもパニック障害に処方して、眠気を催したら充分に休ませる。ほかにSSRI、三環系抗うつ薬などを的確に処方して、支持的精神療法、行動療法、認知療法、集団療法と、症状によって細やかな療法を適用させてる。患者がみんなお金持ちというわけじゃないだろうけど、たぶん赤羽先生はお金に糸目をつけず、必要な治療を充分におこなっているの」

赤羽はすました顔でいった。「それがうちの方針だからね」

「ほんとだ」と嵯峨がカルテを見つめてつぶやいた。「こんなに詳細にわたって治療法を指示しているカルテは初めて見た……。それも、臨床の経験が豊かじゃないと導きだせないようなやり方ばかりだ」

美由紀はうなずいた。「これは推測だけど、緑色の猿を目撃して、なおかつ重度のＰＴＳＤと薬物、アルコール依存症になっている患者が世の中にたくさんいて、記憶障害のせいで証言できずにいる。そのなかで赤羽精神科を訪ねた患者だけが、症状を回復し、見たものを想起して喋《しゃべ》ることができている……そう考えるのが自然だと思うの」

「それは……ああ、たしかにそうだ。というより、辻褄《つじつま》の合う説明はそれしかない」

赤羽が咳《せき》払いした。「ひとついえるのは、患者たちの症状を総合的に判断した結果、これは故意に引き起こされた現象かもしれんということだ」

「故意？」と嵯峨はきいた。

「そうだよ。不特定多数の人間を閉塞感のある場所に監禁するなどして恐怖を与え、ＰＴ

ＳＤを発症させ、多量の薬物とアルコールを与えて症状を複雑なものに見せかける。その過程で患者たちは緑色の猿を目撃したんだ。たぶん監禁場所にいたんだろう」

　美由紀のなかで怒りがこみあげてきた。

　あの公安調査庁施設の地階に囚《とら》われていたのは、須田知美ひとりではなかった。もっと大勢の人間が監禁され、同じ仕打ちを受けていた。そして、それが黛たちの仕業であると発覚することもなく、精神障害とみなされた人々は、社会から爪弾《つまはじ》きにされざるをえなくなった。知美と同様に。

　嵯峨は深刻な顔でささやいた。「じゃあ、僕に脅しをかけてきたのは、その監禁をおこなっていた奴らというわけか」

「ええ」美由紀はいった。「赤羽先生の治療によって回復した患者たちの口から、緑色の猿という証言が飛びだした。犯人は緑色の猿をペットにしている。その記憶を辿《たど》られるとまずいと判断して、過去の症例を調べて、精神病の症状にすぎないと思わせようとしたのよ。犯人は臨床心理士会のデータベースを検索して、その結果、嵯峨君の過去の案件を見つけだした。多重人格障害の女性が緑色の猿の幻を見たという症例。犯人にしてみれば、願ってもみない偶然ね。これが公になれば、患者たちの証言も幻視と扱われると考えた」

「それで僕に電話をかけてきて、症例のすべてを公表しろと強要したんだな。匿名の記録だけでは信憑性《しんぴょう》も低くなるから、相談者の氏名も含めて何もかもマスコミに広めさせようとしたんだ」

　赤羽はじっと嵯峨を見つめた。「きみは何者かの工作に巻きこまれたわけだ。過去に偶然、緑色の猿の幻視を扱っていたせいでな」

「……赤羽先生」嵯峨は申しわけなさそうにいった。「すみませんでした。失礼ばかり申しあげて……」

「いや」と赤羽は片手をあげて、嵯峨の言葉を制した。「私もこれですっきりしたよ。患者たちの証言したことの真実が垣間《かいま》見えたからな。全貌《ぜんぼう》はまだあきらかではないが、やがて白日のもとに晒《さら》されてくるだろう」

「そうだといいんですが……。あのう、先生。これらの患者のその後の経過はどうです？　順調に回復してますか？　もし入院しておられるなら、話を聞いてみたいんですけど」

　赤羽は笑った。「回復もなにも、ほとんど退院してしまったからね」

「そんなに早く？」

「治すのが私の仕事だよ」赤羽はキャビネットの引き出しから、葉書と手紙の束を取りだした。「ほら、そのカルテの名と照合すればわかるだろう。患者たちが退院後に送ってきた、お礼の言葉だよ。みんな仕事や学業に復帰してる」

「へえ……。日付はだいたい、ここ一か月ぐらいですね」

「そう。地道な治療が実を結んで、ようやく最近になって退院していったよ」

「なるほど……でもすごいな。みんな元気に社会復帰なんて」

「しかし」赤羽は腕組みをした。「犯人の目的はいったい何だろうな。どうして大勢の人を精神病に仕立てあげたんだろう」

たしかに、と美由紀は思った。その謎はまだ解かれてはいない。黛は公安調査庁を隠れ蓑《みの》にしつつ、人為的に精神病患者を生みだしていることになる。その意図はどこにあるのだろう。

そして、さらに不可思議なことがある。

黛はいつも、ペットのミドリの猿と一緒だ。なぜ職場に連れてくる必要があるのだろう。わざわざ人目に触れさせておきながら、どうして患者たちの記憶違いを演出してまで、目撃証言を葬ろうとするのだろうか。

喪失

マンションに戻った嵯峨は、寝室のドアを開けた。

照明は消えていたが、部屋のなかは薄明るかった。カーテンが開いていて、月の光が差しこんでいる。その明かりだった。

ベッドのわきに立った。須田知美は、静かに眠っていた。

月の光に照らしだされた知美の安らかな寝顔。長いまつげが、ときおりぴくりと動く。口はかすかに開き、ゆっくりと、穏やかに呼吸をくりかえしている。

長い髪が、知美の頬にわずかにかかっていた。嵯峨はそっと指先でそれをはらった。

ため息をつき、嵯峨はベッドのわきに座りこんだ。足を投げだし、ドレッサーにもたれかかった。

美由紀が部屋に入ってきた。

「嵯峨君」美由紀は小声できいてきた。「だいじょうぶ？」

「ああ」嵯峨はつぶやいた。「ショックだよ」

「どうして?」

「絶対だと信じてた判断が、間違いだと気づいたからさ。カウンセラーが自分を信じられなくなったら終わりだ」

「あなたのせいじゃないわ」美由紀は近くに腰を下ろした。「作為的な罠《わな》だったんだから。仕方がなかったのよ」

「そうかな……。ねえ、美由紀さん。きみの話だと、知美さんもその公安調査庁の黛って奴の毒牙《どくが》にかかってたことになる。ひとつわからないのは、彼女がなぜ孤立してるかってことだ。どうして母親と連絡がとれない? なぜ警察に追われてる?」

「詳しいことはまだわからない。だけど、嵯峨君。あなたも危険人物と思われているのは確かね」

「僕が? どうして?」

「あなたは緑色の猿の症例を公表するのを、あくまで拒否した。そして赤羽精神科が怪しいとにらんだ。見当違いではあるけど、真実に近づかれてはまずいと黛は判断したのよ。だから、知美さんが嵯峨君と接触したときいた警官は、ただちに黛に連絡した」

「派出所の警官がただちに僕を危険とみなしたわけかい? まるで指名手配犯だ」

「たぶんあなたと同様、黛も赤羽精神科を監視していたのよ。最寄の派出所の警官が、その役目を負っていた。たぶん警官自身は、自分が悪事に加担しているとは知らされてなかったんでしょうね。赤羽精神科および、嵯峨という男の動向をキャッチしたらすぐに知らせろとか、そんなふうに命令が下っていたんだと思うわ」

「……僕の名前を告げたせいで、知美さんは囚われの身になったわけか。助けようとしたのに、それは僕の勘違いで、結局は危険に晒してしまった。僕はどうしようもない男だよ」

「そんなことはないわ。嵯峨君が優秀な経歴の持ち主だからこそ、黛もそれを利用しようと目をつけてきたのよ」

「僕の相談者たちの症状を悪化させたりして、僕を失職に追いこんだのも、その黛って奴か。許せない話だ。こんなに苦しんでいる人がいるのに……」

「嵯峨君。これからどうする？」

　薄暗い部屋に沈黙が下りてきた。

「どうにもならないな」嵯峨はつぶやいた。「相手が国家レベルの権力者とあってはね。警察を自由に動かせる立場にある相手だ、動こうとすればまた潰《つぶ》される」

「そんなことないわ。どんな相手だろうと弱点はあるはずよ」

思わず苦笑が漏れる。嵯峨は美由紀を見つめた。「きみなら大男相手にも立ち回りを演じることができるかもしれないけどさ。僕は体力に自信がないし」

「なぜ？　病弱とか？」

「そうじゃないけど……。防衛大って体育大みたいなところだろ？　そこで鍛えあげられたきみと僕とじゃ、違いがありすぎるよ」

美由紀も微笑した。「ふだんから筋トレすれば効果があがるかも」

「ああ。ビリーズブートキャンプのＤＶＤは一回観たっきり、棚の奥にしまわれてるよ。きみは身体を動かすことが爽快感《そうかい》につながるだろう？　でも僕は違う。これは生まれつきの違いみたいなもんだ」

「そう？　じゃあ催眠のときも、相手の素質にあわせて暗示を変えるわけ？」

「そうだよ。催眠ってのは眠らせる技ではなくて、言葉の暗示で相手をリラックスさせるという、それだけのことでしかないからね。自律神経系の交感神経が優位な人は、身体を動かして運動すると、それで理性が鎮まって心地よさを感じる。いうなれば、運動がトランス状態につながるんだ。僕のように副交感神経が優位だと、そういうのは苦痛でしかない。逆に、モーツァルトの音楽でも聴いて、森林浴に浸っているほうが、ずっとトランス状態が深まって心地よくなる」

「そっちも悪くないけどね」

「交感神経優位なきみみたいなタイプは、ひと晩じゅう渋谷のクラブにいて踊り明かせば、簡単に絞りだされるよ。リズムに合わせて踊ることが心地よさにつながるのは、そのタイプに限られているからね。トランス状態が深まらなかった人たちは、疲れを感じたり、飽きたと言いだしてドロップアウトする」

「かもね。防衛大には、いつまでも踊っていそうな人たちがごろごろしてたから。……ねえ、嵯峨君。催眠のことだけど」

「なに？」

「催眠で人を操る可能性については、どう思ってる？」

「なぜそんなことを聞くの？　非科学的だよ」

「そうだけど、催眠暗示によってトランス状態に入ったら、幻覚が生じたりする人もいるでしょう？　言葉によってあるていど人の感覚が操れるのだとしたら、黛みたいなグループは……」

「世間を煽動できるって？　いや、そんなに簡単じゃないな。催眠で人を操れるというのは世間の誤解で、実際には暗示の通りにイメージしてくださいと頼んで行うのがふつうだ。そのうちに、トランス状態がきわめて深まる資質がある人に限り、たしかに気温が変化したとか、五感に影響を感じたりとか、過去が鮮やかに想起されるとか、そういう幻覚が起きたりする。けれども、不可思議なものではまったくないし、本人がそれで混乱することもない。自分が誰かわからなくなったり、どこにいるか認識できなくなることはありえないんだ」

「じゃあ暗示で犯罪を強制しようとすると……」

「本人の意志の力で反発するさ。どうしたんだい？　臨床心理士なら、そんなこと承知のうえだろ？」

「そうなんだけどね……。多くの人に影響を与える勢力の存在を感じるにつれて、不安になってくるの。わたしの知らない、人を操るすべがほかにあるんじゃないかって」

「心理学に限っていえば、いまのところそんなものはないさ。マインドコントロールって言葉も、学術用語ではないしね。だから……きみの関わった恒星天球教の事件でも、おぞましい脳手術がおこなわれてたんだろ？」

「……ええ」

「物理的に脳をいじるならともかく、そうでないかぎり、人の意志の力は奪えないってことだよ」

「だといいんだけど……」

「きみほど意志の強そうな人が、意外だね。なにをそんなに不安がってるの？」

「嵯峨君。その催眠誘導で幻覚を感じるぐらいにまでトランス状態が深まる人って、全体の何割ぐらい？」

「せいぜい一割から二割……。いや、やっぱり一割強ぐらいだろうな」

「そう……。やっぱりそうよね」

「美由紀さん。どうしたの？」

「いいえ。自分がたまたまその一割に該当していたら、やはり暗示を受けやすいんだろうなって」

「いくらトランス状態が深まりやすいからって、人の言いなりになるわけじゃない。意志の力が強ければなんの問題もないよ」

「そうね。だけどわたし、友里佐知子の言いなりになっていたような気がする。冷静に観察すれば真実に気づけたかもしれないのに、彼女と一緒にいることで……理性が鎮まって、トランス状態に入ってた気がするの」

「憧《あこが》れの人に近づいたときには、そういうものかもしれないな。でもだいじょうぶ、きみは学習したよ。二度と同じ罠に嵌《はま》ったりしない」

「ええ……そうあるべきよね。でも、同じことが嵯峨君にもいえるわ。あなたも二度と、勘違いで人を疑ったりしない」

「そ……そうだね。気をつけるよ」

美由紀が笑うと、嵯峨も笑いかえしてみせた。

「さてと」美由紀は立ちあがった。「知美さんが無事に家に帰れるようにしなきゃ」

「家には連絡をとった？」

「ええ。彼女にきいた電話番号にかけてみたけど、駄目ね。母親が電話にでないの」

「黛からなにか指示があったのかもな」

「直接会うしかないわね。出かける準備をしたほうがよさそう」

「僕も一緒に行くよ」

「ええ。お願い。あなたが一緒だと助かる」

「……そう？」

美由紀は微笑んで、小さくうなずいた。「あなたは裏表のない、信用できる人だもの。表情を見て、それがわかったから」

「そりゃどうも。千里眼に保証してもらえたのなら、嬉《うれ》しいよ」

もういちど笑みを浮かべてから、美由紀はリビングのほうに立ち去っていった。

その後ろ姿を、嵯峨は黙って見送った。

とてつもなく存在の大きな女性だ。と同時に、彼女はとても孤独に見える。

いつでも人の心を見透かせるようになりたい、臨床心理士になってから、いつもそんなふうに願ってきた。でもそれは、間違いだったかもしれない。

彼女のように強くなければ、そんな孤独には耐えられるはずもないのだから。

電話

壁ごしに記者たちのざわめきを聞きながら、野口はたずねた。「いま何時だ」

秘書が答える。「午前三時二十八分。あと二分です」

「そうか」

野口は控室の面々を見やった。

徹夜に疲れ果てた大臣たち。誰ひとり、口もきかなかった。

実際、人生のなかでこれほどの緊張状態に置かれたことはないだろう。いままで夜が明けるまで議論を尽くすことといえば、党と派閥の問題と相場がきまっていた。

今回はちがう。周辺事態。言葉の定義さえあいまいにしてきた日本政府を罰するかのように、それは現実化した。

足音を立てて忍び寄る危機。とても直視できない。しかし、目をそむけてばかりもいられない。ほかに誰も、解決できる人間はいないのだ。

ぼそぼそと話す小声が、妙に耳障りに感じられる。声のするほうを見やると、酒井が部屋の隅にひとりたたずみ、なにか話している。

野口は立ちあがり、足ばやに酒井に近づいた。

酒井はこちらに背を向け、ぼそぼそとつぶやいていた。「だから、早く叔母《おば》の家にいけ。あんな田舎なら直撃はまぬがれるだろう」

怒りとともに、野口は酒井の手から携帯電話をもぎとった。

酒井が驚いたようすで振りかえった。

電話を切ってから、野口は酒井にいった。「身内だろうとなんだろうと、情報を漏らしてはいかん。それがわからんのか」

「妻のほうから電話してきたんですよ。ニュースを観て、心配になったといって……」

「なら、だいじょうぶとだけ伝えろ」

「それでは納得しなかったので……」

「ああいえばこういうか。酒井、おまえさんみたいに往生際が悪くて言い訳ばかりしてるやつは内閣じゃなく、吉原にでも籍を置け。どっかの商売女のご機嫌とりながらヒモでもやってればいい。おまえさん一流のその場しのぎが最高に活きる職場だ。休まず働きゃカツラ代ぐらいは稼げるだろう。それがいやなら突っ立っておとなしくしてろ。わかったか！」

辺りはしんと静まりかえった。酒井は呆然《ぼうぜん》と見かえした。

ため息とともに踵《きびす》をかえし、その場を離れる。

歩み寄ってきた秘書がささやいた。「お見事です」

「ふん」野口は鼻を鳴らした。「岬がいったとおりだな。心のなかに溜《た》めこむと健康を損なう」

「でもいまからは、しばらく辛抱の時間ですが」

「ああ。わかってる」

秘書が腕時計をみた。「時間です。どうぞ」

野口はテーブルから原稿をとり、歩きだした。いつものように演壇に向かう。

稲妻のようにまばゆいストロボがいっせいに野口を襲った。目がくらむ。総理官邸の記者会見場で、一瞬にしてこれほどのフラッシュが焚《た》かれたことはない。俗物的なワイドショーのスキャンダル会見さながらだった。

演壇につくと、シャッター音はしだいに鳴りをひそめてきた。

閃光《せんこう》の残影がちらつくなか、野口は会見場を見渡した。

隅々までぎっしりと報道陣で埋め尽くされていた。後部の扉は開いている。入りきれない記者がいる。

「午前三時半すぎだ。おはようというべきですな」野口はいった。

アドリブではない。原稿にそう書いてある。きわめて軽い口調で、というト書きもある。

野口は咳《せき》払いしていった。「昨日より、中国政府がわが国に対し、宣戦布告ともとれる軍事的行動の初期段階に入ったという報道や、中国の国民がわが国に対し著しい嫌悪を抱いているという報道がなされましたが、これらはまったくもって事実無根であり、わが国政府はそのような事実を確認しておりません。また、一部でCSS2すなわち中距離弾道ミサイルの燃料注入が開始されたとの報道もありましたが、これにつきましてもそのような事実はないと踏んでおります。以上です」

不信感を帯びたようすの質問の波が押し寄せてきた。記者全員が同時に発言していた。

官房副長官の福井が呼びかけた。「質問は挙手を」

誰もきいていない。喧騒《けんそう》はおさまる気配がなかった。

じれったくなり、野口は目についた記者を指差した。「あなた、どうぞ」

辺りはいったん静まりかえった。

記者が立ちあがった。「アメリカはすでに中国軍の動きを察知したと発表しています。また、第七艦隊の空母インディペンデンスとタイコンデロガ級イージス巡洋艦が日本海に向かったほか、中東にいた攻撃型原潜ポーツマスが第七艦隊の指揮下に入ったとＣＮＮが報道しています。これについて、日本政府の見解を」

「アメリカ政府がどのような推測に基づいて判断しているかは不明です。総理はのちほど大統領とホットラインで会見する予定です。そこで、アメリカ側の真意を問いただすことになるでしょう」

ふたたび喧騒に包まれた。もう誰を指名しても同じだった。野口は投げやりに、手前のほうにいた記者に振った。「どうぞ」

「国連では中国政府に軍事行動についての説明を求めたにも拘《かか》わらず、中国側は返答しないばかりか、安全保障理事国を脱退することもやむなしという声明をだしたといわれています。これについては？」

「今回の誤報がどこから生じたものなのか、そのソースを特定するために話し合いがおこなわれただけです。中国政府にとっては不愉快な話なので、ボイコットすることも不自然ではありません。中国が平和を愛する国であることはわが国も含め、世界各国の代表が認めていることとです」

お定まりだとわかっている。偽善的な演説だとも知っている。それでもこういう場合に吐かねばならない台詞《せりふ》はこれしかなかった。

記者たちはさらに不満をつのらせたようだった。「NATOの大使級理事会が、中国政府に最後通告をおこなったのもデマだというのですか」

「NATOは中国側に事実確認を要請しただけです。通告ではありません」

「しかし国連事務総長はNATOに空爆準備を求める書簡をだしたと……」

「それはどこかほかの地域の問題でしょう。わが国とは無関係です」

「では心配はないんですか」

「ありません」

「ニューヨーク市場での日本円の暴落が伝えられていますが、どのような対策を？」

「誤報であることが証明されしだい、元に戻ると思われます。さほど懸念すべきことではありません」

「酒井経済産業大臣が責任を問われるようなことは？」

「これは不測の事態なので、経済産業大臣ひとりの責任とは必ずしもいいきれません」

政治のゲームだ。弱った者を徹底的に追い詰めてはいけない。飴《あめ》をあたえることも忘れてはいけない。

別の記者から質問が飛んだ。「不測の事態とおっしゃいましたが、つまりこれは周辺事態法の適用につながる状況なのでしょうか」

「いいえ。実際の軍事行動が確認されていない以上、そうはなりません」

「しかし、有力な情報筋から中国が……」

「周辺事態とは地理的に特定できるものではありません。日米安保体制と日米防衛協力のための指針はまったく防衛的なものであり、特定国に向けるものではありません」

また騒々しくなった。このぶんだと、日が昇るまで堂々めぐりがつづきそうだ。野口はいった。「申しわけないが、時間がないので次を最後の質問にさせていただきます。どなたか、どうぞ」

「今回の事態がジフタニアへのODAの視察で、岬美由紀首席精神衛生官がはたらいた暴力行為が中国政府を刺激したことに端を発しているという見解があります。これについて政府のお考えは?」

会見場が急に静かになった。

野口は驚いた。それほど関心が高いのだろうか。たしかに、岬美由紀という有名人が絡んでくると、報道としての価値も上がるのだろう。

「見解は事実誤認に基づいたものです。ODAの視察でもそのような事実はありません。では、これにて」

記者が総立ちになって質問を繰りだしてきた。鼓膜が破れるほどだった。

そのなかを、野口は平然と歩いた。舞台は終わった。脚本どおりに演じきった。アンコールは受けつけない。

控室に戻ると、秘書が頭をさげ、原稿を受け取った。「おつかれさまでした」

お疲れか。そう、たしかに疲れた。野口は額をぬぐった。汗がにじんでいた。コートにでて激しいラリーの応酬をして、またインターバルになった。そんな感じだった。

コップの水をとり、口にふくむ。冷え切った水が喉《のど》を通過し、腹の底に沈んでいく。

ふうっとため息をついて、野口は秘書にきいた。「その後の状況は？」

「いま、記者連中がいったとおりです。すべて事実です」

「しかしこれで、国内にパニックが起きることは防げるだろう」

福井が歩み寄ってきて、不満そうな顔をした。「もっと早く発表すべきだったのでは？」

「いや。それでは中国が反発する可能性があった。のっぴきならない状況になるまで待ったのは、仕方ないことだ」

内閣府の職員がひとり、近づいてきた。

野口はたずねた。「どうかしたか」

「はい。東京都知事が民放のインタビューに応じて、中国批判を口にしまして」

「やめさせろ。事態が切迫していることを伝え、軽率なことはしゃべらないようにいえ」

「それから、静岡県で中国人旅行者が十一人、気分の悪さを訴えて病院に運ばれました」

「隠せ。いま中国を刺激するようなことを報道させるな」

「でも、原因が特定できなくて地元では混乱がひろがっているとのことです。食中毒でもなければ、薬物作用でもない。ただ手足がしびれたり、吐き気が起きたりしたと」

福井が口をとがらせた。「ニュースに精神的ショックでも受けたんだろう。いまの会見をみて、ひと晩ぐっすり寝れば、すべて忘れられるはずだ」

野口は物憂げにいった。「ひと晩以上、この国があればだが」

重苦しい沈黙が辺りを包んだ。

別の職員が駆け寄ってきた。「一大事です」

「今度はどうした」

「ペンタゴンから防衛省に連絡が入りました。江西省《チアンシー》のCSS2が最低でも十基、燃料注入を完了しました。アメリカの偵察衛星が確認した情報です」

冷ややかな空気が辺りを包む。野口は鳥肌が立つ感触を味わった。「すると……」

「そうです。今後いつでも、ミサイルが発射される可能性があります」

ついに悪夢の幕は切って落とされた。

人類史上、ここまで大きな危機は一度しかなかった。一九六二年に起きた、アメリカとキューバ間の出来事。しかし、あれは交渉すべき相手がはっきりしていた。ソ連のフルシチョフ政権の意図も明確だった。

いまはそうではない。なぜ、こんな事態になったのか、まるでわからない。どうして中国全国人民代表大会は、みずから戦争を仕掛けようと決断したのか。なぜ中国の民衆は異議を唱えず同調するのか。

謎だった。政治的駆け引きさえ介入の余地がない。

「野口さん」携帯電話を手にした秘書が呼んだ。「奥さまからです。娘さんも一緒だと」

さまざまな思いが混ざりあってこみあげた。だが、いまは話すべきときではない。

「忙しくて出られん。そういえ」野口はいった。

指示にしたがう秘書の声を背にききながら、足ばやに控室をあとにした。

解除

午前四時。窓の外に見える空は、かすかに蒼《あお》みがかってきている。

美由紀は嵯峨とともに、リビングルームで出かける準備を進めていた。

テレビが臨時ニュースを伝えている。中国情勢に関しまして、さきほど総理官邸で、野口内閣官房長官の緊急会見がおこなわれました。

「またか」嵯峨は靴下を履きながらいった。「夜通しこのニュースばかりだな。チャンネルを変えようか」

「まって」と美由紀はいった。

嵯峨はこのニュースの重要性をまだ知らない。だが美由紀にとっては、無視できようはずもなかった。

キャスターが告げた。「会見のなかで野口官房長官は、中国の軍事行動を伝えるすべての報道は、事実無根であるとの見解を示しました。アメリカやその他の情報筋が伝える情勢についても、日本政府は確認していないと説明しています」

美由紀は重苦しい気分になった。

政治家は事実と逆のことを口にする。一八〇度、そのベクトルは違う。

つまり、すべては事実だ。日本政府は把握している。中国が開戦に踏み切ろうとしている事実を。

「美由紀さん」嵯峨がきいた。「どうかしたの？　怖い顔して」

「いえ……なんでもないわ」

恒星天球教の手がかりをつかみたくて、わたしは官房長官の命令を無視して家をでて、公安調査庁を訪ねた。

その直後、日本の置かれている危機的状況は、恒星天球教どころではなくなった。

わたしはどうしたらいいのだろう。

処罰覚悟で官房長官のもとへ戻る、それが筋かもしれない。なにより、美由紀は中国に名指しで批判されているのだ。重大な責任がある。

ところがいまは、戻ろうにも戻れない。須田知美を助けだすために公安を敵にまわしてしまった。のこのこと総理官邸に戻っても、官房長官たちに会う前に公安に捕まり勾留《こうりゅう》されてしまうだろう。

やはり妙だった。なにをやっても裏目にでる、そんな気がする。未来はすでに定められている、耳もとでそうささやかれるような気分だった。

逃げまわってばかりはいられない。日中開戦の火蓋《ひぶた》が切られる前に、なんとかしなければ……。

寝室のドアが開いて、知美がそろそろと顔を覗《のぞ》かせた。

「あ、知美さん」嵯峨がいった。「おはよう。でも、まだ早いから。寝てていいよ」

「どこかへ、出かけるんですか」

「まあ……ね。きみのお母さんにも会ってくる。事情を聞いてくるよ」

「わたしも行きます」

嵯峨が困惑した顔を美由紀に向けてきた。美由紀も嵯峨を見返した。

「知美さん」美由紀は戸惑いがちにいった。「外にでるのは危険よ。ここに隠れてたほうがいいわ」

「でも」知美は泣きそうな顔になった。「わたし……お母さんのところに帰りたい」

そう思うのも当然だろう。

赤羽精神科が黛にマークされている以上、診療に通わせることなどできない。十代の彼女は、保護者のもとに帰るのが最善のはずだ。

　ただ、母親が彼女からの電話に対し、娘などいないと言ったのが気になるが……。

「……そうね」美由紀は知美にいった。「わかった。じゃあ、シャワーを浴びてきて。制服はもう、クリーニングが終わってるから」

　知美は安堵《あんど》したようすで微笑した。「ありがとう」

「どういたしまして」

　洗面所に知美が入っていくと、嵯峨が美由紀に告げてきた。「だいじょうぶかな、彼女。外を出歩くなんて……」

「危険があるのはわたしたちも同じよ。三人ともマークされてるわけだし」

「それはそうだけど……。まあ、三人のなかじゃ僕がいちばん不利かもな。きみと知美さんは黛って奴の顔を見てるだろうけど、僕は知らない」

「黛が自分で手を下しにくるとは思えないけどね。あ、でも……」

「なんだい？」

「嘱託医なら身元を調べられるかもしれない。芦屋っていう太った男」

「芦屋……か。ちょっと待って」嵯峨は書棚に歩み寄った。「都内の精神科医なら名簿があるよ。東京カウンセリングセンターの職員に、無料配布されてたものだけど。ああ、これだ」

一冊の本が引き抜かれた。嵯峨はそのページを繰った。

「ええと、芦屋、芦屋……と。十六人いるな。顔写真も記載されてる」

「見せて」と美由紀は身を乗りだした。

顔写真はいずれも、免許証のように真正面から撮影されている。それもずいぶん古いものらしい。表記されている生年月日からは想像できないほど若々しい顔がならんでいる。どの顔も医大生のようにほっそりと頰がこけていて、髪を七三にわけ、黒ぶちの眼鏡をかけている。真面目を絵に描いたような顔ばかりだ。

だが、そのなかで、一枚の写真に目がとまった。

痩《や》せてはいるが、両目が魚のように離れている。鼻が低く、耳たぶが大きい。あの精神科医の特徴と一致していた。骨格も丸顔に近い。三十キロも体重を増やせば、かぎりなく印象が近づく。

「この人よ」と美由紀はいった。

「これか？」嵯峨は訝《いぶか》しそうにつぶやいた。「練馬区木野原台四の三の九、芦屋精神科。この男は開業医だよ、それもたんなる町医者だ。公安調査庁が嘱託医に、こんな男を採用するかな」

顔写真の横にある病院の外観は、たしかにこぢんまりとしている。二階建ての民家の一階部分が診療所に改築されているようだ。隣りの軒先にミルボー缶コーヒーの自動販売機がある。下町の路地でよくみかける自販機だ。古い住宅地だろう。

芦屋幹彦《みきひこ》。一九五三年八月七日生まれ、埼玉県出身。際伸医科大学医学部精神学科卒。一九八二年十一月、芦屋精神科設立。現在に至る。経歴にはそうあった。

美由紀はいった。「知美さんの監禁に協力してたぐらいだから、まともな医者じゃなくて当然かも」

「こいつを捕まえて、公安調査庁に何を頼まれていたのか吐かせてやりたいよ。そうすれば美由紀さんの冤罪《えんざい》も証明できるのに」

その通りだった。

おそらく黛は、美由紀が知美を誘拐《ゆうかい》したと申したてるだろう。あれが知美を救うための正当防衛だったことを証明できないかぎり、美由紀は官房長官らのもとには戻れない。逃亡者でいるかぎり、日中開戦の理不尽な危機を肌身で感じながらも、なんの手段も講じることができない。

美由紀は窓に歩み寄った。都心部の街並み。核弾頭を搭載したCSS2が都心に着弾したら、この辺りは跡形もなく吹き飛ぶだろう。

いったいわたしに、なにができるのだろう。無力さを嚙《か》み締めながら、美由紀は青白く染まっていく空を見あげた。

陽の昇らないうちに、美由紀は知美、嵯峨とともに外にでた。辺りは明るくなってきていたが、まだほとんど人通りはない。クルマの往来もごくわずかだ。早朝の冷えきった空気だけが全身を包みこむ。

嵯峨が白い息を吐きながらいった。「タクシーがいないな。駅のほうまで歩くか」

目黒通り沿いに歩を進めると、赤羽精神科の入ったビルの前を通りかかった。美由紀は辺りを見まわした。監視の目らしきものは、いまはない。

「どうかした？」嵯峨がきいた。

「ちょっと待って。たしかめたいことがあるの」

そういって美由紀は、エントランスの短い階段を上がり、管理人室の扉に近づいた。チャイムを押した。しばらく待ったが、返事はない。

この時間では当然だろう。ただ、どうしてもたしかめたいことがある。

美由紀は扉をたたいた。「管理人さん、あけてください」

かなりの時間がすぎた。錠がはずれる音がした。チェーンのかかった扉がわずかに開き、白髪を耳のそばにわずかに残した老人が顔をのぞかせた。

老人は眠たげに目をしょぼしょぼさせながら、不機嫌そうにきいた。「なんだね」

「こんな時間に、もうしわけありません。じつはおたずねしたいことがありまして」

「なんだ」老人はいっそう顔をしかめた。「宗教なら間にあっとる」

「勧誘じゃありません。何日か前の夕方、須田知美さんという女の子に会いませんでしたか？」

「須田？　知らんな」

美由紀は、階段の下にいる嵯峨と知美をちらと見た。

チェーンのかかった扉から顔をのぞかせている老人には、ふたりの姿は見えない。

「目黒女子短大付属高校の制服を着た子です。髪はすこし長めで、ほっそりとした……」

「ああ」老人は欠伸《あくび》まじりにいった。「階段で転びそうになった子か」

「その子に会ったのは、一度きりですか？」

「いや。その日のうちに、もう一回ここへきたな」

「で、あなたはなんて答えたんですか」

老人は険しい顔で美由紀をにらんだ。「なんだ。あんたは、あの子の身内かなにかか？　文句があるなら三階でいうんだな。まあ、この時間はだれもいないだろうから、朝になってからでなおしてこい」

「三階？　どういうことですか」

「赤羽精神科の先生の指示でいったことだ。私のせいじゃない」

「なにを指示されたんです」

老人は片手で自分の肩をもみほぐしながら、ふんと鼻で笑った。「何日か前、たしか夕方すぎだったと思うが、あの女の子の写真を持ってきて、知ってるかとたずねてきた。さっきすぐそこで会ったといったら、この子は精神病で、いちど会った人をすべて自分の親だと思いこむっていうんだ。だからもしまた訪ねてくることがあったら、治療のためにも知らないふりをして、追いかえせってんだよ。で、そのあとしばらくしたら、先生のいったとおり女の子がたずねてきた」

「それで、あなたは指示どおり知らないふりをしたと」

「ああ。だがな」老人は美由紀を見つめた。「なんていうか、嫌なもんだったよ。あの子は泣きそうな顔してたんだ。それを追いかえすんだからな。治療だかなんだかしらないが、お医者ってのは患者ってのを物みたいにあつかうんだ。私の死んだかみさんのときもそうだ。定期検診にはきちんと毎週いってたのに、いつもろくに診もしないで薬をよこすばかりだった。それである日レントゲンを撮ったら……」

「あの、管理人さん」美由紀はできるだけおだやかな喋《しゃべ》り方をつとめながら、老人の剣幕を制した。「その赤羽精神科の先生なんですが、どんな感じの人でしたか？」

「どんなって。その、太ってて、鼻が低くて、ちょっと豚みたいだったな。そう、ありゃ豚だ。それにゴリラにも似てたな。耳たぶだけは福耳だったが、とても恵比寿さまには見えなかったね。むしろ疫病神だよ」

「どうもありがとございます。朝早くからすみませんでした」

美由紀はおじぎをして、階段を下りていった。

知美は暗い顔をしてうつむいていた。

会話が聞こえたのだろう。美由紀はいった。「気にしないで。これからは、わたしたちがついているから。こんなことは二度と起きない」

嵯峨が美由紀を見つめた。「芦屋って奴のしわざだな」

「ええ。赤羽先生の名を騙《かた》ったわけね。黛の命令でここに来たに違いないわ」

その意図が知美を混乱させることにあったのだとしたら、充分な効果をあげたことになる。彼女は重度の精神病を自覚していた。それがさらなる症状の悪化を生む。

だが、たとえ芦屋が治療などとうそぶいても、実の母親が知美に対して他人のふりをするだろうか。

本当だとしたら、あまりにも哀しすぎる。

通りがかったタクシーに、嵯峨が手をあげた。タクシーが停車した。

嵯峨は笑顔を向けてきた。「さあ、乗ろう。知美さん、家に帰れるよ」

切りつけるような冷たい風が吹いた。枯れ葉が足もとを流れていった。美由紀は複雑な思いを抱きながら、タクシーに歩み寄っていった。

刑事

警視庁の六階にある資料閲覧室で、蒲生誠《がもうまこと》はパイプ椅子の背に身をあずけた。テーブルには古新聞が山積みになっている。窓に目をやった。空が紫がかっていた。間もなく、陽が昇るだろう。

蒲生は目をこすった。徹夜明けだ。四十半ばになると、細かい文字を読みつづけるのはいささか苦痛だった。

コンピュータに入っているデータベースなら、もっと楽に検索できるだろう。だが、機械など信用できない。データが欠損しているかどうかは、だれにもわからない。

背後で扉が開く音がした。

「蒲生さん」若い男の声だった。「ここにいたんですか」

顔をあげた。蒲生とおなじ、捜査一課の新米の刑事だった。これといって特徴のない、やせ細った若者だった。名前もたしか、特徴がなかったはずだ。林か小林か、そんなところだったろう。

新米はテーブルに両手をつき、蒲生の顔をのぞきこんだ。「こないだの恐喝事件の報告書、まだですか。昨日いっぱいで上げてくださると……」

「それどころじゃねえんだ。いま、調べものしてる最中でね。おまえも手伝え」

「なんの記事を探してるんですか」

「中国だよ」

「中国？」

「そう。中国がらみのことならなんでもいい。この一年ほどに起きた事件を、洗いざらいかき集めて検討するんだ」

「どうしてです」

「いまニュースでやってるだろ。中国はなんかおかしなことになっちまってる。もしかしたらその原因みたいなもんが、どっかに転がってないかってな」

「なぜそんなことするんです」

「きまってるじゃねえか。戦争が起きるのを防ぐんだよ」

新米は白い歯をみせた。「大袈裟《おおげさ》ですよ。官房長官も会見で否定してたじゃないですか。僕もニュースは観てますが、近隣の国とのいざこざはよく起きるもんです。報道がオーバーにいってるだけですよ」

「そうか。だといいがな」蒲生はより分けてあった新聞の束から、一枚をひきだした。

「たとえば、ちょっとこれ見てみろ。半年ぐらい前の記事だ」

新聞を受け取った新米が、怪訝《けげん》な顔で見かえした。「これですか？」

「そうだ。読みあげてみろ」

「えーと、新華社、十四日。中国雲南《ユンナン》省大理《ターリー》にある映画館で、二日つづけて観客の一部が上映中に気分の悪さを訴えるという事件が発生した。数人は病院で検査を受けたが、原因はまったく不明。症状はすぐにおさまったという。上映されていた映画は日本映画で、昭和五十一年製作の『家族愛』飯岡秀則監督。映像美で知られる同監督の代表作だけに、なぜ観客の気分が悪くなったか館主側では見当もつかないという。貴州省貴陽《コイヤン》にある三軒の映画館でも、『家族愛』のほか山下牧夫監督『遥《はる》かなる汽笛』、御木本忠志監督『杖《つえ》と歩行者』で同様の事態が発生している……」

「どう思う」

「どうって……。ニュースではもっと前から反日運動が起きてたなんていってたけど、田舎の映画館はまだ平気で日本映画を上映してたんですね。呑気《のんき》なもんです」

「つづきを読んでみろ」

「……中国各地ではこのほうにも和久井広勝監督『機会』や恩田公男監督『夕焼けビルヂング』などの日本映画が上映されているが、いずれもそのような事態は起きていない。また、同映画館では時間帯によってほかのフィルムを上映しているが、その場合も異常はなかったという。このため『家族愛』などのフィルムを国家保安部が押収して調査したが、内容面でもフィルム自体の物質面でも、原因となるものはみとめられなかった」

「妙な事件だ。そう思うだろう」

「非現実的とは思いますけど、噂に聞くサブリミナル効果ってやつですかね。二十四コマにひとコマ、ぜんぜん関係のない絵を入れておくってやつで……」

「フィルム自体に原因はなかったと書いてあるじゃないか。ほかに理由があるんだよ」

「でもこんな田舎の映画館で日本映画を見るのなんて、せいぜい数百人ってとこですよ。中国人民は十三億ですよ。映画見て洗脳されて戦争起こしたくなるんだとしても、みんなに見せてまわるわけにゃいかないでしょう」

「洗脳とかマインドコントロールなんてものは、本当にゃ存在しねえんだ。マスコミが勝手に騒いでいるだけさ」

「それにしても」新米は新聞をテーブルに置いた。「古い映画を上映しているもんですね。中国じゃ最近のエンターテインメントに触れることは難しそうですね」

「馬鹿をいえ。自由経済化してるんだ、日本映画もハリウッド映画も、最新作をばんばん公開してるさ」

「そうなんですか？」

「海賊版ＤＶＤが出まわってるって話は知ってるだろ。庶民が古い映画しか観れねえってことはねえんだ」

「それなら、どうしてこんなに古い映画ばかりが……」

「ああ。異常が起きた原因は、その古さにあるのかもしれねえ。それ以上のことはさっぱりだ。……岬美由紀なら、こういうときにも頭はたらかせて、簡単に原因を突きとめちまうんだろうな」

「岬さんですか。ＯＤＡに参加して、トラブルを起こすとはね。人は見かけによりませんね」

「なんだと？」

「いえ、ニュースで見ただけですが……岬美由紀が中国の人々の神経を逆なでしたと……」

「ばかをいうな！」蒲生は怒鳴った。「美由紀は争いをおこすような女じゃない！　これにはなにか理由があるんだ！」

新米はびくついて、凍りついたように押し黙った。

蒲生はため息をついて、目を逸《そ》らした。

二か月前の事件では英雄のようにもてはやされ、今度はもめごとの原因になっている。

岬美由紀に関する報道はだいたいそんな論調だった。

俺が感じているほど、大衆は彼女に対し関心を寄せていないのかもしれない。

だが、どうも解せない。あれほど頭が切れる女が、不運だったとはいえこうまで追いつめられるとは信じがたい。

「蒲生さん」新米はおずおずといった。「差し出がましいようですが、それなら上に申したてて……」

「やったさ。しかし上の言うことはいつも同じだ。おまえは税金をなんだと思ってるんだ、そういう小言でおしまいさ。政治は政治家に、戦争は自衛隊にでもまかせときゃいい。そんなふうにいってた。岬美由紀が行方知れずになってるって件は、なぜか捜査するなと釘《くぎ》をさされた」

「たしかに、妙なことが多いです。中国情勢について、マスコミの報道と政府の公式見解には温度差がありすぎる。防衛省のほうもドタバタしてますが、詳細は明かしていないようです」

「そいつを探りたいんだ。情けない話、俺にできることっていえば、これぐらいしかねえんだよ」

「あのう、蒲生さん。公安調査庁が岬美由紀さんの行方を追ってるみたいですが……」

「知ってるよ。警視庁のほうに指名手配できないかと要請がきてるんだろ？　だから俺は、彼女の潔白を証明してやろうと躍起になってるんじゃねえか」

「その公安調査庁は、岬さんのほかにも探している参考人がいるようです」

「なに？　誰だ？」

「嵯峨敏也といって、彼も臨床心理士です。捜査二課のほうじゃ捜査に何度か協力してくれた恩人らしいんですけどね」

「その嵯峨ってのは、岬となにかつながりがあるのか。仕事が同じってこと以外に」

「さあ……。まだわかりません。なんでも嵯峨も以前の職場を辞めてしまって、行方知れずだそうで」

ふうん。蒲生は立ちあがった。「嵯峨って奴を探しだして、話を聞いてみるか」

「捜査本部は三階ですよ。いま管理官が現状の報告を……」

「合流する気はねえ。そんな命令も受けてねえしな。勝手にやるまでのことだ」

蒲生は戸口に向かって歩きだした。

新米の声がたずねてきた。「蒲生さんは、その岬美由紀という人に恩があるんですか」

配属されたばかりの新米は、二ケ月前の事件の詳細を知らないらしかった。

「ああ、あるとも」蒲生はつぶやいた。「ほかならぬ、命の恩人さ。俺にとってだけじゃない、おまえを含む、日本人全員にとってもな」


三人は並んでタクシーの後部座席におさまっていた。知美を真ん中に挟んで、両側に美由紀と嵯峨が座った。

美由紀は憂鬱《ゆううつ》な気分で外を見やった。明るくなってくるとともに、交通量も増えつつある。じきに夜明けだ。

ラジオはしきりに告げていた。CSS2の燃料注入完了や中国軍の大規模な動きについては、すべてデマにすぎないと。

開戦直前の報道というのは、こんなものなのかもしれない。政府も報道管制を布《し》き、ぎりぎりまでパニックを抑えようとする。時がくれば民衆は考える暇《いとま》もなく、いきなり戒厳令の真っ只中《ただなか》にいる。それが戦争というものなのかもしれない。

知美がおずおずといった。「あのう……これ、きいていいのかわからないんですけど」

「どうぞ」と嵯峨が応じた。「なんでも」

「嵯峨先生と岬先生って、お付き合いしてるんですか」

急な質問だった。

気づいたときには、美由紀は嵯峨を見ていた。嵯峨も美由紀を見返していた。

「いや、べつに」嵯峨は口ごもった。「まあ、そのう……」

美由紀も戸惑いがちにいった。「そういう関係ってわけでは……ないし……ねえ、嵯峨君」

「そうだよ。そう。僕はあまり女性とつきあったことはないんで」

知美がきいた。「そうなんですか？」

「まあね。デートも学生時代に一度か二度、それも家の近所の公園を散歩しただけ。あまり外を出歩かないんだ」

「どうして？」

「そりゃ、そのう、外に興味がないんだ。アウトドアとか好きじゃないし。美由紀さんとは違ってね」

「へえ」

「なんといっても、美由紀さんとは、きょう初めて会ったばかりだから……。でも、僕は彼女に救われた。きみもそうだよね……だから、すごく感謝してるよ、美由紀さんには」

「うん、わたしも」知美は微笑をうかべた。
しかし、すぐにそれは不安のいろのなかに消えていった。
知美が無言でうつむくと、車内は沈黙に包まれた。
なぜか気まずい空気が漂う。美由紀は困り果てて、窓の外に顔を向けた。
ガラスに頬が触れる。ひんやりと冷たかった。顔面が紅潮していたのがわかる。
こんなときに、わたしはなにを考えているのだろう。自分の意識を疑いたくなる。
タクシーの運転手がいった。「この辺りでいいですか」
前方に、恵比寿ガーデンプレイスのはずれにある高層マンションが見えている。
まだ辺りにひとけはない。郊外の長距離通勤者とはちがい、朝は遅いのだろう。
目的地に着いた。ドアが開き、美由紀は外に降り立った。
嵯峨が支払いを済ませているあいだ、知美はマンションを見あげていた。
美由紀はきいた。「知美さんの部屋はどこ?」
「こっちの棟の207。でも……」
「だいじょうぶよ。さあ、お母さんが待ってる」
タクシーから嵯峨が這《は》いだしてくるのを待って、美由紀は歩きだした。
嵯峨が歩調を合わせてきた。「知美さんは、いつからここに住んでるの?」

「一年ぐらい前」知美はいった。「埼玉の川越から引っ越してきたんです」

「ふうん。生まれも川越？」

「生まれたのは……」

知美の声は小さくなった。なにかを喋《しゃべ》ったが、美由紀には聞き取れなかった。

嵯峨も同様らしい。困惑した表情を浮かべている。

話したくないこともあるのだろう。美由紀は、知美が嘘をついていることに気づいていた。埼玉の川越といったとき、表情に一瞬、不安のいろがよぎった。

彼女は川越から越してきたのではない。生まれも育ちも、伏せておきたい理由があるらしい。

ていねいに刈られた芝生の上を横切り、マンションのエントランスを入った。

吹き抜けのホールの二階通路に上り、歩を進めていく。

二〇七の扉の前で知美は立ちどまった。須田の表札がかかっている。

美由紀はインターホンのボタンを押した。はい、という女性の声が応じた。

扉が開いた。丸顔の、四十歳すぎぐらいの女性が顔をのぞかせた。パジャマではなく普段着だった。薄いブルーのセーターにグレーのスラックス。化粧もしている。だが、どうやら前日からメイクを落としていないようだった。髪も乱れている。

少しやつれているようにみえたその女性の顔に、驚きのいろが広がった。「知美」

知美はしばし静止して、母親をじっと見つめていた。

その目に涙が膨れあがった。知美は泣きながら、母親に抱きついた。「お母さん」

母は娘を抱きしめると、満面の笑みとともにいった。「おかえり。よく帰ってきたね。もう治ったの？」

「……え？」と知美は、ふしぎそうな顔をして母を見あげた。

「わたしがお母さんだってわかるってことは、病気が治ったってことでしょ？」

「お母さん……あの……」

嵯峨が穏やかに声をかけた。「すみません。知美さんのお母様ですね？　私は嵯峨敏也、こちらは岬美由紀さん。臨床心理士です」

「知美の母の早苗《さなえ》です。ええと臨床心理……というと、赤羽先生のところの方ですか？」

「まあ……そうですね。知美さんをお連れしたわけでして」

「どうも、このたびはお世話になりました。いつご連絡があるかと首を長くして待ってました。さ、どうぞ。あがってください」

嵯峨は須田早苗の態度に複雑な思いを抱いているようだったが、美由紀のほうは、むしろ周囲が気になっていた。

静寂に包まれている。

目黒の赤羽精神科からここまで、尾行らしきクルマはなかった。そして、知美の家さえも、見張られているようすがない。

こんなことがありうるだろうか。公安調査庁が目を光らせているはずなのに。

知美は、パジャマに着替えて休むといって、奥の部屋に入っていった。

美由紀たちが案内されたのはリビングルームだった。フローリングの上に肌ざわりのよさそうな絨毯《じゅうたん》が敷かれ、応接セットが並んでいる。

ガラステーブルの上には、奇妙な小物があった。てのひらに乗るほど小さな、木彫りの横笛だった。たぶんアクセサリーとして作られたものだろう。竹のリシ笛のミニチュアのようにみえた。

ふと気になって、美由紀はその横笛を手にとった。

早苗はダイニングルームに向かおうとした。「お茶をおだししないと」

「いや」嵯峨がいった。「どうぞおかまいなく。じつはあまり時間がないので、さっそく本題に入らせていただきたいんですが」

早苗は戸惑いがちにうなずくと、向かいのソファに腰かけた。

美由紀はまだ小さな横笛に気をとられていた。横笛をながめるうち、美由紀のなかでなにかが大きな意味を持ちはじめた。

この横笛には音階を奏でるための指孔が四つある。二番目だけが極端に大きな穴で、あとは針で開けたように小さな穴だった。

たぶん五音階、二オクターブぐらいしかでないだろう。それでも、ただ飾ってあったわけではなさそうだった。かなり使いこまれていた。これでどんな曲が吹けるのだろう。

口もとに寄せてみた。指孔はすべて片手の指だけで保持できた。ハーモニカに似ている。静かに吹くと、はっきりとした、きれいな音色がでた。

耳に覚えのある音階だった。ガムラン・ペロッグの音階。知美が口ずさんでいた、たなばたさまに似たメロディの音楽。この笛なら、あれを奏でられる。

「あのう」美由紀はきいた。「この笛はどこで?」

「わたしの母がくれたんです」早苗は笑顔でいった。「小さいころ、子守唄がわりに吹いてくれたんです。その子守唄用の笛だったので」

「子守唄?」

「ええ。地元の」

そうだったのか。美由紀は思った。ガムラン・ペロッグの音階、それはすなわち琉球《りゅうきゅう》音楽の音階だ。知美が口ずさんでいたのは沖縄の子守唄だったのだ。

美由紀は早苗にたずねた。「以前は、沖縄にお住まいだったのですか？」

「ええ、そうです」

「それ以外の場所には、お住まいになったことはないんですか」

「はい、ありません」

嵯峨は驚いたようすだった。「なんですって？　埼玉の川越にいらっしゃったのでは？」

早苗は、当惑のいろを浮かべた。「それは……もうご存じのはずでしょう？」

「いえ。初耳です」

すると、早苗の表情が凍りついた。「それ……どういうことです？」

「こっちがおたずねしたいぐらいですよ」

なぜか早苗は口ごもった。

どうしたというのだろう。

埼玉の川越から来たわけでないことはわかっている。だが、母親の言葉の意味はよくわからない。

美由紀は早苗にきいた。「知美さんからの電話に、お母さんはまるで他人からの電話のような口ぶりで応じましたね？　知美さんのことを、まったく知らないような物言いで」

早苗はいっそうあわてたようすで身をのりだした。「それは、赤羽先生がそうしろとおっしゃったからです」

「赤羽先生が直接あなたに、そう指示したんですか」

「いえ……。でも、同僚だとおっしゃってました」早苗の顔に不安のいろが広がっていった。「電話だったので、それ以上のことは……」

嵯峨が厳しい口調で早苗にきいた。「しばらくしたら知美さんから電話があるだろうから、別人のようなふりをしろといわれたわけですね」

「だって……だってその先生がおっしゃったんですよ。これから数日間、知美を入院させて治療するって。それで、すべてが治るって……。いわゆるショック療法みたいなもので、ちょっと過激な方法だけれどもそれでかならず治るから、いいですよねって……」

「それで、あなたは承諾した」

「そりゃそうでしょう!」早苗は悲痛な声をあげた。抑制してきた感情が一気に噴きだした、そんな感じだった。「あの子の病気が……おかしいところが何日かで治るっていうんですよ。そう保証してくれたから、赤羽先生が治してくれると思ったから……」

「お母さん」美由紀はおだやかにいった。「どうか落ち着いてください。たぶん赤羽先生もあなたにいったはずです。精神疾患を一朝一夕に治す方法はないんです。気長に治していかねばなりません。それも医師が治すのではなく、知美さん自身が回復していくんです。そのために、彼女にできるだけ不安や緊張をあたえず、やさしく接してあげる。それが最短の方法……」

「やりましたよ」早苗は心外だというように告げてきた。「やりましたよ、赤羽先生にいわれたとおり。あの子に気をつかって、ぜったい怒ったり怒鳴ったりしないようにして、ずっと家にいてあの子の話し相手になって、なだめて、薬も飲んでくれないからご飯にまぜたりして……何か月もやったんです。毎日ですよ。そのあいだ、わたしはろくに外出もしてないんです」

「根気がいることなんです。こういうことは、からまった糸をゆっくりほぐしていくようなものです。お母さんも、最後までやりぬくと一度は心にきめたでしょう」

「でも、よくならないんですよ！」早苗の声はさらにヒステリックになった。「あるていど状況がよくなる日もありました。あの子が以前のように、明るく笑ったりする日もありました。これで少しはよくなったかな、と胸をなでおろすと、翌日にはまたいいだすんですよ、足もとが泥みたいになってる、へんな声がきこえる、なにか気持ち悪いものが見えるって……」

「症状は日によって重くなったり軽くなったりするんです。お母さんとしては早くその症状が消えてほしいと思うでしょうが、徐々にしかなくなりません。そういう知美さんを奇異に思わず、受けいれてあげることも必要なんです」

「でも……いつまでたってもなかなかよくならないし……。どうすればよかったというんです」

「赤羽先生の指導に正しく従うことが重要なんです」

早苗は怒りをあらわにして怒鳴った。「だから従ったじゃありませんか！　同僚の人がおっしゃったようにしたじゃありませんか！」

嵯峨はうつむき、額に手をやった。

美由紀はどうしようもない怒りといらだちをおぼえた。

芦屋という男は、じつに巧みに心理の隙を突いて人を翻弄《ほんろう》している。

精神疾患を持つ人の介護に疲れた身内は、即効性のある治療法を欲してやまなくなる。そのうえ精神疾患は、他人から理解しにくく、どのような方法が回復に有効かもあまり知られていない。そのせいで突飛な療法でも試そうという気になる。いや、突飛だからこそ効力がありそうにさえ思えてくる。

美由紀たちのあいだに沈黙が下りてきた。早起きの小鳥のさえずる音だけがきこえている。

早苗は黙ってうつむいていた。

「お母さん」美由紀は静かにいった。「知美さんは電話の件で、かなりのショックを受けています。よほどきっぱりといいきったんでしょう。うちには知美という子はいないと。赤羽先生の同僚を名乗る人の電話だったとしても、実の子にそんな残酷なことをいえるものでしょうか」

「……なにがおっしゃりたいんですか」

「あなたは沖縄出身であることを、娘さんに伏せさせた。医師にも明かしていないし、おそらく知美さんの通っている学校などにも、埼玉から引っ越してきたといってあるんでしょう。なぜですか」

「それは……。プライバシーに関わることなので」

嵯峨が早苗にいった。「どうか、打ち明けてくださいませんか。これは知美さんの回復のためにも重要なことなんです。本当の理由を知らない以上、赤羽先生も適切な治療の方法を見いだせないと思います」

早苗は顔をそむけた。硬い表情で、壁を見つめている。

動揺している、と美由紀は思った。

「お母さん」美由紀はきいた。「あなたに指示をしてきた電話の主は、赤羽さんの同僚だと名乗った。ほんとうにそれだけですか」

早苗は言葉に詰まりながら答えた。「はい」

「嘘です。あなたはその人を知ってますね」

「な、なにをいうんですか」

「あなたの表情に嫌悪と怒りの反応が表れたからです。質問をきいた瞬間にそれが表れたということは、あなたは触れられたくないことを胸のうちに秘めている」

「決めつけないでください」早苗の怒りに満ちた目が、美由紀をとらえた。「もう帰って」

陰悪な空気が辺りを包んだ。

美由紀は悩んだ。わたしにはあまり時間がない。とはいえ、この問題を放っておくわけにはいかない。

「申し訳ありません」美由紀は静かにいった。「詮索《せんさく》するようなことばかりいって、お気を悪くされたと思います。反省します。……ただ、わたしは知美さんのことが心配なんです。だからひとつだけ、知っていることを教えてください。知美さんの症状の原因はなんですか」

「帰ってください」早苗は真っ赤な顔でいった。「帰って!」

「お願いです。お母さんに他人のふりをさせるというのは治療行為でもなんでもありません。知美さんの精神状態を混乱させ孤立させることだけが狙いです。そのうえ知美さんは拉致《らち》され、症状が悪化する薬を打たれ、強い恐怖をあたえられていたんです」

「な……まさか、そんな」

「知美さんに薬物を投与していたのは芦屋という精神科医でした。ご存じですか」

「芦屋先生が……」早苗はつぶやいた。

嵯峨が身をのりだした。「ご存じなんですか」

早苗は打ちのめされたように下を向いた。

「お願いします」美由紀はいった。「なにがあったのか話してください。ぜったいに力になりますから」

早苗は肩を落とした。深くため息をついた。うつむいたまま、ささやくような声でいった。「娘は……知美は暴行を受けました。……強姦《ごうかん》されたんです」

美由紀の頭に、めまぐるしく記憶がフラッシュバックした。公安調査庁。地下の監禁施設。

それだけの手をつくすということは、きわめて大きな陰謀があるにちがいない。

そして、内閣安全保障室で酒井たちが口にしていた言葉……。

美由紀は早苗にきいた。「在日米軍基地の人間たちよる、集団暴行ですね」

早苗は顔をあげた。驚きに目を丸くした。「どうしてそれを」

「マスコミにでないように米軍調査部と公安調査庁が合同で極秘調査をおこなった結果、被害者は精神障害で、犯行があったというのは被害者の妄想にすぎなかった……」

「ちがいます！」早苗は大声で美由紀をさえぎった。

「……犯行は、ほんとうにあったんですね」

早苗はまだ躊躇《ちゅうちょ》するそぶりをみせたが、それはすぐに消えていった。

やがて、早苗はつぶやいた。「万理村墓地をご存じですか、那覇《なは》の郊外にある」

「ええ、有名な西洋墓地ですね。港を見下ろす高台にある」

「わたしの主人のお墓は、そこにあります。主人は六年前に亡くなりましたが、クリスチャンだったので」

美由紀の脳裏に不安がよぎった。「でも、あの墓地は……」

「ええ。在日米軍の兵士や、その家族が多く葬られています。それだけでなく、太平洋戦争のアメリカ側の戦没者の慰霊碑もあります」

「万理村墓地では、たびたびトラブルがあったとききますが」

「はい。あの墓地に眠っているクリスチャンの日本人もかなりの数にのぼるので、ときおり基地問題をめぐる論議が激化した時期などは、日本人とアメリカ人の遺族どうしでいざこざがあったりもしました。でもそれはほんのごく一部のことで、ほとんどの米軍関係者はルールとマナーを守っていますし、墓地で会った見知らぬ日本人にも親切にしてくれることが少なくありません。昼間なら、まず問題はないんです」

「ええ、そうですね」

「万理村墓地では、日没後にお参りをする人はほとんどいません。一年前の主人の命日も、夕方までにでかけるつもりでいました。でもわたしの仕事の都合で、遅くなってしまいました。翌日にしようかとも思ったんですが、知美がどうしても命日のうちにお参りにいきたいというので……。主人が亡くなったのはあの子が小学校を卒業する前だったんですが、それまでとても仲がよかったものですから……。とにかく、午後八時ごろだったと思いますが、知美とふたりでクルマででかけました」

「……あの墓地の辺りは、日が沈むとほとんど真っ暗だと思いますが」

「おっしゃるとおりです。万理村には民家はほとんどありません。万理村墓地のある高台も森林に囲まれていて、車道も通っていません。懐中電灯が必要なぐらい、真っ暗でした。それでもしばらくすると夜目がきいてきて、ぼんやりと辺りがみえるようになってきました。だから主人のお墓をみつけるのはむずかしくありませんでした。花を供えて、知美と一緒にお参りをしました」

早苗は言葉を切った。先を話すことをためらっているようにみえた。

美由紀はうながした。「つづけてください」

「……昼間は平穏なところですから、わたしは安心しきっていました。でもそれがまちがいだったんです。お参りをしているとき、ふいに笑い声があがりました。ふりかえると、制服姿のアメリカの兵士が五人ほど、歩いてきました。五人ともお酒がはいり、かなり酔っているようすでした」

「どんな制服でしたか?」

「四人は迷彩服で、ひとりは上官のようでした。暗闇のなかで、わかったのはそれぐらいです。でもその上官らしきひとも含めて、全員が若者だとわかりました。おそらく二十代でしょう。甲高い声ではしゃいでいました。あとになってわかったことですが、彼らはいつも夜になってから慰霊碑の前で酒盛りをしていたらしいです」

「すると、その人たちが……」

「わたしも英語はよくわからないので、その五人がなにをいっているのかわかりませんでした。ただ、怒っているようなふざけているような、そんな声を口々に発しながら近寄ってきました。ひとりはあきらかに、暴言をはいていました。日本人はこんなところへ来るなとか、そんなことでしょう。わたしは恐怖で震えました。辺りには誰もいないし、相手は五人もいます。知美が小声で、こわいといったのをおぼえています。わたしは知美を連れて、その場を立ち去ろうとしました。するとひとりがまわりこんで、目の前に立ちふさがりました。知美のほうをみて、なにか乱暴なことをいいました。知美はわたしに身を寄せてきました。おびえて、身体を震わせていました」

耳をふさぎたくなる。

なぜか美由紀のなかに、そんな衝動が生じた。

だが、聞かねばならない。ここには、知美の母親の真実の叫びがある。

早苗は目を潤ませていった。「その兵士は知美に抱きつこうとしました。わたしが抗議すると、べつの兵士がわたしを突き飛ばしました。わたしは地面に倒れました。激しい痛みが襲いました。そして、上官らしき人がなにかをいって……全員が、知美を取り囲みました。知美は激しく抵抗して……泣き叫んで、何度もわたしを呼びました。兵士たちは知美の髪をつかんで、地面に叩《たた》きつけました。倒れた知美をよってたかって押さえつけ、衣服を裂きはじめました。知美は悲鳴をあげていました。兵士たちは……笑っていました。わたしは起きあがろうとしましたが、痛くて立てませんでした。あとの診断で、そのときすでに肋骨《ろっこつ》が折れていたことがわかりました。それでも彼らのもとへ近づいて、やめるように頼みました。ひとりが振り向きました。その人は……わたしのお腹を蹴《け》りつけました。何度も、何度も……」

やがて、早苗の目に涙が膨れあがった。表面張力の限界に達し、こぼれおちた。頬を大粒の涙がつたった。言葉が思うようにでない、そんなようすだった。

早苗の告白はつづいていた。

それから意識が遠のきました。でも知美の悲鳴は、ずっときこえていたような気がします。

お母さんお母さんと、何度も呼んでいました。泣きじゃくっていました。わたしには……どうすることもできませんでした。

どれくらい時間がすぎたのか、見当もつきません。頭痛をおぼえながらも、意識が戻ってきました。

知美は……裸にされて……泥まみれになって地面に倒れていました。衣服はあちこちに散乱してました。

胸が凍りつくような思いでした。わたしは力をふりしぼって知美にすり寄りました。知美はかすかに、うめき声を漏らしました。身体のあちこちに痣《あざ》ができていました。

そのとき、またあの兵士たちの甲高い声が耳に飛びこんできました。彼らは、まだ去っていなかったんです。近くで、わたしのハンドバッグの中身をあさっていました。財布と、携帯電話を奪いました。たぶん、すぐには通報されないようにでしょう。

そのころには、かなりお酒も醒《さ》めていたらしく、兵士たちはなにか話し合いをはじめました。おそらく、わたしたちをどうするか考えていたんだと思います。

殺されると思いました。でもそのとき、バイクが近づいてくる音がしたんです。兵士たちは、足早に逃げていきました。もしあのまま誰もこなかったら、どうなっていたかわかりません……。

美由紀は無言で早苗をみつめていた。

知美ひとりが暴行の被害者だったわけではない。母親の早苗も現場に居合わせていた。それも、父親が葬られている墓地で……。

嵯峨が早苗にきいた。「そのバイクの音というのは？」

早苗は涙をぬぐいながらいった。「付近をツーリングしているカップルの若者だったらしいです。あまりよく覚えてませんが、彼らはわたしたちを見つけ、驚いて通報してくれました。救急車がきて、病院に運ばれましたが、病室が別々だったので知美がどうなっているのかわかりませんでした。これもあとから聞かされた話ですが……検査の結果、知美は五人全員に強姦《ごうかん》されたことがわかりました……」

「それなら当然、警察がきたでしょう」

「ええ。米軍基地にも連絡がいきましたし、すぐに五人の身元は判明しました。宿舎に隠してあったわたしの財布もみつかりました。上官らしき人は少尉で、あとはふつうの兵士だったそうです。でも物証があるにもかかわらず、彼らはなんの処罰も受けませんでした」

美由紀は唸《うな》った。「たしかに地位協定では、在日米軍の関係者が日本で犯罪をおかしても、起訴するまでは身柄が拘束できないことになっています。でもあなたが被害にあわれたことは事実ですし、警察が動いたのですから、少なくとも米軍基地内では勾留《こうりゅう》されるんじゃありませんか?」

「それが、そうならなかったんです。ある日、病室に沖縄県警の人がたずねてきて、警察はこの件を捜査できなくなったというんです。公安調査庁というところの人たちが、米軍との合同調査だといってやってきました」

「黛という人ですか」

「そうです。黛さんという、首席調査官という役職の人でした。彼らは専門家に、わたしと知美の精神鑑定をさせるといってきました」

嵯峨は眉《まゆ》をひそめた。「それで芦屋という精神科医が来たんですか」

早苗はうなずいた。「芦屋さんの精神鑑定によると、知美が精神障害だというんです。わたしは驚き、知美に会わせてくれるように頼みました。それで知美は……あのようになっていました。地面や床が柔らかくなっていると感じて、怯《おび》えたり、突然のように恐怖心にとらわれたりする症状です。芦屋さんがいうには、知美には生まれつき精神障害があって、それが父親の死をきっかけにさらにひどくなったというんです。でも、そんなはずはありません。あの子は暴行されたショックであなったんです」

「それで」美由紀はきいた。「兵士たちは、罪を認めなかったんですか」

「彼らの言い分では、あれは強姦ではなく、知美のほうから誘ってきたのだと……。わたしは足をすべらせて転び、気を失っていたから、それで思いちがいをしたのだろうと。ハンドバッグから財布や携帯電話を持ちだしたのは、身元を調べて救急車を呼ぶつもりだったのに、別の人間が通報したので、そのまますっかり持ち帰ってしまったのだと……。なによりショックだったのは、知美がそのことについて質問を受けたときに、よく覚えていない、そうかもしれないといったんです。わたしが、そんなはずがないというと、知美は混乱して、叫んだり、泣きだしたりするんです……。なんていうか、精神状態が、完全に……おかしくなっていたんです」

早苗はうつむいたまま、無念そうにすすり泣いた。

美由紀は悲痛さを胸に抱きながら考えた。

過去にも沖縄米軍基地では数多くの問題が起きていた。実弾砲撃演習や騒音のような大きな事例から、今回のように兵士がおかした犯罪までさまざまだ。美由紀はそうした事件の被害者のカウンセリングのために、何度か沖縄に派遣されたことがある。

ただし、過去の事件はいずれも地位協定が壁になっていたとはいえ、れっきとした犯罪として扱われてきた。

ところが知美の件は、日本側から公安調査庁が派遣され、あげくの果てに事件そのものが隠蔽《いんぺい》された。日米が協力して極秘扱いにしたということは、よほど明るみにでてはまずい事実だったのだろう。

単なる少尉と兵士の犯罪ではない、もっと大きな問題が潜んでいるにちがいない。

しかし、日本政府の閣僚たちは公安調査庁からの調査結果をうのみにしているようだ。その調査をおこなったのは黛と芦屋だった。

これが偶然のはずがない。いったい、どんな事情が隠されているのだろう。

野口官房長官は現在の内閣で沖縄問題の担当でもある。公安調査庁からの調査報告もきいているはずだ。野口に会ってたしかめたいが、いまはそれもできない。

しかし、手がかりはほかにもある。

美由紀は早苗にきいた。「その芦屋という精神科医の鑑定に、あなたは異議をとなえなかったのですか」

「もちろん反論しました。わたしも気を失ったとはいえ、なにがあったかはちゃんと覚えている、そういったんです。すると芦屋さんは微力ながら力になるといってくれました。でもまずは知美を助けることが重要だから、公安調査庁や米軍にはさからわないほうがいいというんです。ここは彼らのいうとおりだということにしておけば、すぐに家に帰れると……」

「従ったんですか」

「拒否はできません。あんなに辛《つら》く苦しい思いは、もうしたくなかったんです。だから家も売って、引っ越すことにしました。芦屋さんが、自分は東京で仕事をしているから、上京するといいと勧めてくれました。それで、そのとおりにしました。売った家のお金をこの頭金にして、あとはわたしが働いて返していくことにしました。芦屋さんがいうには、知美は病院に通わせたりせず、家でゆっくり療養しながら、ふつうに学校に通うことが治療につながるとのことでした。病院にいくとかえって不安が助長されるので逆効果だというんです。ただし、お薬だけは毎月送ってくださるとのことでした。それで、そうしたんです」

嵯峨は顔をしかめた。「お母さん。薬を郵送する医者なんかいません。それに病院にいくことが逆効果になるなんて、そんなわけがありません」

「でもそのときは、そう信じたんです。ところが……知美の状態はどんどんひどくなりました。夜中に急に叫び声をあげて飛びおきたり、泣きわめいたりするんです」

「そうでしょうね」美由紀はいった。「生まれ育ったところから遠く離れた場所に移ったのですから、絶えず緊張にさいなまれる居住環境のはずです。それにカウンセリングも受けないようだと、不安はつのる一方でしょう」

「だから、見るに見かねて知人に相談したんです。すると、知人は赤羽精神科を薦めてくれました。芦屋さんには黙って、知美を通わせてみることにしたんです。何週間か経って……知美は回復しはじめました。まだ不安定なところも多く残っていますが、少なくともふつうに会話はできるぐらいになりました」

「それで数日前に」嵯峨はつぶやいた。「芦屋から電話があったと」

「はい。知美を赤羽精神科に通わせていることを、芦屋さんは知ってました。そして彼は、赤羽さんとも同僚だといらんです。赤羽さんに沖縄での件をすべて話し、相談した結果……知美を入院させて、ショック療法のような方法で数日中に治せる方法を試すことになったけれども、同意しますかときいてきたんです。わたしは同意しました……」

早苗が唇を噛《か》んだ。順序を追って話すことによって、いかに確証のない話を鵜呑《うの》みにしてしまったか、よくわかったのだろう。

美由紀はきいた。「その後、芦屋という人から連絡は？」

「ありません。入院中は会えなくなるけれども、ほんの数日のことだから、家で待機しててくださいといってました。それっきりです」

嵯峨は早苗を見つめた。「その芦屋から送られてきた薬というのは、まだ残っていますか」

はい、早苗はそういって立ちあがり、棚に向かった。引き出しから紙製の袋をとりだした。

袋を受けとると、嵯峨はなかからカプセルの錠剤を取りだした。

嵯峨はしばらくカプセルを眺めまわしていたが、やがてため息とともにいった。「精神安定剤とは思えないな。興奮を助長する成分が入っているんだろう」

「あのう」早苗は怯えた顔でいった。「いったどうなっているのでしょう」

美由紀はいった。「まだわからないことが多いですが、これだけはいえます。芦屋という人は知美さんを治療するのではなく、むしろ治らないように病状を維持しようとしていたということです」

ためです」

「兵士たちの無罪がくつがえらないようにするためでしょう。それに、病院にいくのを勧めなかったのも、精神障害ではなく暴行のショックによる発症だと判明しないようにするためです」

早苗は絶句していた。

真実を知ることは苦痛をともなう。それが予期せぬことだったらなおさらだ。

両手で頭をかかえながら、早苗は身体を震わせ、涙声でつぶやいた。「知美……」

「お母さん」嵯峨が声をかけた。「心配しないでください。知美さんはもう家に帰ってきたんですし……」

だが、早苗はきいていないようすだった。ただ泣き声をあげつづけた。それがしだいに大きくなる。子供のように、大声で泣いた。

嵯峨が何度か呼びかけた。それでも早苗の返事はなかった。

「ねえ、嵯峨君」美由紀はつぶやいた。「ちょっと、ふたりきりにして」

「……わかった」嵯峨は、玄関のほうに立ち去っていった。

しばらくして、扉が閉じる音がした。

美由紀は静かに立ちあがった。うつむいたまま、泣きつづける早苗の隣りに座った。

「お母さん」

早苗が視線をあげてきた。顔は真っ赤になり、涙でくしゃくしゃになっていた。

美由紀はこみあげてくるものを感じた。なんて辛い目に遭ったのだろう。彼女たちは想像を絶する苦痛を味わわされ、いまもってそこから抜けだせずにいる。

「お母さん、おちついて」

「知美を」早苗は大声をあげた。「知美を元に戻して！」

「落ち着いて。お願い。知美さんはだいじょうぶだから」

「戻して！　すぐに戻して！」

美由紀は思わず泣きそうになった。

涙がこぼれそうになる。だが、泣きじゃくる早苗をみて堪《こら》えた。

ここでふたりで泣いてなにになるだろう。わたしはもっとしっかりしなければならない。困難を乗り越えねばならない。

テーブルの上の横笛が目についた。片手で吹ける、小さな横笛。ここに置いてあった理由はひとつだけだ。早苗は幼いころの知美にこの笛の音をきかせた。子守唄がわりに吹いた。わが子が帰ってくるのを待ちながら、この笛をながめて昔を思いだしていたのだろう。平穏だったころを。夫が生きていたころを。家庭に幸せがあったころを。

笛を手にとった。繰り返し、知美が口ずさんだ曲。どんな題名かはしらないが、メロディははっきり覚えている。

美由紀は笛を吹いた。

小さいが美しい音色だった。指を動かしていく。五つの音階は、すぐに飲みこめた。知美からきかされた曲を吹いた。ゆっくりと、優雅で、自然な曲。

夜空を見あげながら、知美はその音楽に身をゆだねた。静かな夜。渋谷方面にみえる街の光。つい半日ほど前なのに、もう遠い昔のことに思える。

早苗の嗚咽《おえつ》が、しだいに小さくなっていった。

彼女たち母子が、これをきいた沖縄の風景。それはどんなに美しかっただろう。音色のなかに透き通った風の感覚があった。それが青い海に波をつくり、砂浜の上をなでていく。その風のなかで、彼女たちは育った。このメロディに、耳をかたむけながら。

姿勢を正し、早苗は笛の音に耳を傾けているようだった。泣きはらした目、疲れきった横顔。

やがて早苗は、つぶやくようにきいた。「どこで、その曲を」

指がとまった。意識しなくても、自然にとまった。

美由紀はつぶやいた。「知美さんが、きかせてくれました」

「……そう」

知美はこのメロディで、真実をつたえたかったのかもしれない。美由紀に、気づいてほしかったのかもしれない。

それなのに、わたしはなにもわからなかった。なんて無力なのだろう。

「でも」早苗は微笑した。「あの子が、その曲を覚えてたなんて。とても小さなころに、聴かせただけだったのに」

早苗はうつむいた。身を震わせた。知美。そういった。また涙がしたたり落ちた。

そのとき、玄関にあわただしい足音がした。

嵯峨が血相を変えて部屋に飛びこんできた。「美由紀さん。知美さんが」

はっとして、美由紀は立ちあがった。

すぐさま奥の扉に駆け寄り、知美の部屋に向かう。初めて足を踏みいれる部屋、だが、異常事態はすぐに目に入った。

ベッドはからだった。サッシが開いていて、吹きこむ風にカーテンが泳いでいる。バルコニーにも、誰もいない。

駆けこんできた嵯峨がいった。「あっちだよ。ガーデンプレイスのほう」

美由紀はバルコニーにでて、身を乗りだした。

パジャマ姿の知美が、庭園を走っていくのが見てとれた。

なんてこと……。美由紀は唇を嚙んだ。

扉ごしに母親の言葉を聞いていたに違いない。ショックのあまり、逃げだしたのだろう。バルコニーの手すりを飛び越えて、美由紀は二階の高さから落下した。地面に衝突する寸前、身体を丸めて芝生の上に転がる。

起きあがって、美由紀は走りだした。

「知美さん!」美由紀は怒鳴った。「待って!」

だが知美は、立ちどまる気配さえなかった。駅方面に向かって朝の通勤客らが歩いていく、その隙間を縫うようにして走った。

すでに路上は、朝のラッシュの時間帯に近づきつつある。交通量は増えていた。トラックやバスがひっきりなしに往来している。

歩行者用信号は赤だった。だが知美はひとり、横断歩道に飛びだしていった。

「やめて!」美由紀は悲鳴に似た自分の声をきいた。

知美は横断歩道の上で歩を緩め、立ちどまりかけた。

その直後、クルマが知美の身体めがけて突っこんだ。

弾《はじ》けるような音。知美は人形のようにボンネットに乗りあげ、フロントガラスに頭を打ちつけてから、反動で前方に飛ばされた。

急ブレーキの音が響く。知美はアスファルトの上を、激しく回転しながら転がっていった。

頭部から、べっとりと赤いものを路上に残しながら……。

美由紀は全力で走った。人を押しのけ、ガードレールを飛び越えて、知美に駆け寄った。

「知美さん！」美由紀は叫んで、その細い身体を抱きあげた。

ぐったりとした知美の身体が引き起こされる。顔面は真っ赤な血に染まっていた。

なんてこと……。こんな……。

遠くから、母の早苗の叫ぶ声がした。「知美！　知美ぃ！」

「救急車を呼んで！」美由紀は大声でいった。「早く！　救急車が先よ、急いで！」

早苗は激しく動揺したようすで立ちつくしたが、すぐに身を翻して、マンションに駆け戻っていった。

嵯峨が息をきらしながら、交差点に駆けこんできた。

その表情が呆然《ぼうぜん》としたものになる。

「知美さん……」嵯峨が震える声でつぶやいた。「なんでこんなことに……」

美由紀は知美の身体を抱き寄せた。

酷《ひど》すぎる。こんな仕打ちなんて……。

誘導

精神科医の芦屋幹彦はでっぷりと太った身体をリクライニング・チェアにおさめて、暗闇のなかに浮かぶ映像を見つめていた。

スクリーンの表示がぼやけて見えた。目に疲労を感じ、顔をそむける。

このところ体力が落ちている。座って食べてばかりいるからだ。それにきょうは、いろいろと準備に追われることがあった。これだけ身体を動かせば、いくらか脂肪は燃焼しているだろう。

サイドテーブルに山盛りになった果物から、バナナを手にとる。皮をむいてかじり、コーラで流しこんだ。

すでにカロリーは超過しているのだろうが、かまわなかった。俺は栄養士ではない。それに、胴まわりに付着したぜい肉の量を考えれば、いまさらどうということはない。たとえこのバナナがまるごと脂肪に変わったとしても、外見的に変化はないだろう。

太りだしたのは五年ほど前からだ。この副業、というよりは本業にこの仕事を始めてから、精神科医としての仕事は二の次になった。診療所の奥につくった四畳半ほどの部屋で、こうしてじっと座っていることが日課になった。

収入は跳ねあがり、食べたいものを好きなだけ食べた。そして、こうなった。

居心地のよささえあれば、あとはなにもいらない。妻とは貧窮をきわめていたころに別れた。いまは外見など気にする必要はない。外出しなければいい。

正面のスクリーンには、液晶プロジェクターで投影された画像が映しだされている。

画像には見飽きた企業ロゴが表示されていた。球体に一本の矢がささったマーク。この画像が会議室に切り替わらないかぎり、通信は始まらない。

暇だ。うんざりして、芦屋は立ちあがった。

扉を抜けて、誰もいない診療室に入る。亀に餌をやる時間だ。

バナナの皮を投げ捨てて、水槽に近づく。大皿ほどの大きさを持つインド生まれの亀が二匹。インドホシガメだった。密輸品だが、こっそり飼育するのにここは最適だ。患者はさっぱり途絶え、閑古鳥が鳴いているのだから。

餌を与え終わると、診療用のベッドにごろりと横になり、雑誌のグラビアページを眺めた。

芦屋はふんと鼻を鳴らした。最近の女はどいつもこいつも痩《や》せている。骨と皮だけだ。痩せすぎの女には魅力は感じられない。中性的な感じのする女ならなおさらだ。あの岬美由紀のように。

まだ手刀をくらった頰がひりひりと痛む。芦屋は怒りがこみあげてくるのを感じた。思いだすだけでも腹が立ってくる。こんな人形のように細い女のどこがいい。

そのとき、ふいに低い男性の声がした。「女は細いほどよいという風潮をつくりだしたのはわれわれだ。きみはその方針に反対なのかね」

びくっとして、芦屋は雑誌を投げだした。

「はいはい、ただいま参ります」芦屋はベッドから跳ね起きて、奥の隠し部屋に駆け戻った。

スクリーンには会議室が映っていた。半円形の会議テーブルに列席している重役たちのシルエットがある。背後の窓から差しこむ光が強く、誰ひとり顔が判別できない。いつものことだった。

芦屋に語りかけたのは中央の男だった。その声がスピーカーを通してこちらにつたわってくる。

「マスメディアを利用して極端な瘦身《そうしん》を流行させた。それによって五千八百万人、すなわちアメリカの成人人口の三分の二に達していた肥満を三分の一まで減少させることができた。またダイエット食品の原料に使用されるガルシニア・カンボジアの果皮エキスに含まれるヒドロキシクエン酸の輸出を促進させ、東南アジア経済に貢献した。さらに先進国の過剰な食料消費を二十パーセント抑制したことで、第三世界の食料不足に歯止めがかかった。ほかにも社会や経済にさまざまな影響をあたえた。われわれはクライアントであるアメリカ、ロシア、バングラデシュ、カンボジア、キューバ、コンゴ、カザフスタンなどから総額二億七千万ドルを得るに至った」

顔は見えなくても、膝《ひざ》の上に抱いた緑色の猿のおかげで、誰なのかがわかる。鍛冶光次《かじこうじ》。メフィスト・コンサルティング・グループ、ペンデュラム日本支社の特殊事業部、常務取締役であり、実質的に極東地域を統括する立場にある。表の顔ではいくつもの名を使い分けているようだ。公安調査庁ではたしか、黛邦雄を名乗っている。

「おっしゃるとおりで」と芦屋は愛想笑いにつとめた。

もっとも、心のなかでは異議を唱えていた。二億七千万ドルの収益をあげたのはメフィスト・コンサルティング・グループ内の筆頭企業、クローネンバーグ・エンタープライズのハンブルク本社だ。鍛冶の業績でもなければ、ペンデュラム日本支社の実績でもない。

「たしかに」鍛冶はまるで心のなかを見透かしたようにいった。「それはわがペンデュラム日本支社の管轄するところではなかった。しかしながら、今回のわれわれの仕事はそれを上回る規模のものだ。そのことが理解できているだろうな」

芦屋は背筋が寒くなるのを覚えた。この男と話すと、いつも心のなかに土足で踏みこまれたような気がする。

「むろんです」芦屋は震える声でいった。「充分に承知しております」

「よろしい」鍛冶の声が響いた。「では局面29の7に入る」

リクライニング・チェアから身体を起こし、キーボードに手を伸ばす。

腹の脂肪がじゃまだった。この姿勢は苦痛だ。早いところ済ませてしまおう。

局面29の七番目の項目を表示した。文章がでた。

〈岬美由紀、芦屋精神科へ〉

鍛冶がいった。「準備は？」

「万全です。診療室にある物はすべて、鉛筆一本にいたるまで所定の位置に置いてあります。空調を使って全体に埃《ほこり》を散布しておきました」

「よし。温度と湿度は？」

「温度は摂氏二十五度、湿度十五パーセント。これもご指示どおりです」

「結構」

ブザーが鳴った。特殊事業部監視課、監視スタッフからの音声リポートが割りこんできた。

落ち着き払った女の声が響く。「ご報告申しあげます。恵比寿ガーデンプレイス付近での交通事故は予定どおり発生、須田知美は残念ながら死亡に至らず、重体です。救急車は須田知美を収容し、嵯峨敏也が同乗しました。岬美由紀はそれを見送ってから、ひとりでタクシーに乗り芦屋精神科に向かっております。あと十五分十七秒で到着します。服装は前日から変わっていません。睡眠もほとんどとっておらず精神状態は不安定と思われます」

鍛冶がうなずいた。「予定どおりだな」

「あのう」芦屋は画面のなかの鍛冶にきいた。「お尋ねしたいことがあるんですが」

「なんだ」

「こんなまわりくどい手を使う必要があるんでしょうか。岬美由紀が冷蔵庫のなかの飲み物を摂取するように仕向けるなんて……。さっさと眠らせちまえば済む話だと思いますが」

「駄目だ。岬美由紀はすでに、われわれの操作に気づきつつある。具体的にまだ証拠をつかんだわけではないが、こちらの筋書き通りの選択を強制されていることを、徐々に悟り始めているわけだ。きみのところに向かうのも自分の意志ではなく、そうなるように仕向けられていると、薄々感づいているだろう」

「そ……そりゃ問題ですね」

「だから心理戦において彼女を屈服させ、どうにもならないことを深く心に刻んでやらねばならんのだ。彼女がどう動こうと、こちらが用意した飲み物を口に含むことになる。運命は変えられない。そう思い知らさねばならない」

「はあ……そういうものですかね」

「岬のように意志が強く、心理学の知識も持ちえている者が対象ならなおさらだ。力で屈服させようとすれば反発を生む。思考と判断がどうにもならないという無力感を植えつけることが肝心なのだ」

「でも、あの女が罠《わな》に気づいたらどうします？　千里眼っていわれてる女ですよ。私の腹のなかぐらい、見透かされちまいます」

「こちらが準備したシミュレーションどおりに動けば問題はない。緊急時には該当フェイズのトラブルシューティングを参照しろ。なにひとつ、こちらの指示以外のことはおこなうな。診療室の小物ひとつ、予定外の場所に置いてはならない」

「そうですね。あ、亀の水槽をひっこめておいたほうがいいですね」

「必要ない。われわれの送ったテキストに、そんな指示はなかったろう」

「でもあれは、私物ですし……。密輸品を飼育しているのがバレたら……」

「岬美由紀を油断させるにはちょうどいい。彼女が来ることを、きみが想定していなかったような印象を与えることができる。きみの不注意さや愚鈍さが岬にしっかりと伝わるだろう」

余計な。芦屋は心のなかで舌打ちした。「舌打ちしたければ、遠慮なくすればいい。心のなかでおこなおうが、実際にしようが、われわれには関係ない」

「芦屋」鍛治はいった。

心臓が喉《のど》もとまで飛びあがったような気がした。芦屋はあわてて釈明した。「そんな……いえ、決してそんなつもりは……」

「表情筋の不随意筋の無意識的な変化を妨げ、感情の表出を抑制するセルフマインド・プロテクションは、わが社のみならずメフィスト・コンサルティング・グループ特殊事業課の全スタッフが実践せねばならない技法だ。きみも研修は受けたはずだが」

「はい、はい。身につけてます。本番ではやろうと思っていたところです」

「相手は〇・二秒の表情変化すらも見抜く。片時もセルフマインド・プロテクションを解かぬよう留意することだ」

「わかっております。あとは、ええと……。このカンガルーズ・ポケットが見つからないよう、ちゃんとドアは閉めておきますんで」

「カンガルーズ・ポケット？」

「もちろん、この部屋のことですよ」

鍛冶はふんと鼻で笑った。「勘違いするな。カンガルーズ・ポケットは特殊事業において正社員が身を潜める、歴史の影となる場所だ。きみのように外部の臨時雇いが入りこめるようなスペースではない。いまきみがいるのは、ただの隠し部屋だ」

いちいち癪《しゃく》に障る男だ。そんなに正社員が偉いのか。差別主義者め。

「私は」鍛冶はすかさずいった。「差別主義者ではない。ただ正確に区別しているだけだ。芦屋」

「は、はい」

「まさかいまセルフマインド・プロテクションを実行しているつもりではないだろうな。あまりにも表情が読めすぎる。思考が逐一、顔に書いてあるかのようだ」

「滅相もございません……。これからやろうと思っていたところで」

「よかろう。では、芦屋。岬の到着前にリハーサルを済ませておけ。終了したら連絡しろ」

「わかりました」芦屋が返事すると、スクリーンの映像が消えた。

ふうっと芦屋はため息をついた。なんて鋭い男だ。技法を使っていたのに、こちらの感情はすっかり見透かされている。

気を取り直し、芦屋はパソコンのキーを叩《たた》いた。音声認識に切り替わった。

合成音声が告げる。「局面29の7。リハーサル」

画面に文章が表示された。〈『ここでなにを?』 返答=きみこそ、ひとの家でなにをしてる〉

芦屋は口にだしていった。「きみこそ、ひとの家でなにをしてる」

エラーを告げる音が鳴った。表示がでた。〈プログラムとの適合率七十一パーセント。語気を強めて怒りをこめること〉

指示どおり繰り返した。「きみこそ、ひとの家でなにをしてる」

〈適合率九十五パーセント、OK〉

画面が消えて別の表示が表れた。

〈ケース一『あなたにききたいことがあってきました』ケース二『開業医にしては、立派な設備をおもちですね』ケース二の場合、岬の不満度がかなり高いと思われる〉

あの短気な小娘のことだ。かなり怒ってるにちがいない。芦屋はいった。「ケース二を選択し続行」

〈返答＝馬鹿にするな。用件はなんだ〉

芦屋は読みあげた。「馬鹿にするな。用件はなんだ」

ＯＫがでた。

今度は一発で合格だった。調子がでてきたのだろう。

音声が告げた。「トラブル発生。岬美由紀は芦屋医師の経歴に疑問を持った。一九八二年十一月の芦屋精神科設立以来、最近まで何をしていたのか、医師としての活動記録が残っていないことを指摘してきた。どのように対処するか」

楽勝だ。それについては、何度もシミュレーション済みだ。

芦屋は答えた。「タイの地方にある人里離れた村落で、ボランティアの医療活動をしていた。証明書や、書類はすべて揃ってる」

またＯＫが画面に表示された。

つづいて、行動の指示が音声と文字によって伝えられてきた。

〈須田知美の暴行事件に関する憎悪を含んだ言葉が投げかけられる。質問がきた場合はなにも考えず、視線をそらして冷蔵庫に向かうこと。『そのことか』といいながら上段右端の缶をとるが、絶対に冷蔵庫のなかを見ないこと。開けたまま、『一本どうだ』といって

その場を離れる。岬美由紀は表情から瞬時に思考を読み取る技術を持っている。従って、ここでは決して振り返らないこと〉

立ちあがり、診療室に向かった。

部屋の隅にある小型の冷蔵庫に歩み寄る。それを開けた。この中身も、鍛冶が送ってきたデータどおりに揃えてある。

ミネラルウォーター、ウーロン茶、果汁百パーセントのオレンジジュース、野菜ジュース。

上段右端の缶だけは細工していない。俺は、それを無造作に取りださねばならない。いちいち面倒だ。だが、ここまでくれば成功したも同然だろう。

よく練られた心理戦プログラムだ。失敗は万にひとつもあるまい。

芦屋は自信が全身に満ちていくのを感じた。俺も優秀な精神科医だ。心理の盲点をついたやり方は本来、お家芸だ。

己の本領を発揮してやる。表社会では運が悪かったせいで開業医どまりだったが、メフィスト・コンサルティング・グループの特殊事業では目にものを見せてやる。

チャイムが鳴った。

冷蔵庫の扉を閉め、それから隠し部屋に駆けこんだ。

いよいよだ。

モニターには、診療室内の隠しカメラからの映像が映しだされている。

何度かチャイムが鳴ったのち、そろそろと扉が開いた。

岬美由紀が入ってきた。薄汚れたTシャツにジーパン姿だった。きのう会ったときの服装のままだ。

辺りを見まわし、ようすをうかがっている。

モニターの右下に、ストップウォッチが起動した。

美由紀は音をたてないように、忍び足で歩いている。

芦屋は驚きに舌を巻いた。シミュレーション時に、CGで作られていた映像とまったく同じ動きをしている。鍛冶たちの未来予測は、秒単位、ミリ単位で正確きわまりないものだった。

恐ろしいことだ。あいつらが世を操っているというのは、あながち大げさな物言いでもなさそうだった。

モニターに文字表示が走った。

〈岬美由紀、ワゴンの薬品を手にとる。デスクの書類を調べる。置時計を持ちあげる。補足……入室後、四分以内に額の汗をぬぐわなかった場合、温度を二度上昇させること〉

美由紀は診療室を見渡していた。こうしてみると、やはりプロポーションは抜群にいい。脚が長く、顔のつくりも小さい。あれでおとなしければ、ペットの代わりぐらいにはなるだろうに。

やがて、美由紀は診療室の中央に歩いていった。患者用の椅子を一瞥《いちべつ》し、それから壁に目をやった。アルツハイマー病の経過について書かれた表と、精神機能の図解のポスターをながめている。

芦屋はいらいらした。はやくワゴンに気づけ。

美由紀は壁から床に目を移した。天井を見あげ、また壁に視線を走らせ、ある一点で目をとめた。

ひやりとした感触が芦屋の背すじに走った。美由紀が見つめているのは、この部屋につづくドアだ。

ストップウォッチの表示を見た。まだ一分しか経過していない。ここに来られてはまずい。

祈りが通じたかのように、美由紀はまた踵《きびす》をかえした。ワゴンに目をとめた。ゆっくりと歩み寄る。

ワゴン上の薬品のビンは、わざと縁ぎりぎりに置いてある。その危うさが注意をひくからだ。

美由紀はかがんで、薬品のビンを顔に近づけた。ラベルを見ているようだ。手をのばし、それをつかみあげた。

霧が晴れるように不安が消え、一転して希望が満ちてくるのを芦屋は感じた。

美由紀は薬品のビンをワゴンに戻し、デスクを見た。書類の束が置いてある。

神経細胞のシナプス形成について書かれた論文のコピーだった。美由紀はそれを取りあげ、読みだした。

やはり鍛冶のブレインの予測は完璧《かんぺき》だ。芦屋は鳥肌が立つ思いだった。

鍛冶はいっていた。岬美由紀はきみの精神科医としての器量に疑いを持つはずだ。医者としての知識がどのていどのものであるかを、まず知ろうとする。よって、きみがどんな研究文献を読んでいるかに興味を持つだろう。鍛冶のその分析は的中した。

ストップウォッチの表示は、まもなく三分に達しようとしていた。

そのとき、美由紀は額の汗をぬぐった。

これで温度を操作する必要はなくなった。すべて予定どおりだ。

美由紀は書類を置いてから、デスクの表面を指先でこすった。埃《ほこり》の堆積《たいせき》を調べているらしい。置時計に目を移し、それを持ちあげた。

芦屋は小躍りしたくなる衝動を抑えた。完全にシミュレーション通りだった。

ところが、美由紀は置時計を元の場所に戻すと、背を向けて玄関に歩き去った。扉を開け、外にでていってしまった。

「ばかな」芦屋は思わず叫んだ。

あの小娘、帰ってしまう気なのか。

しばし呆然《ぼうぜん》として、無人の診療室の映像を見つめる。

このままではいけない。パソコンのマウスを動かした。「トラブルシューティング」のアイコンをクリックする。

予想されるハプニングが箇条書きにしてあった。

岬美由紀が誰かを伴って来た場合は？

岬美由紀が転ぶなどして負傷してしまった場合は？

玄関先にセールスマンなど予定外の人間が突然たずねてきた場合は？

そうした項目を無数にスクロールしていく。やがて、芦屋の探していたものがみつかった。

岬美由紀が外へ出てしまった場合は？　その項目をクリックした。

表示がでた。〈計画許容範囲の出来事である。一分以内で戻るのでそのまま待機〉

ストップウォッチの表示を見ると、美由紀が外にでてからもう四十秒経過している。

いよいよプログラムの予測に誤りが生じたのか。五十秒経過。なんとか手はないのか。

しかし、待機する以外に指示は書かれていない。一分を超えたら、俺はどうしたらいいというのか。

扉が開いた。美由紀が帰ってきた。五十八秒。

芦屋はため息をついてリクライニング・チェアに身を沈めた。日本サッカーの世界戦並みに、心臓に悪い中継だ。

今度は、美由紀は診療室の奥めざして足早に突き進んできた。画面の下端に美由紀の姿が消えたと思った瞬間、背後のドアが開いた。

芦屋は椅子を回して振り返った。美由紀が立っていた。怒りのこもった目で、こちらをにらみつけている。

たしかにカンガルーズ・ポケットではないな、あっさり発見されてしまったのだから。

もっとも、それもプログラムのうちではあるが。

美由紀はきいた。「ここでなにを？」

芦屋は応じた。「きみこそ、ひとの家でなにをしている」

「開業医にしては、立派な設備をお持ちですね」

滑稽《こっけい》だった。美由紀はすでに敷かれたレールに乗って走っているだけとも知らず、自分の意志で行動していると信じている。

シミュレーションで練習したとおりに、芦屋は怒鳴った。「馬鹿にするな。用件はなんだ」

苛立《いらだ》ちをあらわにしながら、美由紀はつかつかと歩み寄ってきた。「須田知美さんにあれだけの苦しみを背負わせておいて、良心の呵責《かしゃく》がないわけじゃないでしょう」

美由紀が言葉を切ったので、芦屋は顔をそむけた。しばらくはこの小娘に勝手に喋《しゃべ》らせねばならない。

芦屋が黙っていることに、美由紀は憤慨したようすだった。

「あなたがなにをやったのか、すべてわかってるんです。知美さんが暴行された事件をもみ消すために、精神障害と診断した。症状が消えないように何度も小細工を働いた。あなたは彼女が不幸だと思わないんですか。彼女の母親がいかに心を痛めているかわからないんですか。いったいあなたや黛という人の目的はなんです。そうまでして、なぜ米軍の少尉や兵士たちをかばおうとしたんですか」

悲痛で、甲高く、ヒステリックな声。芦屋は美由紀の声がきらいだった。たかがレイプされた女子高生ひとりのことで、いつまでも食ってかかってくる。

「あなたはもう精神科医じゃないわ」美由紀は厳しくいった。「犯罪に荷担して、高い報酬を受けとってるんでしょう。診療室のワゴンの上にはクロロホルムが放置してあるし、埃も積もってる。輸入が禁止されてるインドホシガメもいる。ここ数年は患者の出入りもなかったんでしょう。つまりあなたには、ほかに収入があったんです。それにこの隠し部屋はいったい何です。なにをたくらんでいたんですか」

芦屋はなおも無言を貫いた。もうなにも怖がることはない。

美由紀はじれったそうに身を震わせていた。感情を押さえきれず、瞳《ひとみ》が潤みだしている。

やはり、しょせんは女だったか。芦屋はそう思った。

「答えてください」美由紀はいまにも泣きそうな声でいった。「あなたのなかに、まだ医師としての心が残っているのなら、知美さんのことを考えてあげてください。暴行事件のいきさつと、その後なにがあったのかを話してください！」

医師としての心だと。小娘になにがわかる。芦屋は内心せせら笑った。

そろそろいいだろう、芦屋は腰をあげた。

芦屋は深刻な表情をつとめながらいった。「そのことか」

ゆっくりと冷蔵庫に向かう。さあ、あとひと息だ。

ところがそのとき、美由紀が告げた。「お聞きしたいことがあります」

予想外の質問。だが、あわてる必要はない。

「なんだね」と芦屋はかえした。

「あなたの経歴に疑問があるんです。一九八二年十一月にこの診療所を設立してから、最近まで何をしていたんですか。医師としての活動記録が残っていないようですが」

芦屋は喜びに満ち溢《あふ》れていた。

もはや美由紀は鳥かごのなかの小鳥も同然だ。どんなにさえずろうとも、こちらの撒《ま》いた餌に食いつくしかない。

「タイの地方にある人里離れた村落で、ボランティアの医療活動をしていた。証明書や、書類はすべて揃ってる」

そういって芦屋は、棚の引き出しからひと束の書類を取りだし、美由紀にしめした。

これらの書類は、鍛冶のスタッフが細心の注意を払ってこしらえたものだ。紙の素材、インクやスタンプの成分、それらの経年劣化にいたるまで計算に入っている。いかなる鑑定においても、ニセモノだと発覚することはない。

だが、なぜか美由紀は、それらの書類を手に取ろうとはしなかった。

「どうしたね」と芦屋はきいた。

美由紀はどこかしらけたような顔で芦屋を見据えた。「ニセモノですね。あなたはタイになんか行ってない」

　全身に電気が走った気がした。

　芦屋はかろうじて、感情が顔にでるのを防いだ。セルフマインド・プロテクションによるポーカーフェイスを保った。

「なにをいいだすんだね」と芦屋は笑ってみせた。

　すると、美由紀は床に投げだされたバナナの皮をつまみあげた。「これ、あなたが食べたんでしょ」

「それがどうした」

「四半世紀もタイにいて、どうしてこの食べ方なの？　タイではこんなふうにヘタのほうから皮をむくのは、猿のむき方《モンキーウェイ》といって馬鹿にされる。逆側からむくのが習慣として身につくはずだけど」

　芦屋は絶句した。

　そんな習慣があったのか。いや、これは岬美由紀の罠《わな》かもしれない。ありえない話に同意するかどうかを見極めようとしているのかもしれない。

　ひっかかるものか。芦屋はいった。「知らんな。向こうではバナナなどほとんど食べなかった」

「へえ。あなたが食べなくても、皮を逆にむいているのを一度でも目にしたら、強く印象に刻みこまれると思うんですけど。六十種類近くのバナナがある国なのに、いっさい縁がなかったんですか」

「私はこう見えても仕事熱心でね。医療以外には目もくれなかった。だから食文化などほとんど記憶にない」

「……暑いですか？」

「なぜそんなことを聞く？」

「額に汗しておられるようだから。エアコンの温度を下げたら？」

動揺するな。表情を崩すな。芦屋は自分に言い聞かせた。

「いや」芦屋は平然としてみせた。「いつもこの温度なのでね」

「ふうん。何度なの？」

「二十五度だ。私にとってはこれぐらいが一番快適でね」

「そう」美由紀はなおも書類の束には関心をしめさず、診療室をうろつきだした。

芦屋はついてまわりながらいった。「断っとくが、ずっとタイにいたわけじゃないんだ。だからバナナのことなど知らん。むしろこっちで働いている年月のほうが長かったからな」

「なぜ？」

「日本と向こうを行ったり来たりしていたんだよ。バブル景気のころには帰国して、新興住宅地の病院に勤務するようになった。新しい病院は医師が不足してたな。それで招かれたんだ」

「どのあたりの病院ですか？」

あのころの新興住宅地といえば、葛西《かさい》のあたりだ。

そう思いながら芦屋は告げた。「葛西臨海公園の近くだよ。住民も一気に増えたしな」

「何年ぐらいか覚えてますか」

「いや。だが、夏の暑い盛りでな。緑豊かな場所だったから、そんなに過ごしにくくはなかったが」

「でも蟬の声がうるさかったでしょう？」

「そうだな。照りつける太陽に蟬の合唱が記憶に残っとるよ」

「芦屋さん。バブル期といえば一九八六年から一九九〇年ぐらい。葛西の新興埋め立て地もできたばかりでしょ。アブラゼミの幼虫は何年も土のなかにいて、ようやく成虫になる。それなのに、緑地に蟬の合唱が響いてたの？」

顔面を平手で張られたかのようだった。芦屋は思わず顔をそむけた。

か。

「し、知らんよ」

馬鹿が、なにをやっているんだ。芦屋は自分を叱責《しっせき》した。声がうわずっているではないか。

心臓の鼓動が激しく脈打った。岬美由紀の射るような視線がこちらに向けられている。とても目を合わせる気にはなれない。

「とにかく」芦屋はデスクに近づき、引き出しを開けて書類の束を放りこんだ。「私は嘘などついていない」

美由紀は引き出しのなかを一瞥《いちべつ》した。「その筆記具、芦屋さんのものですか」

「あん？」芦屋は美由紀の視線を追った。

引き出しには、錆《さ》びついたアルミ製のカンペンケースがあった。筆記具類が山になっている。

長年ここで働いていることをしめすための小道具だった。鍛冶たちの指示どおりに、古くなった鉛筆や消しゴム、定規のたぐいをかき集めておいた。

ここには落ち度などないはずだ。

芦屋はうなずいた。「もちろん、私の筆記具だ」

「いかにも診療所を長く経営していたように思わせるため、そんなものまで用意してるなんてね。涙ぐましい努力ね」

「なにをいってるんだ。きみはいちいち目に触れたものすべてに難癖をつけたがっているようだが、どこにも不自然なところなど……」

「定規がきれいすぎるんだけど。カンペンケースがずっとそこにあったのならね」

「……なに？」

「その消しゴム、プラスチック製でしょ。可塑剤が使われてるから、一緒にしてあるプラスチックの定規も溶けて、表面の印刷がぼやけるはずなの」

もはや芦屋の心臓は張り裂けんばかりになっていた。

なんという観察眼の鋭さ、頭の回転の速さだ。セルフマインド・プロテクションで表情の変化を抑えても、次々とぼろがでてしまう。

これが千里眼と呼ばれるゆえんか……。

いや、この女は俺に揺さぶりをかけているだけだ。確証があれば、こんな遠まわしな物言いなどしないはずだ。

芦屋は笑ってみせた。「どうぞ、好きなだけ疑っていればいい。きみもいずれ、的外れなことばかり口にしていたと反省するときがくるだろう」

「そうかしら」美由紀は薬品棚に目をやった。「ところで、お薬もいろいろあるみたいだけど、調合は誰がやってるの？」

「それは……」

またしても罠だ。薬は、薬剤師でなければ調合できない。医師が薬を作っていいのかと非難するつもりだろう。

そうはいかんぞ。芦屋はさらりといった。「薬はほかの病院から買ってるんだ」

「薬剤師さんを雇ってるわけじゃないの？」

「ああ」

「芦屋さん。知美さんに注射しようとしていた薬品、アンフェタミンだったのにステラジンのビンに入ってたでしょ。それを指摘したら、あなたはいった。うちではそんな初歩的なミスはしないと。つまり薬はこちらの病院で作ってると、あなた自身が主張していたはず」

「そ……そんなもの、なんていうか、要するに言葉の綾《あや》だ。こちらの内情を知りもしないのに、わかったような口をきくな」

「内情？　薬剤師がいないのに、薬は自分のところで作ってる。つまり、ほかに仲間がいるってことね。いえ、仲間というより、もっと大掛かりな組織だわ。タイの入国審査記録やビザの記録、医療日誌のすべてを偽造するなんて、手がこんでるわね。よほどの技術力とお金がないかぎり、できない偽装だもの。察するに、どこかの大企業が絡んでいると思うんだけど。違う？」

芦屋は激しく動揺した。

なんてことだ。どんどん真相に近づいているではないか。

どうすればいい。もう八方ふさがりだ。トラブルシューティングを参照しようにも、いま岬美由紀の目を逃れてパソコンを操作することはできない。

こうなったら、こちらからも揺さぶりをかける手だ。岬美由紀の弱みはこちらが握っている。力関係はすでに決まっているではないか。

「岬美由紀」芦屋は尊大な態度を心がけた。「もっと謙虚になったほうがいい。子犬のように耳障りな声で吠《ほ》えてる場合じゃないだろ」

「なんのこと？」

「きみは公安調査庁で誘拐《ゆうかい》を働いた。私の電話一本で、首席調査官の黛さんが動くだろう。警察を敵にまわして、ただで済むと思っているのかな」

「なら一一〇番したら？」

「……なに？」

「公安調査庁といえど、警察組織のすべてに対し権力を行使できるわけじゃないでしょ。

ましてて通報で駆けつける所轄の巡査にまで、理不尽な命令を強制することはできない。さいわい、わたしはまだ指名手配されてないしね。たぶん、そんなことをしたら知美さんを監禁してた黛の立場が悪くなるからでしょ。わたしを追い詰めるにしても、理由は伏せておかなきゃならない。つまり、一一〇番でやってくるお巡りさんはあなたたちじゃなく、わたしの味方ってこと」

「本気でそう思ってるのなら、試してみるか？　いますぐ通報してやるぞ」

「ええ、どうぞ。ここに警官が来て、真っ先に事情を聞かれるのはあなたよ。禁輸品の亀を飼育しているわけだから」

「こ……これはだな、外国から持ちこんだわけじゃないんだ。ここで生まれたんだ」

「へえ。親はどこ？」

「知人が持ってきたんだよ、オスとメスの一対の亀を。その時点では、禁輸品の亀だとは知らなかった。で、偶然ここで卵を産んだ。その水槽のなかにいるのが、生まれてきた子供だ。法律上、なんの問題もない」

「いえ」美由紀の表情はいよいよ冷ややかなものになった。「それは嘘よ」

「なぜそんなことがいえるんだ」

「この亀はメスよ。亀の性別というのは、生まれたときの温度できまる。摂氏二十七度以下ならオス、三十度以上ならメス。芦屋さん、さっきこの部屋のエアコンはずっと二十五度を保っているって言ってなかった？　なら、ここでメスが生まれるはずないんだけど」

芦屋は悲鳴をあげて逃げだしたい衝動に駆られた。

もう駄目だ。まさにミイラとりがミイラだ。岬美由紀を罠《わな》にかけるはずだったのに、こちらが底なし沼に嵌って抜けだせなくなっている。もがけばもがくほど沈んでいく……。

美由紀はいった。「芦屋さん。すごい汗だけど。温度をさげたら？」

「いや、まあ、そのう……。そうだな、たしかに暑いな」

そういいながら、芦屋はそそくさと冷蔵庫に向かった。

もはやプログラムのことなど、頭から吹き飛んでいた。喉《のど》を潤したい、その一心だった。

冷蔵庫の扉を開けて、上段の右端の缶を無造作に引き抜いた。芦屋は美由紀にきいた。

「一本どうだね？」

その動作は、芦屋にとって、ほとんど無意識的におこなわれたものだった。

もう美由紀を誘導することは不可能と思い、計画は放棄していた。けれども、いつの間にかシミュレーション通りの行動とセリフが身体に馴染《なじ》み、そのとおりに行動していた。皮肉なものだ。決められた行動パターンから抜けだせない。運命を固定されているのは俺のほうだ。

ところが、その自然さが逆に美由紀の警戒心を解いたらしい。

美由紀は冷蔵庫に歩み寄ってきた。

芦屋はあわてて視線を逸《そ》らした。

プログラムは唐突に再開した。美由紀はいま、飲み物を取りだそうとしている。

缶を取って飲め。飲んでくれ。そうすれば俺のすべての失敗は帳消しになる。無事にプログラムが終了し、俺はみごと目的を果たしたことになる……。

壁を見つめていた芦屋の耳に、冷蔵庫から缶を引き抜く金属音が響いた。

それから、缶の蓋《ふた》を開ける音がした。すする音、ごくりと飲みくだす音。

しんと静まりかえった部屋のなかで、芦屋の耳はしっかりと聞きつけた。

振りかえってみると、美由紀は缶ジュースを傾けていた。

芦屋は天にも昇る気分だった。

やった、ここへきて大逆転だ。

思わず笑いがこぼれる。それを不審に思ったのか、美由紀は怪訝《けげん》な顔をしてこちらを見た。

「ごくろうさん」芦屋は笑いをこらえながらいった。「これでゲームオーバーだな。あと五秒もすれば、おまえは床に這《は》いつくばる。恨むのなら、自分の運命を恨むんだな」

美由紀は目を丸くした。

芦屋は爽快感《そうかい》にひたりながら笑いつづけた。

だが、美由紀の目はすぐに冷徹さを取り戻した。

落ち着き払った声で、美由紀はつぶやいた。「五秒。まだ経たないかしら」

ぎくっとして、芦屋は凍りついた。

さらに数秒が過ぎた。

変化はない。美由紀はじっとこちらを見つめている。薬が効いているようすはどこにもない。

「な、なぜ……」芦屋はつぶやいた。

鳥肌が立った。どうして美由紀は倒れない。冷蔵庫に残っている缶には、すべて薬が混ぜてあるのに。

芦屋は冷蔵庫のなかを覗《のぞ》きこんだ。そして、頭を殴られたような衝撃を受けた。

缶が減っていない。

「それは」芦屋はきいた。「どこで……」

「これ？　ここをでてすぐ隣りに自販機があるでしょう。ミルボーの缶コーヒーの自販機が。診療所に入ってから、いったん外にでたときに買ってきたのよ。ずっと後ろのポケットにいれていたの」

膝《ひざ》が震えた。芦屋は椅子にしがみつき、かろうじてへたりこむのを防いだ。

「そんな。計算外だ。だれもそんな予想は……」

「診療室のなかを見て、すぐに気づいたわ。すべては用意された舞台にすぎない。わたしの行動をある一定の方向に誘導しようとする目論見《もくろみ》を感じたのよ」

「だ、だが、冷蔵庫のなかの飲み物を飲ませようとしていることまでは……」

「わたしがここに足を踏みいれたとき、冷蔵庫のサーモスタットが音を立てて作動してた。サーモスタットの弁は温度の上昇で開く仕組みだけど、それにも段階があるの。あれだけ大きな音を立てていたということは、弁は全開だった。つまり、直前に急激な温度上昇があったのね。冷蔵庫の扉が開けられたとしか思えない。でもあなたは飲み物を一本も取りだしていなかった。なにか細工したか、事前に段取りをリハーサルしたか、考えられるのはそれぐらいでしょ」

「……な……なんという……。最初から気づいていてたっていうのか？」

「ここに来る前からね。怪しいことばかりだったもの。わたしは政府の不信を買ったうえに公安調査庁に追われて、どこへも行けず、誰も頼りにできない立場のはず。でも、赤羽精神科や知美さんの家に警官の姿はなく、あなたのところへ来たら、どうぞとばかりに鍵《かぎ》があけてある。それで気づいたの。わたしは常に誰かの書いたシナリオに沿って動かされているようで、じつは常にひとつの選択しかできないように強制されているとね」

悪寒が走った。芦屋は身を震わせた。おそらく自分の半分以下の体重しかない小娘の、物怖《ものお》じしない態度に震えた。

あれだけ時間をかけて練りあげたプログラムが、こうもたやすく見破られるとは。

芦屋は悲痛な自分の声をきいた。「気づいてないふりをしてたってのか。なにもかもわかっていながら」

「心理の盲点を突きたいのなら、もっと勉強することね。この冷蔵庫の中身は、健康にいい飲み物が多すぎる。わたしの好みに近づけるためでしょうけど、果物を山のように食べたがるあなたが栄養を考えて摂取しているとは思えない」

「そう……だな。ごもっとも……」

「何のためこんなことをしたのか知らないけど、わたしには遊んでるひまはないの。いますぐすべてを白状して……」

そのとき、ふいに美由紀が口をつぐんだ。

みずからの異変に気づき、衝撃を受けたらしい。呆然《ぼうぜん》として辺りを見まわし、それから頭に手をやった。

美由紀はつぶやいた。「そんな……。そこまで……」

次の瞬間、美由紀は膝から崩れ落ち、うつ伏せにつんのめった。

しばらく時間が過ぎた。美由紀は、そのままぴくりとも動かなかった。

なんだ？　いったい何が起きたんだ……？

芦屋は唖然《あぜん》として、床に横たわる美由紀の背を見おろしていた。

戸口に物音がした。

スーツ姿の男たちが入ってくる。屈強そうな身体つき、いかめしい顔つき。

その男たちが美由紀の周りにひざまずいた。カバンから機材を取りだし、なにやら作業に取り掛かっている。

無言のまま、粛々と行動するその男たちは、まぎれもなくペンデュラム日本支社特殊事業部の人間に相違なかった。

男たちにつづいて、痩《や》せた長身の男がゆっくりとした足どりで入室してきた。

両腕で緑色の体毛をはやした猿を、わが子のように抱きしめている。

公安調査庁の黛こと、ペンデュラム取締役の鍛冶がいった。「完了したな」

「なんでここに」芦屋はきいた。

鍛冶は美由紀に近づくと、その頭に手を伸ばした。美由紀の髪をつかみ、ぐいと引っ張る。

美由紀は無反応だった。

「やれ」と鍛冶は部下に命じた。

スーツの男たちは、先端に吸盤のついたコードを何本か機材から引きだし、美由紀の左右のこめかみと、額、そして眉間《みけん》に吸いつけた。

芦屋は鍛冶にきいた。「なにをしてるんです？」

「通常、昏睡《こんすい》状態は外見で判断できるが、岬美由紀は自己催眠でそのようにみせかけている可能性があるからな。薬が本当に効いたかどうかを確かめる必要がある」

「薬？　だがこいつは冷蔵庫の飲み物を……」

スーツの男が鍛冶に報告した。「高振幅のデルタ波が五十パーセント以上でています。深い睡眠と同等の状態です。意識はありません」

別の男がいった。「岬美由紀を確保しました。局面29の7完了」

「わかった」鍛冶が応じた。「局面29の8へ移れ」

男たちは美由紀の身体を持ちあげると、水平に保持したまま、戸口から外に運びだしていった。

芦屋は苛立ち、鍛冶に詰め寄った。「どうなってるんですか、いったい」

「すべてプログラムどおりだ」

「なんですって。だが私のほうでは……」

「きみの偽装を岬美由紀が見破ることはあきらかだった。彼女が外の自販機で買うことも予測していた。だからそっちに薬を混入したんだ」

「それなら、私にも知らせておいてくれれば……」

「岬美由紀は嘘を見ぬく。ましてきみのような大根役者ならなおさらだ」

「大根役者ですって?」

「悪く思うな。きみの人的適性も考慮したうえでの判断だ」

芦屋は呆然とした。俺は道化にすぎなかったのか。

それにしても……。

「あのう、鍛冶さん。ひとつ聞きたいことが」

「なんだ」

「タイでは、バナナの皮をどうむくんですか」

ふんと鍛冶は鼻で笑った。「岬美由紀の指摘したとおりだ。タイでは、きみの皮のむき方は猿と同じだ」

緑色の猿がこちらを向いた。いつも顔を鍛冶のスーツにうずめている猿が、まるで馬鹿にするかのように歯をむきだしにする。

思わず首を絞めてやりたい衝動に駆られた。それをなんとか抑えて、隠し部屋にとって返す。

気分を落ち着かせようとしたが、無理だった。ペンデュラムからの指示が表示されたパソコンを見るうちに、さらに憤りがこみあげてくる。

芦屋はパソコンのディスクドライブをつかみあげて、床に叩《たた》きつけた。

その直後に、後悔の念が広がった。これらの機材は俺のものではない。

「心配いらんよ」隣りの診療室から、鍛冶の声が響いてきた。「きみがパソコンを壊すことも予想済みだった。費用は今回の予算枠にあらかじめ計上してある」

プロセス

嵯峨敏也は、渋谷赤十字医療センターの集中治療室の前にいた。

静寂に包まれた通路、扉のわきの長椅子には、須田知美の母の早苗がうずくまるようにして座っている。

早苗は肩を震わせ、ずっと泣きつづけていた。

壁にもたれかかった嵯峨は、無言でその嗚咽《おえつ》に耳を傾けるしかなかった。

なにを話しかけたらいいのかわからない。かけるべき言葉が見つからない。

通路を歩いてくる靴音が響く。

スーツ姿のその男が、精神科医の赤羽だと気づいた。嵯峨は頭をさげた。

赤羽は、早苗にあいさつしようとしたが、いっこうにその顔はあがらなかった。

ため息をつき、赤羽は嵯峨に向き直った。「大変なことだったたな……」

「僕のせいです」嵯峨は胸の痛みに耐えながらいった。「知美さんのことを充分に気遣っていれば、あんなことには……」

「いや。きみにしろ岬さんにしろ、予測できないことだった。私にもだ」

「先生にも……？」

「歩きながら話そう」と、赤羽は早苗のいる集中治療室前から遠ざかりだした。

嵯峨も赤羽に歩調をあわせながら、ささやきかけた。「先生の病院では、精神療法も積極的に試みるんでしょう？　知美さんの評価は……」

「ああ。きみも知ってのとおり、精神科医は患者の自殺リスクについて評価法を持っている。年齢に性別、家庭環境、現在の症状など、さまざまなデータを総合して判断する。たとえば、自殺を経験したことのある患者の五十パーセントは抑うつ状態にあるといわれている」

「知美さんはＰＴＳＤが元で発症しました。不安、悪夢、焦燥とともに、抑うつでもあったでしょう」

「私はついさっき、きみからの電話によって初めて、沖縄での暴行事件を知った。原因がわからなかったせいもあるが、抑うつ状態も軽度と見なしていたし、洞察力と疎通性もわりとあった。そして最も重要なこととして、母親の愛情があった。自殺リスクは低いという結論に達していた」

「それについては……。芦屋という男の工作によって……」

赤羽は苦々しげにうなずいた。「母親が自分を忘れてしまったと思いこんだんだ、知美さんの自殺リスクはぐんと高まる。まさか、意図してそんな外的影響を与えようとする輩《やから》がいるとはな」

「ええ。精神科医の風上にもおけない奴です」

「患者への干渉をなくすために、プライバシーは明かさないように留意しているが、芦屋という奴は知美さんのことをなにもかも知り尽くしているようだ。これではまるで鳥籠《とりかご》に捕らえられた小鳥も同然だよ」

ふと、胸にひっかかるものを感じた。

鳥籠に捕らわれた小鳥。赤羽のその言葉に、妙な実感があった。

「赤羽先生。小鳥ってものは、鳥籠のなかだけが実存する空間だと思っているんでしょうか。鳥籠の外はそもそも、認識していないのでしょうか」

「ん？　なぜそんなことを？」

「小鳥は、食事の時間がきたら餌を与えられ、就寝の時間には籠を布で覆われて外の光を断たれる……。知美さんを弄《もてあそ》んだ芦屋のやり方は、そんなふうに思えるんです。あたかも万能の神を気取るがごとく、人の運命の行方をあらかじめ決定して、そこに導いていったようにね」

「すると、知美さんが自殺するように仕向けていったと?」

「あるいは……。それに、どうもその対象は、知美さんだけではないような気がするんです。僕はあなたを憎むように仕向けられた。あなたと対立が深まっていれば、赤羽精神科での医療活動の妨げとなり、ゆくゆくは緑色の猿を見たという患者たちの救済の遅れにつながったでしょう」

「それはいえるな」

「緑色の猿についての真実が暴かれることも妨げられて、結局はうやむやのままになる。そんなことを意図した力が働いている気がします」

「力といっても、それはなんだね? 人々の思考や行動を操作する力などありえんよ」

「ええ。そうは思います。非科学的なことです。でも……」

科学的な事象を複数組み合わせて、巧みにプロセスを構築する者がいたとしたら、どうなのだろう。

心理学には、まだ判明していないことも多い。その科学をより掘りさげて研究している一派が、よからぬことに利用しているのだとしたら……。

「しかしな」赤羽はいった。「憶測を働かせても、どうにもならんよ。いまは知美さんの回復を待つしかない」

「そうですね……。厳しい状況ですが、よくなることを祈るしかない」

「私もあとで、ここの担当医と相談してみるよ。では、またあとで」

「ええ。先生もお気をつけて」

赤羽はうなずくと、階段を下りて去っていった。

嵯峨はその場にたたずみながら、ぼんやりと思った。

よくなることを祈るしかない。どうしてそんな境地に立たされたのだろう。なぜいつも、ひとつの選択肢しか選べないのだろう。

最後の審判

美由紀は、両手首を鉄製の枷《かせ》に吊《つ》るされていた。天井から下がった鎖にぶらさがり、ぐったりとうなだれていた。

足は、爪先立ちになっていた。両腕が伸びきっても、足の裏は床につかない。苦痛だった。腕から背筋にかけて激痛が走り、脚は痺《しび》れていた。

それでも目を開けるわけにはいかない。周囲に人の気配を感じる。彼らは、わたしがまだ失神していると思っているだろう。

油断させておくためにも、目が覚めたことを悟られたくはない。

どこにいるのか、相手が何者かもわからない。芦屋精神科で気を失ってから、どれくらいの時間が経過したのかもあきらかでない。

なぜああまでして、わたしに薬を飲まさねばならなかったのだろう。捕らえてから強引に飲ませることもできただろうに、なぜわたしが自分で飲むように仕向けようとしたのか。

こんな奇妙な集団の存在はきいたことがない。

そのとき、エレベーターの扉が開く音がした。靴の音が近づいてくる。

美由紀は平常心を保とうとした。つとめて、足音に気を奪われないようにした。

何者かが正面に立ちどまり、美由紀をながめまわしている気配があった。それがゆっくりと後ろへまわっていき、背に視線を感じる。

不安になってきた。自分が無防備であると認識せざるをえなくなる。目を開きたくなる。だが、それが相手のもくろみかもしれない。

足音がまた前方へと移動した。立ちどまった。

男の声がした。「局面29の9」

聞き覚えのある声。

公安調査庁の黛邦雄だ。すると、ここはあの施設の地階か。

「いや」と黛の声が告げた。「ここは新宿ではないよ。もっと地価の高いところだ」

背すじに寒気が走った。

うなだれているわたしの表情がみえるはずはない。にもかかわらず、黛はわたしの心を読んでいる。

「目をあけたまえ。もう覚醒《かくせい》しているだろう?」

美由紀は目を開けた。視界はぼんやりとしていた。思ったよりも、室内は明るかった。しだいに焦点が定まってきた。

黛は正面に立っていた。やはりあのミドリの猿を抱いている。猿は親に抱かれた幼児のように、顔を黛の胸にうずめていた。

窓のない、がらんとした部屋だった。ほかにも何人もの男たちがいる。白衣を着ている者もいた。

そのなかに、見覚えのある男の存在が確認できた。芦屋だった。にやにやしながらこちらを眺めている。

壁ぎわには液晶薄型モニターが並んでいた。そのうちのひとつに、美由紀の顔が映っていた。

録画らしい。制服警官と乱闘し、知美を連れて逃げだそうとしている。カメラは天井近くに設置されていた。

防犯用のものではない。映像がきれいすぎる。

隣りのモニターには、恵比寿ガーデンプレイス近辺の映像があった。美由紀が嵯峨とともにマンションに入っていくところだった。

さらに、芦屋精神科の前で美由紀がタクシーを降り、入っていくところも映っていた。すべて彼らが先回りしていた。それを示したいのだろう。

黛はいった。「最初に生まれる子はすべて、人であれ家畜であれ、私のために聖別せよ。それは私のものである」

美由紀はつぶやいた。「出エジプト記、第十三章二節」

自分の娘ていどの年齢の女が、意外にも博識だったことに驚く。いままで美由紀が出会ってきた年配の男の反応は、たいていそうしたものだった。

だが、黛は違っていた。美由紀が即答することを予測していたかのように、平然とつづけた。「すべての人はただ神の恵みによって生かされている」

「あなたは牧師さんじゃないでしょ」

黛は口の端をゆがめた。

「いかにも」と黛はいった。「公安調査庁首席調査官としてはすでにお会いしているが、ここでの顔は異なっていてね。鍛冶光次。ペンデュラム日本支社、常務取締役だ」

「ペンデュラム……?　メフィスト・コンサルティング・グループの?」

「いかにも。グループ内では上位から七番目に数えられる企業規模を持ち、日本および東南アジア、オセアニアに十六の支社を持つ。それがペンデュラムだ。ここは日本支社の社屋だよ」

「何もない会社なのね。デスクひとつ置いてないなんて、コンサルティング業務に支障がでると思うけど」

「特殊事業部にはこうした部屋はいくつもあってね」

「……特殊事業部？」

「国際的に絶大な影響力を持つ企業コンサルティングのシンクタンク。メフィスト・コンサルティング・グループ各社は世間からそのように見なされているが、じつはそうした表の事業は隠れ蓑《みの》にすぎなくてね。莫大《ばくだい》な事業収入は、各社の特殊事業部が支えている」

「なにをする部署なの？　日本の景気回復に貢献してる？」

「きみはまだわれわれの存在を過小評価しているようだ。景気というもの自体、われわれが作りだしているんだよ」

「え……？」

「岬美由紀。戦後、日本はなぜ奇跡的な復興を遂げられたと思うかね。自動車生産世界一やソニーのニューヨーク証券取引所上場は誰のおかげで果たせたと思う。かつての新日鉄や第一勧銀の誕生はどうだ」

「それらの会社がメフィスト・コンサルティングの顧客だったの？」

「いや。各企業がクライアントとして依頼してきたわけではない。われわれはもっと大きなクライアントの注文を受けてきたんだ。日本の大企業をあらゆる手段でコントロールし、先進国にふさわしい経済状態をつくりあげた。それがわれわれだよ」

「……初耳ね」美由紀は鉄枷の痛みをこらえながらいった。「あなたたちがそんなに影響力があるのなら、年金未払い問題もたちどころに解決ね」

「一国の経済ばかりが発展したのでは世界市場のバランスがとれないだろう。適度に打撃をあたえることも必要だ。石油ショックもドルショックも、われわれのコントロールによって生じている。八百兆円を超えるこの国の借金も、われわれが作りだした負の財産だ」

美由紀は思わず笑った。手首とつま先は激痛に痺れていたが、それより笑うことを優先させた。

「笑ったな」鍛冶は猿の体毛を撫《な》でながらいった。「こう思っているんだろう。きみの専門分野でよく取り沙汰《ざた》されるように、洗脳やマインドコントロールなど現実には存在しない。つまり現代科学では、ひとりの人間ですら意のままに操ることができない。それなのに、社会をコントロールするなど愚の骨頂だと」

「あえて否定しないわ」

「それが、違うんだな。われわれはコンサルティング業の最大手として、個人から国まであらゆるクライアントから多様な注文を受ける。不可能を可能にするのがわれわれの仕事だ。戦前の財閥の依頼を受けて富国強兵と殖産興業を果たし、戦後は占領軍側の依頼で財閥解体と商法改正を実現してきた。自由化と国際化に向かわせるために証券恐慌やディスクロージャーを進展させてきた。電話や鉄道の民営化、日本企業の海外買収はすべてそれらの企業自身がクライアントだった。しかし膨らみすぎた日本経済に歯止めをかけろという依頼がヨーロッパのメフィスト支社にさかんに寄せられるようになった。支社どうしは提携関係にあってね。われわれは証券業界を操作してゼネコン疑惑をつくりだし、バブルを弾《はじ》けさせることで、ヨーロッパのクライアントから報酬を受け取った」

美由紀はため息をついてみせた。「あなたたちが人類の歴史をつくっているとでもいうの。神様の代わりになって」

「そこまではいわんが、それに限りなく近いとはいえるだろう」

「不可能ね。そんなことはありえない」

「どうしてだね」鍛冶は不敵な笑いをうかべた。「きみはこの世のすべてを知りつくしているとでもいうのかな。日本には一億三千万人の人口があるが、たとえばきみの友達の嵯峨君が口にしたように、催眠というものが人を操る魔法のような技術でなく、心理学的にトランス状態に誘導するだけのものだという認識を持っている人々が、どれだけいると思うね？　無知だろうとなんだろうと、それらの人々は責められるべきではない。それが、大衆というものの生き方だからだ。人間の心理は複雑多様だが、われわれはあらゆる国のあらゆる民衆のデータを取り揃えている。集団を操る場合はまず個人から始める。個人の心理を、ある特定の方向へ誘導する。それが他人の感情、思考、行動を誘発する。やがて集団が動き、企業なり国家なりがひとつの現象を生みだす。われわれはそのムーブメントを生みだすエキスパートなんだ。俗な言い方を許していただければ、世界最大のマインドコントロール集団だよ」

常軌を逸した話だった。企業規模でそれだけのことが行われているとは信じがたい。

「ひとつ聞いていい？」と美由紀はいった。

「どうぞ。なんなりと」

「公務員が一般企業でアルバイトをしてもいいの？」

「逆だよ。こっちが本業だ。二足のわらじは、なにかと便利でね」

「ふうん……」

「岬美由紀、きみのいいたいことはわかっている。はったりだと思っているんだろう。しかし、メフィスト・コンサルティング・グループはきみが考えているよりはるかに理知的で、科学的で、現実的だ。魔法の杖《つえ》をひと振りして、集団を操るという意味でのマインドコントロールが存在しないことなど、重々承知している。だからといって誰かさんみたいに、ヒエロニムス・ボッシュの『狂気の石の切開』みたいな真似はせんよ」

「恒星天球教のこと？」

　美由紀の即答に、今度は鍛冶も関心をしめした。「連想力があるな。その通り。ひとを操り人形に仕立てるために脳を部分切除するとか、そんな生産性を欠く方法は愚かしい。あの絵に描かれているいかさま治療師そのものじゃないか。そうだろう」

「あなたたちは、もっといい方法を知ってるというの？」

「ああ。人間の心理は一秒ごとに変化する。常になにかを決定しようとしている。その選択の幅を狭め、こちらの思惑通りの道すじに従わせることがわれわれの主な戦略だ。きみがここへくるまで経験したさまざまな出来事は、すべてわれわれのブレインが予測し組み立てておいたものにすぎないんだ」

「わたしひとりのためにあんなに手間どるようじゃ、十人や百人が対象の場合はよほど苦労すると思うけど」

「きみは重要人物だからな。それだけの労力と費用をかけた。なにしろ十年にわたる計画の最終段階だ。きみという最適の人間が見つかってよかったよ」

「十年？　どういうこと？」

「きみも中国で起きていることは知ってるな。間もなく中国は日本に宣戦布告する。まず米軍が応戦し、つづいてNATOが介入する。極東全域で大規模な戦闘が行われるだろう」

「……それが、あなたたちによるものだというの？」

「そうだ。なぜ中国がこれほどまでに強硬に開戦へと向かったか、じつにふしぎでならないだろう？　まあそれが、われわれの力なわけだ」

心拍が速まっていくのを、美由紀は感じた。

中国の強硬な姿勢はたしかに理解しがたい。外部から何からの力学が働いたとも考えられる。

だが……それが一企業に可能な芸当だとは思えない。

美由紀はいった。「中国にメフィスト・コンサルティング・グループの支社はないはずよ。国家を煽動《せんどう》して戦争に向かわせるなんて、いくらなんでもそこまでのことは……」

「できなくはないよ」鍛冶はぴしゃりといった。「戦争誘発はわが社史のうえでもこれが初めてというわけではない。世界じゅうの支社が過去に業績をあげている。もっとも、今回のわれわれの計画がいままでで最大のものだといえるんだが」

「そのことと、わたしがなんの関係があるの？」

「分析によるとわれわれの計画は七十六パーセント以上の確率で成功すると予測されている。しかし、これはペンデュラム始まって以来の一大事業なんでね。ぜひとも成功率を九十パーセントに引きあげたい。それで、残りわずかな失敗の要因を排除することにしたんだ」

「わたしを捕まえておけば、それだけ成功率が高まるっていうわけ」

「いいや。たんにきみがいなければ成功するというんなら、わざわざ捕らえたりせんよ。さっさと始末してるさ。われわれに必要なのは、きみを操って計画に協力してもらうことだけだ」

「本気で人を操ることができると思ってるの」

「強がりはよせ」鍛冶は表情を硬くした。「きみについてはずいぶん手のこんだ仕掛けをした。まず、ジフタニアが希少金属を産出できるように鉱山開発を援助することから始めた。案の定、ジフタニア政府は内戦を伏せて日本にODAを依頼した。強欲な酒井経済産業大臣が乗ってきた。野口官房長官の信頼を得ているきみが同行することもわかっていた。向こうの嘘を見ぬいてひと騒動起きることもね。中国はそれまでに、蜂のひと刺しでいどでも激昂《げっこう》する状態になっていた。きみは彼らの目の仇《かたき》になったな。野蛮で粗暴な日本人の代表格というわけだ。きみは恒星天球教の残党を追うことに目のいろを変え、政府からも見放されて孤立した。きみの性格、思考、自信。すべてを考慮にいれてプログラムを立てておいた。すべてこちらの思惑どおりだ」

鍛冶は目を細めた。笑っていた。この支配力を誇示する残酷な笑い。

憎悪の念が美由紀を支配した。

「知美さんの暴行事件をもみ消したのも、あなたたちの仕事ってわけ」

「いかにも」鍛冶はいった。「あれはペンデュラムの小さな仕事のうちのひとつだ。暴行に加わったのがある重要人物のご子息でね。事件そのものをなかったことにしてくれという依頼を受けた。それで知美という子を精神障害に仕立てあげることにした」

「自慢できるような仕事ぶりじゃなかったと思うけど。嵯峨君に脅しをかけたせいで、偽の症状をでっちあげていることが発覚しかけたわけだし、赤羽先生も患者たちを治療して、ミドリの猿の記憶を引きだしたしね」

「その通りだとも。中国での大仕事を抱えているので、人手も予算も不足しがちだったのでね。精神障害の捏造《ねつぞう》には外部の協力者を採用したんだが、これがまるで使いものにならない。おかげでボロが出まくりだった」

鍛冶は横目に芦屋を見やった。

芦屋は困り果てたようすで、身を縮ませて後ずさった。

美由紀は鍛冶を見つめた。「知美さんのほかにも大勢の人が囚《とら》われ、PTSDを発症したようだけど……」

「みなそれぞれにクライアントの注文を受けた事例だ。政治家にとっての政敵、企業におけるライバル、家庭内での不和。理由はさまざまだが、この世から合法的に誰かを消去してくれという依頼は絶えることがなくてね。とはいえ、われわれは暗殺は請け負わない。歴史に証拠が残るような真似はしでかさないんだ。殺人などに手を染めなくても、社会的に抹殺してしまえばいい。重度の精神障害を発症し、社会からドロップアウトしてくれることが最も望ましい結果なんだよ。公安調査庁として、疑わしい参考人という名目で連行し、監禁してPTSDに至らせ、芦屋が薬物投与によって不可解な精神障害に仕上げる。あとは世に放りだしてしまえば、なんの証拠も残らない」

ひどい……。

メフィスト・コンサルティング。なんて悪趣味な社名なのだろう。

ゲーテの『ファウスト』にでてくる悪魔メフィストフェレスに由来しているのだろう。ネオナチ同様、反社会的活動を肯定する集団は、そういう歪《ゆが》んだ象徴を抱いている。年老いたファウスト教授が悪魔と取り引きし、魂と引き替えに権力と若さを手に入れる。しかし、その幸福はまやかしでしかなかった。意地が悪く、冷淡で、涙をあざ笑い、人の苦痛を見ることを好む。美徳をからかうことで自己のアイデンティティとする。それがメフィストフェレスだった。

企業の創始者は、そういう社名をとることで自分のエゴを満足させていたにちがいない。その旗印の下に集まるのは、おのずから同様の願望を持ち合わせている者たちなのだろう。鍛冶も、そのひとりにちがいなかった。

白衣のひとりがいった。「準備できました」

鍛冶がうなずくと、白衣の一団がワゴンを押して近づいてきた。

ワゴンの上には無数のスイッチがついたコントロールパネルがあった。そこから無数の配線が突きだしている。

それらの電気コードの先についた吸盤を、白衣の男たちが手にとり、美由紀の頭部に貼りつけていった。左右のこめかみ、額、耳の後ろ、うなじ……。

吸盤が電極になっていることはまちがいなかった。汗が額をしたたり落ちるのを、美由紀は感じた。

美由紀は抗議した。「わたしがいなくなったことがわかれば、嵯峨君か赤羽さんがきっと……」

「なにができるというんだね」鍛冶がさえぎった。「嵯峨も公安調査庁が参考人として行方を追っている、逃亡者のひとりにすぎん。どこにも通報できんよ」

「なにをする気なの」

「勤勉なきみのことだ、よく知ってると思うがね。一九五一年、神経外科医のペンフィールド博士が発見した方法だよ。側頭葉を電気刺激すると、五感に幻覚が現れる」

「脳電気刺激で洗脳することなんてできないわ。記憶を飛ばすこともできないし、意志の力を変えることもできない……」

「黙れ！」と鍛冶は怒鳴った。

美由紀は驚き、口をつぐんだ。

鍛冶は猿をあやしながら告げてきた。「メフィスト・コンサルティング・グループ特殊事業課で計画の指揮をとるためには、少なくとも脳医学と心理学について権威を誇るぐらいの知識が必要だ。きみにいわれなくても、そんなことはわかってる。電気刺激では、せいぜい五感に影響をあたえることしかできない。だが、これは暗示などではなく物理的作用だ。よって、かなり強烈な効果をあたえることはできる」

「拷問なんてしてもむだよ。どんなに身体に傷つけられても、人の心は……」

「岬美由紀さん」鍛冶は人差し指を立てて左右に振った。「きみはおもしろい女だ。四面《しめん》楚歌《そか》にありながら、まだ強がりをいっていられる。われわれが、きみのきれいな身体を傷つけるわけないだろう？　何度もいったじゃないか、物理的証拠は残さないと」

なぜ鍛冶たちがあそこまで念入りに罠《わな》を張ったか、美由紀はその理由に気づいていた。心理戦に敗北した、その挫折《ざせつ》感を植えつけるためだろう。抵抗は無意味だと悟らせようとしている。服従を選ばせようとしているのだ。

恐怖に身体が震えるのを抑えられない。こんなことは初めてだった。

美由紀はいった。「どんなことをされても、意志の強さは変わらない」

「そうかな」鍛冶はかすかな笑いをうかべた。「なあ、難しい話でなく……人間というのはいったい、どこまで正常でいられて、どこからおかしくなるんだろうか。カウンセラーなら、そのことに大変興味があるんじゃないかね」

鍛冶がコントロールパネルに向かう。

いいしれない孤独と不安が全身を包んでいく。美由紀はそれを締めだそうと思考をめぐらせた。言葉が口をついてでた。「いい人間は暗い衝動に動かされても、正しい道を忘れはしない」

鍛冶は笑った。「『ファウスト』のなかの『天上の序曲』の名文句だな」

「そう。人間をばかにして、ファウストを堕落させてみせるといったメフィストフェレスに対して、主がいった言葉」

「昔はそうだったかもしれんが、いまはちがうよ。電気刺激もペンフィールド博士の時代から進歩してね。頭の外側に電極をつけていても、内部の深いところに刺激をあたえることができる。まずは、そうだな。……中脳の被蓋《ひがい》を対象にしてみよう」

鍛冶はコントロールパネルに指を這《は》わせた。パチンとスイッチが入る音がした。

頭のなかに痺《しび》れるような衝撃が走った。

そして、異様に気分が悪くなるのを感じた。湿地帯にまぎれこんだような不快感とけだるさが襲う。

ひどく暑苦しく、汗が額からとめどなく流れ落ちた。

美由紀は激しく頭を振った。腕で吸盤をこそぎ落とそうとした。だが、なぜか力が入らない。吸盤は蛭《ひる》のように吸いついたまま、離れなかった。

周りで見守る男たちに、控えめな笑い声が湧き起こった。

鍛冶がいった。「お気に召さないかな。じゃあ、海馬という部分を試そう」

スイッチを切り替える音がした。

同時に、身体がむずむずしてきた。

なにをしようとしているのか、美由紀にはよくわかっていた。海馬を電気刺激した場合は軽い快楽が生じる。思わず身体が弛緩《しかん》しそうになる。美由紀は歯をくいしばり、身体をよじった。

芦屋が下品な笑い声をあげ、歩み寄ってきた。肥満しきった丸い顔が、美由紀を覗《のぞ》きこんできた。

「お次は」鍛冶の声が飛んだ。「海馬よりも強い快楽が生じる中隔部に刺激を加えてみるか」

視界がゆらぎはじめる。目が潤んでいた。美由紀はこみあげてくる悲しみに抗《あらが》いながらいった。「やめて、こんなの」

「おっと、じゃ、さっきの不快感のほうがいいのか」

「やめて!」美由紀はわめいた。「やめてったら!」

「ほかにもいろいろできるんだぞ。めまいのスイッチをいれてみよう」

後頭部から額までを貫くような、鋭い痛みが走った。

その直後、平衡感覚が急速に失われるのを感じた。部屋のなかが船内のように揺らいだ。

「そして」鍛冶がまたスイッチをいれた。「これが、吐き気」

めまいに伴って、気持ちの悪さがこみあげてきた。

たちまち嘔吐《おうと》しそうになったが、口を固く結び、必死でこらえた。

身体を揺すったが、一定の電気刺激が加わりつづけている以上、変化はなかった。

永遠とも思えるほど長い時間があった。

スイッチを切る音がした。

頭部を支配していた激痛が、一瞬にしてやわらいだ。

脱力感が襲う。美由紀はぐったりとした。

鉄枷《かせ》が手首に食いこんで、ちぎれるような痛みが走った。

息苦しい。まだ吐き気は完全におさまっていなかった。頭がずきずきとする。

芦屋は子供のように手をたたいて、はしゃいでいた。

「馬鹿女が！」芦屋がわめきちらした。「いい気味だ！」

唾《つば》が飛んで、美由紀の顔に降りかかった。

美由紀は怒りを覚えた。この……。

「さてと」鍛冶がつぶやいた。「ほかに、なにがあるかな」

芦屋が鍛冶に声をかけた。「そのスイッチはどうです。恐怖心を助長するってやつですが」

またスイッチの入る音がした。

その直後、美由紀を支配していた怒りは、冷水を浴びせられたかのように消えていった。

かわりに寒気が襲ってきた。身体が震えた。とめようとしても、とまらなかった。いままで理性の力で抑制していたものが、音をたてて崩れていく。そんな感じだった。現実を直視してしまう。無防備。すべて、鍛冶の操作するままになっている。自分を生かすも殺すも、彼らしだい。その事実が明確なものになって意識にのぼってきた。気温がどんどん下がっている、そう感じる。手がかじかんだ。汗がにじんでいるのに、寒かった。

恐怖が広がっていく。自分が置かれている状況のすべてが怖かった。動けない。身体が凍りついたように固まってしまった。なにもできない。なすすべは、なにもない。

「ふん」鍛冶は鼻で笑った。「ちょっとは女らしい顔になったな。不安を助長するスイッチもいれてみるか」

耳もとに甲高い音が走った。

あまりの苦痛に、美由紀は思わず呻《うめ》き声をあげた。

つづいて、絶望感が頭のなかに広がっていった。

あらゆる悲劇の可能性が、きわめて身近なものに感じられてくる。このビルの天井が崩れてくるかもしれない。いま心臓が停止してしまうかもしれない。

涙が流れ落ちた。気づいたときには身を震わせ、子供のように泣きじゃくっていた。

芦屋の声がした。「孤独感、っていうスイッチもありますね。どうちがうんでしょう」

またスイッチの入る音がきこえた。

美由紀は、もう自我を喪失しそうになっていた。

悲鳴をあげたかったが、口は開けられても声がでなかった。頼りない吐息だけが震えながら漏れていく。

芦屋がいった。「快楽のスイッチと同時にいれるとどうなるんですか」

「恐怖、不安と快楽か」鍛冶はくぐもった笑い声を発した。「レイプされているときの感覚はそんなものかもな。なあ岬美由紀。きみは須田知美の心理状態を把握したいだろう？　カウンセラーなんだ、当然そうだよな」

やめて。美由紀はそう絶叫しようとした。だが声にならなかった。身体が震えていうことをきかない。

スイッチが入った。なにを感じているのか、定かではなかった。受容しがたい感覚であることはたしかだった。

美由紀は絶叫していた。身体を激しくゆすり、悲鳴をあげつづけた。

「助けて！」美由紀は叫んでいた。「助けて！」

意味不明の光景が、目の前に浮かんでは消えた。

荒い呼吸とともに男の顔が近づいてくる。その鼻をつく口臭。稲妻が走った。雷鳴が轟《とどろ》いている。

赤い積み木が、頭に投げつけられた。額が割れて、血がほとばしる。畳の上に、その血の池が広がっていく。

紙に書き連ねられていくアルファベットと数字。それから、幼女たちの悲鳴。四、五歳の女の子たちが、恐怖におののいている。罵声《ばせい》が浴びせられる。銃声も轟く。地獄絵図が広がっていく……。

スイッチが切れた。

一瞬、目の前が真っ暗になり、それから視界が戻ってきた。

部屋のなかは静寂に包まれていた。

まだ身体の震えはおさまらなかった。美由紀は言葉にならない声を発して喘《あえ》いでいた。涙が涸《か》れることなく頬を流れつづけた。

いまのは……なんだったのだろう。

記憶にない光景が浮かんでは消えた。ただの幻覚だったのだろうか。

ひどくおぞましく、生々しかった。あの不快きわまりない男の顔……。

「どうだね」鍛冶が声をかけてきた。「面白いだろう。しょせん人間は脳の電気信号でなにかを感じるにすぎない。あっけないほど、単純なものだよ。きみは本当の意味での洗脳なんてものは不可能だといったが、そうでもない。これでわかっただろう」

美由紀はまだ泣きつづけていた。

だが、心のなかでは急速に自制心が戻りつつあるのを感じていた。

電気刺激さえ途絶えれば、脳はすぐに正常な状態に戻る。決して永続するものではない。

須田知美と、その母親が味わった苦しみに比べれば、これぐらいはなんでもない。敗北することはできない。わたしは力尽きるまで闘い、最期まで抗う。

「いいえ」と美由紀はいった。「これは洗脳とはいわない。せいぜい幼稚な拷問ごっこでしかない。一時的にひとを屈服させることはできても、ひとたび電極が外れたら、また元通りよ」

鍛冶は硬い顔で美由紀を見かえした。「ほう、そうかね」

「こんな方法で誰が操られるもんですか。わたしが知りたいのはこんなことじゃないわ。いったい、どうやって中国の人たちを操ったというの。なぜ戦争なんかに向かわせることができたの。答えて」

鍛冶たちは絶句していた。黙って美由紀を見つめていた。白衣の部下たちは、無表情のまま立ちつくしている。

静まりかえった室内に、美由紀の喘ぐような呼吸だけが響いていた。

「たいしたもんだ」鍛冶はつぶやいた。「この期におよんで、まだそんなことを気にかけてるのか。心配しなくていい。中国が開戦に踏みきったのは、岬美由紀の海外における無謀な行為に神経を逆なでされたからだ。それが歴史の事実になる」

「ちがう！」美由紀は声を張りあげた。「ぜったいにちがう！　あなたたちの思ったとおりになんかさせない！　人は冷静な心を持ってる！　開戦に踏みきるわけがない！」

「きみがいかに叫ぼうとも、それはすぐに現実になるんだよ。教えようか。われわれの予想では日本側の死者は四千万人に達する。ほとんどはCSS2が直撃する大都市での被害だが、それ以外にも空爆と二次災害による死者の数も含まれている。人口がひさびさに一億人を割りこむことで、終戦復興後の地価はさほど高騰せずに済むと思う。この点は感謝されていいところだろう。もっとも死者は老若男女問わずなので、高齢化の比率には歯止めがかからないと思うが」

「あなたには人の心がないの⁉　企業の利益のために、なんの罪もないひとたちの命を奪うなんて！　お願いだからもういちど考えて！　自分たちがまちがっていることに気づいて！」

「それはつまり、われわれの力を認めたってことか」

「……どういうこと？」

「我々は国家規模の集団をコントロールする力がある。そう認めるんだな」

妙な雰囲気だった。なぜ鍛冶は、そのことを美由紀に認めさせたがるのか。

「岬美由紀」芦屋がいった。「鍛冶さんの質問に答えろ」

美由紀は息を吸った。腹の底から声をふりしぼった。「あなたたちに国全体を操る力なんかない。それだけよ」

語尾をきくまで、鍛冶は正反対の答えがかえってくると確信していたようだった。

余裕の笑いが消えた。鍛冶の顔に怒りのいろが広がった。「強情だな。まだ認めたがらない。現実性の乏しい女だ」

「現実を重んじているから否定するのよ。集団の意志は曲げられない。どんなに強い弾圧も独裁も、結局民主の力にはかなわなかった。人間はそんなに愚かじゃない！」

「それがおまえの母親の教えか。カエルの子はカエルだな」

美由紀は口をつぐんだ。意味がわからなかった。

鍛冶の険しい目に、かすかな感情が宿ったように思えた。だがどんな感情かは判然としない。

混乱させる気だ。美由紀はそう思った。その手には乗らない。

「なにがいいたいのか知らないけど、母親の悪口をいうなんて子供の喧嘩《けんか》と同じレベルだわ」

「私は事実をいっているだけだ」

「わたしの母を侮辱しないで！　母は平凡でつましい家庭の主婦にすぎなかったけど、わたしには最愛の母だったのよ。あなたにも母親はいるでしょう。人の感情を逆撫《さかな》でして喜ぶなんて、悪趣味もいいところだわ」

「その理屈っぽいいいぐさが母親に似てるというんだよ」鍛冶は腰に手をやり、うつむいて首を振った。「きみは幼児期からいままでの記憶が正しいと、本気でいえるのかね」

罠《わな》にはかからない。美由紀はきっぱりいった。「ええ」

「洗脳された可能性もある。そんなふうには考えられないのか」

「洗脳など現実には存在しないわ」

「友里佐知子にそう教わったからか」

美由紀は鍛冶を見つめた。

鍛冶の顔にまた笑いがあった。「何年か前、楚《そ》樫《かし》呂《ろ》島災害が起きたとき、きみはなにをしていた？」

答えなくていい。答える必要はない。美由紀は口をつぐんで、目をそむけた。

「ふん」鍛冶は美由紀の返答を期待していないように、淡々とした口調でいった。「そこできみは誰に会った？」

「なにをいいたいのか知らないけど」美由紀は厳しくいった。「わたしが人生の過ちを振り返って、後悔にさいなまれるとでも思う？」

「後悔するようなことがあったのか」

美由紀は黙りこんだ。この男は、なぜそれをわたしに喋《しゃべ》らせたがるのだろう。

鍛冶は猿の背をなでながらいった。「楚樫呂島災害の救出活動で、きみは臨床心理士の友里佐知子と出会った。そう記憶しているな？　だがそれよりも前に会っていたとしたら、どうする」

「なんのことよ」

「きみが幹部候補生学校にいたころ、きみのご両親は事故で亡くなった」

「だからどうだというの」

「それも事実に反していたら？　きみの記憶が間違いだったとしたら？」

「さっぱりわからないわ。何がいいたいのか」

「友里佐知子は、きみの母親だろ」

美由紀は鍛冶の目を見つめつづけた。かなりの時間がすぎた。

身体が震える。なぜ震えるのだろう。理由がわからない。

ひどく汗をかいていた。寒気に包まれながら、額ににじんではしたたる水滴を感じていた。

ようやく美由紀は、声をしぼりだした。「ばかなこといわないで」

「そうでもないだろう。事故で死んだのは実の両親ではなかったのだからな。きみの本当の両親はどこにいるのか、まったくわからなかったはずだ」

「馬鹿いわないで。つまらない作り話で混乱させようとしても無駄よ」

「ほう……？　記憶が変容しているのか？」

「だからなんの話よ。わたしはあの両親のもとに生まれたのよ。それは揺るぎない事実だわ」

「事実を曲げて記憶する以上は、友里佐知子が母であることを受けいれる素地もできているわけだ。似た境遇に育った身だ、当然だな。同じ人生を歩むか」

「友里はわたしの母なんかじゃない！」

「恒星天球教の一員だったのにか？」

「わたしは彼女の企《たくら》みに与《くみ》してなんかいない。彼女の病院に勤めてはいたけど、恒星天球教の犯罪とは無縁だった」

「友里には右腕となる女がいた。脳切除手術を受けていない、教団唯一の幹部が」

「鬼芭阿諛子はわたしじゃないわ」

「そうとも。きみではない」鍛冶がいった。「きみは脳の手術を受けているからな」


なぜ震えがとまらないのだろう。

自制心はどうしたというのだろう。

美由紀は必死で自問自答した。答えはみつからなかった。

視界がぼやけてくる。涙がまた、こぼれ落ちた。

「そんなことはない」美由紀は震える自分の声をきいた。「わたしは手術なんか受けていない」

「みんなそう思っているものさ」

「わたしには手術の痕《あと》なんかない！」

「本当かね」

鍛冶が目配せすると、白衣の男がひとり、美由紀に近づいてきた。

男は手鏡を取りだし、美由紀のこめかみに近づけた。

いままで気づかなかった小さな傷。縫合のあと。たしかにそこにあった。

「な……」美由紀は驚きに目を見張った。「なによこれ」

「手術痕《こん》だ」と鍛冶が告げた。「きみは友里佐知子の操り人形だ」

「違う！　絶対に違う。手術なんか受けてない！」

芦屋がじれったそうにいった。「薄々気づいていたはずだろう。自分が母親に、友里佐知子にそっくりだと」

「似てないわ。どこにも共通点なんかない」

「そうかな」鍛冶が歩み寄ってきた。「我々の判断では、きみは母親にうりふたつの危険分子だ。考えてもみろ。友里はきみを恒星天球教の幹部にするために迎えた。手術によって記憶を消し、新しい人生を植えつけた。ところがきみは、母親同様にその力を駆使して大勢の人を救済したいという願望を抱くようになった。だからきみは母親と対立することになった。結局、自分がその地位になりかわった。いまではきみが千里眼と呼ばれてる。元幹部自衛官として知識と行動力を持ち合わせ、国家公務員としての地位もある。しょせんは母親に似て、権力的欲求が強いだけの女だ。救済という名目は、しょせん偽善だ」

美由紀は激しく首を振った。

もう声がでなかった。それでも、心のなかで叫んでいた。

そんなことは断じてない。わたしは本当に苦しんでいる人を、困っている人を、悩んでいる人を助けてあげたい。たとえ自分が犠牲になっても。

鍛冶は静かに告げた。「まあ、きみの了解を得る必要はない。脳手術を受けているきみの記憶は、この電気刺激で入れ替えられる」

芦屋が笑った。「また新しい人生がはじまるわけだ。今度は短い人生だがな」

絶対にない。絶対にない。絶対にない。わたしは手術なんか受けていない。

鍛冶はしばらくじらすように指先をパネルに這《は》わせたあと、スイッチをはじいた。

こめかみにちくりとくる痛みを感じた。

洗脳なんかされない。手術なんか受けていない。人生が幻影だったはずがない。だまされない。わたしは現実を生きる。真実を直視する。真実。

いまの自分にとって、真実とはなんだろう。現実とは。彼らの玩具《がんぐ》。それが現実なのか。時間の感覚がない。身体の感覚がない。鉄枷《かせ》で吊《つ》るされているのはわかっている。それがなにを意味するのかが、わからなくなる。

意識が遠のいた。真っ暗な空間を漂っている、そんな時間が、どれくらいつづいただろうか。

ふと気づくと、目の前にだれか人の気配がする。

懐かしい感じがする部屋だった。

古風な装飾のデスクがひとつ、部屋の中央に置いてある。

執務室のようだった。

そこにひとりの女性が座っている。

左手で頬づえをつき、右手はペンを走らせている。

見覚えがある、スーツ姿の女性だ。

ウェーブのかかった褐色の髪にふちどられた、目鼻だちのすっきりとした顔。

友里佐知子だった。

なぜか悲しみがこみあげてきた。

これは過去だ。過去の記憶の断片にすぎない。浅い眠りのなかで夢を見ているときのように、半分は夢のなか、半分は現実を認識していた。

側頭葉の電気刺激による幻覚だ。美由紀はその認識を頭にきざみこもうとした。

心配するな、この方法ではぜったいに洗脳なんかできない。幻覚は永続的なものではない。電気刺激が切れればすべて元に戻る。

晴海医科大付属病院……。

院長の執務室だった。

友里がこちらをみた。

やさしいまなざし。

母親のような笑みをうかべていた。

友里はたずねてきた。

どうしたの、美由紀。

きこえた。はっきりと友里の声がきこえた。

幻聴だ。睡眠中にみる夢だって物音や声が聞こえたように感じるはずだ。

「なにをいってるの？」友里は問いかけてきた。「なにか困ったことがあった？」

過去の記憶だろうか。そう、たしかにこんなことがあったような気がする。

いや、そんなはずはない。わたしは鉄枷をはめられている。これが過去の記憶のはずがない。しっかりしろ。

美由紀は意地になって知識を呼び覚まそうとした。側頭葉への電気刺激は、デジャ・ヴをもたらす。たしかそうだったはずだ。既視感はあっても、これは現実の記憶ではない。

友里はペンを置き、立ちあがった。

ゆっくりとこちらに歩いてきた。

笑みをたやさない。

だまされるな。わたしは彼女の正体を知っている。彼女は……。

「寒いの？」友里は手をさしのべてきた。「こんなに震えて。かわいそう」

友里の手が美由紀の肩に触れた。

温かかった。

だが、幻覚は触覚にも生じる。認識にも、感情にも、観念にも。

なにも信じなくていい。なにも意識しなくていい。

「かわいそう。こんなひどい目にあって」

友里の手が頰をやさしくさすった。

これは、本当にあったような気がする。体験した気がする。いつだったか、思いだせない。

美由紀は頰をなでてくれる相手の顔を見た。

母親だった。

「美由紀」母はおだやかに笑った。「おかえり、美由紀」

懐かしい感じのする部屋。

ここは実家だった。

玄関を入ってすぐ、畳の間がある。
小学校から帰ると、母はいつもこの部屋のこたつで待っていた。
母の隣りにもぐりこんで、一緒にテレビを見て……。
「きょう、どうだった」母がきいた。
近所の美容院で巻いたパーマ。
目尻《めじり》にしわが寄って、いつも微笑してくれる母の顔。
学校から帰ると、母の膝《ひざ》にうずくまって、いつも泣いた。
なにがあったの。寒いの。こんなに震えて。かわいそう。
お母さん。美由紀は呼びかけた。
こたつに入りこんで、母に身体を寄せた。
温かかった。自然に涙がでた。
ストーブの上では、やかんが微妙に振動しながら蒸気を吐きつづけている。
母が実家から持ってきた柱時計が、厳かな鐘の音を奏でる。
台所からは、夕食のシチューの香りがただよってくる。
窓の外を見た。
オレンジがかった空の下、白亜の観音様がそびえ立っていた。

相模原《さがみはら》団地よりずっと高い。

子供たちの歌声が聞こえてくる……。

勝って嬉《うれ》しい花いちもんめ、負けてくやしい花いちもんめ……。

味気のないコンクリートの五階建て、それが相模原団地だった。

わたしは、大人に手をひかれ、その団地をあとにした。

振りかえると、バルコニーに鈴なりになった友達が、手を振っている。

そして、その団地の向こうに、観音像がある。

いつ見ても、東京湾観音はきれいだった。

観音の頰を、涙がつたった。

美由紀もいつしか泣いていた。

ただひたすら甘えられる、自分の家。

母のもとで、安堵《あんど》とともに泣いていた。

「さあ、もう泣かないで」友里佐知子はそういって、美由紀の髪をなでた。「お母さんが一緒にいてあげるから、安心して、ね。美由紀」

美由紀は友里の顔をみた。

友里が微笑すると、美由紀は笑いをかえした。

小さくうなずいて、つぶやいた。
うん、お母さん。

看破

深夜零時すぎ。

渋谷赤十字医療センター、脳外科病棟の一室に、須田知美は収容されていた。

心電図の電子音だけが響いている。人工呼吸器を口にあてがわれ、頭部を包帯とギプスで固められた知美は、ぴくりとも動かず、眠りつづけている。

ゆっくりと扉が開き、暗い部屋に、通路の明かりが差しこんできた。

白衣を着た男だった。看護師は定期的に知美のようすを見にきている。人工呼吸器の酸素を交換したり、心電図をチェックしたり、生命維持のための作業は夜を徹しておこなわれる。

男はゆっくりと知美のベッドに近づいた。

暗闇のなかで、しばし知美の顔を見おろす。

その手が人工呼吸器のバルブに伸びた。

まだ交換の時間には早いというのに、バルブを閉めにかかっている。それも、手順をまったく無視したやり方だ。

誰にも見られていないと確信しているせいだろう、男の動作に迷いはなかった。

だが、一部始終を見ていた嵯峨は、男のそれ以上の暴挙を許せなかった。

すかさず嵯峨は、電気スタンドのスイッチをいれた。

明るくなった室内で、男がびくっとして凍りつく。

看護師のくせに、手術用のマスクで顔を覆っている。滑稽《こっけい》だった。万が一の場合に備え、非常識な外見であっても正体を隠すほうが優先、そう思っていたのだろう。

だが、嵯峨にはもうわかっていた。この男の正体は看護師でもなければ、脳外科医でもない。

「赤羽先生」嵯峨は静かにいった。「こんな夜中に何の用です?」

しばらくのあいだ、精神科医の赤羽喜一郎は、全身を硬直させたままこちらを見ていた。

嵯峨も壁ぎわの椅子に座ったまま、赤羽を見返していた。

やがて、赤羽はゆっくりとマスクを外した。

その表情はかつての温厚で尊大な医師とは違い、敵愾《てきがい》心に満ちていた。

「嵯峨……」赤羽は呆然《ぼうぜん》とつぶやいた。

「ここの医師と話をしてくださるんじゃなかったんですか。てっきり知美さんの治療法を話し合うのかと思ってました」

「ああ……いや。そのつもりだよ。まずは、知美さんの容態をたしかめようと思ってね」

「その恰好《かっこう》は？」

「これは……細菌がつくとまずいと思ってね」

「無菌室にいるわけじゃないんだから、マスクは必要ないでしょう」

「そうだな。精神科ひとすじだったんでね。忘れてたよ。なにしろ、知美さんが重体だと聞いて、動揺してしまって」

「いけませんね、それは。なんでしたら、カウンセリングして差しあげましょうか」

赤羽はむっとした。

「嵯峨君。きみのほうこそ、何のためにここにいるんだね」

「先生を待ってたんですよ。いつ現れるのかと思ってました」

「……どういうことかな」

「知美さんが即死してくれれば先生の出番もなかったんでしょうが、意識不明とはいえ、頭蓋骨《ずがい》の陥没もなく出血だけではね。重体とされているうちに容態を悪化させ、死に至らしめるのが最も適切でしょうね」

「なにをいってる？　正気か？」

「おや。精神科医の先生が、そんな言い方をするんですか」

「私は知美さんが心配になって、来てみただけだ」

「違います。あなたがここに来たのは、知美さんを殺すためです」

「嵯峨！」赤羽は怒りのいろをあらわにした。「当初のきみの礼を失した態度については、大目に見ようと思った。だが、またそれを蒸し返して、今度は私を殺人者呼ばわりか。きみこそ治療でも受けたまえ。なんなら、私が見てやろうか」

「結構です。やぶ医者の世話になんかなりたくありません」

「……なんだと？」

「ねえ先生。美由紀さんがいってた、黛という公安調査庁の男が、大勢の人々を精神障害に仕立てあげた。でも先生は優秀だったから、患者たちを回復に導いて、黛の抱いていた緑色の猿が想起できるほど記憶を取り戻させた。美由紀さんはずいぶん感動してましたね。でも僕は、やっぱりどうも胡散《うさん》臭いなと思った。先生こそ、黛の協力者なんじゃないかって、そんな気がしたんです」

「なにを馬鹿な。私は、芦屋とかいう男とは違うぞ」

「いえ。同じ穴の狢《むじな》でしょう。あなたは芦屋と同等の立場にあったんでしょう？　ひらたくいえば、黛の言いなりってわけだ」

赤羽は憤りのいろを浮かべ、戸口に歩を進めた。「つきあいきれん。帰らせてもらう」

「お待ちを」と嵯峨は赤羽を呼びとめた。「先生はどうして、ビルの管理人さんに会おうとしないんですか？」

ぎくりとしたようすで立ちどまった赤羽が、ゆっくりとこちらを見た。

「管理人？」と赤羽はきいた。

「そうです。僕や美由紀さんと会ったとき、知美さんの身に起きたことを洗いざらい聞いたはずなのに、あなたはビルの管理人に会おうとさえしなかった。なぜですか」

「……必要ないからだ」

「必要ないって？　あなたは知美さんの主治医でしょ？　知美さんはついさっき会ったばかりの老人に、あんたなんか知らんよと言われ、ショックを受けた。つづいて母親に電話して、同じように言われ、いっそう精神的に不安定になった。知美さんの母親とは連絡がつかなかったという言い訳も成り立つでしょうが、老人はあなたの勤めているビルの一階にいる管理人ですよ。すぐに事情を聞くべきでしょう」

「あ……ああ。そのことか。それなら確認をとったとも。芦屋という男が、私になりすまして管理人をだましたんだ。その事実なら聞いた」

「いつ管理人と話したんです？」

「きみらと会った直後だ」

「嘘です。その翌朝、僕らは管理人と会いました。管理人は、あんな治療法は可愛そうだなんて言ってた。あなたから釈明を受けたようすは、微塵《みじん》もなかった」

「直後といっても、夜のうちではないよ。翌日、昼近くに……」

「至れり尽くせりの治療をおこなう赤羽精神科の院長先生が、おかしくないですか。知美さんの精神疾患を悪化させた張本人が、階下にいるんですよ。どうしてすぐに問い合わせないんですか。それとも、迅速丁寧な治療を心がけているというお話自体が捏造《ねつぞう》ですか」

「なにをいいだすんだ！　私は治療困難とされていた多くの患者を治してきた。感謝の声もたくさん寄せられている」

「感謝の声ね」嵯峨は懐から、数枚のハガキをだした。「これのことですよね」

「あ」赤羽は目を見張った。「そ、それは……」

「どうも気になったんですよね。先生は、緑色の猿を見たという患者たちのカルテを山ほど見せてくれた。僕としては、その人たちに会って話を聞きたいといったら、みんなこ一か月ほどのあいだに完治して退院したっていうじゃないですか。その証拠になるのがこれらのハガキでしょう？　だからこっそり数枚ほど、ポケットにしのばせて持ち帰ったんです」

「それらの手紙は……本物だ」

「ええ。そうでしょうね。これらのお礼の手紙は本物。文面もたしかに患者さんが書いたものです。住所に連絡してみたら、ご家族が応対に出られて、確認してくれました。ただし……患者さんはまだ退院していないというじゃないですか。そこで気づいたんですけどね。患者さんたちは何年も前に、別の症状で入院し、退院後、これらのお礼の手紙を書いた。ところが最近になって、また症状が悪化して病院に逆戻りした」

「消印の日付をよく見ろ。どれもこのひと月ほどのあいだに……」

「だから、剝《は》がしてみたんですよ。切手をね。そしたら、何がでてきたと思います？」

「は……剝がした？」

「ええ」嵯峨はハガキをしめした。「蒸気をあてて、ていねいにね。すると、下からもうひとつの消印がでてきた。つまりあなたは、いちど受け取った患者からのお礼の手紙の切手を剝がして、消印が隠れるように新しい切手を貼り、もういちど投函《とうかん》したんです。違いますか？」

赤羽は顔面を紅潮させたまま、押し黙っていた。

「先生」と嵯峨はいった。「ＰＴＳＤを発症した人たちが監禁場所から解放されて、しばらく安心できる環境にいれば自然に治癒していく。お礼の手紙はそのころ書かれたんでしょう。でもそれなら、患者たちはあなたの病院に戻ってから、また症状を悪化させたことになる。つまりあなたは、症状が回復して緑色の猿のことを思いだした人たちをふたたび捕らえ、精神疾患を再発させていた。僕らに見せたカルテは内部文書にすぎず、公にするつもりなどなかった。あなたは黛の片腕だったんです」

「いい加減にしろ！　なんのために私がそんなことを……」

「東京カウンセリングセンターにいた僕が、緑色の猿の症例についての公表を断った直後に、あなたが緑色の猿の幻視についてマスコミで発表した。その症例の研究をつづけていくといった。黛にとって都合のいい情報を世間に流布したわけです。これで世間は、緑色の猿を見たと騒ぐ人を即、精神疾患だと信じてくれる。世を欺くことにひと役買ったわけです」

赤羽は立ち尽くしていた。すべてを看破された衝撃からか、言葉すらでないらしい。

「ねえ、赤羽先生。岬美由紀さんにさえ嘘が見抜けなかったなんて、不思議ですよね。なにか対策でも講じているんですか？　表情筋を読まれないような技法を身につけているとか。そういえば、とても表情が曖昧《あいまい》ですよね。顔面の不随意筋が麻痺《まひ》しているとか？」

「なにを……馬鹿な……」

「それにしても」嵯峨はハガキを投げだした。「黛という男のしたたかさと、鋭い先読みには感服しますね。僕と美由紀さんがあなたのもとを訪ねることまで予測していたとはね。けれども黛はどうやら、あなたたち部外者には、対処法を考えておくよう指示するだけで、具体的な方策をしめすわけではないようですね。あなたといい芦屋といい、肝心なところでペテンが露見する。黛は物証を何も残さないが、あなたは違う。このハガキみたいに、物理的な小細工に頼るせいで、証拠が残ってしまう。こういうところが、家元と外注の違いなんでしょうね。黛もあなたも芦屋も、人を騙《だま》していることに変わりはないが、黛が天才的才能に恵まれているのに対し、あなたや芦屋は多少なりともセンスが欠けていて……」

みるみるうちに怒りのいろを漂わせた赤羽が、たまりかねたように怒鳴りつけてきた。「芦屋なんかと一緒にするな！　ペンデュラムにしたってそんなに優れてるわけじゃない！」

「……ペンデュラム？」

赤羽はしまったというように、愕然《がくぜん》とした面持ちになった。

嵯峨の挑発に気づかず、まんまと乗せられて口をすべらせてしまった赤羽は、足をふらつかせて転倒しかけた。

だが、かろうじてベッドのわきの手すりにつかまり、体勢を立て直した。

怒りに燃える目で、赤羽は嵯峨をにらみつけてきた。「おまえは公安調査庁に追われてる身だ。誰にも口外などできるものか」

「そうかな。警察すべてが敵というわけじゃないと思うけど」

「……嵯峨。私は物証を残しがちだといったな。いい助言だ。従わせてもらおう」

赤羽はベッドに飛びかかるようにして、両手を知美の首すじに伸ばした。

嵯峨はあわてて椅子から立ちあがった。

だが、赤羽の手は、知美に届くことはなかった。

カーテンを割って現れた男の拳銃《けんじゅう》が、赤羽の眉間《みけん》に突きつけられたからだった。

男の年齢は四十代半ば、背はそれほど高くない。皺《しわ》だらけになったグレーのスーツに羽織ったベージュのコートも、胸もとの緩めたネクタイも高価なものではなさそうだった。

しかし、その痩《や》せてひきしまった身体はかなり鍛えあげられているらしい。雀の巣のような天然パーマの頭髪、頬がこけた浅黒い顔つきは野性味に満ちていた。

警視庁捜査一課、蒲生誠が赤羽にいった。「医者のくせに人殺しか？　ぶっ殺しても俺が地獄に落ちることはなさそうだ」

「な……」赤羽は静止したまま、震える声できいた。「いつからそこに……」

「最初からずっとだよ。警視庁にいれば、公安調査庁の情報を掠《かす》め取るぐらいわけない。嵯峨の居場所を探し当てて来てみたら、これから面白いことがあるっていうんでな。見物させてもらった」

「け……警察の人間なのか？　なぜこんな勝手な真似を……」

「上に従わねえのはいつものことだ。さあ、ひざまずけ。両手を後ろにまわせ」

赤羽はふらふらとベッドから離れると、両膝《ひざ》を床についた。

蒲生は拳銃で赤羽の後頭部を狙い澄ましたまま、もう一方の手で手錠を取りだすと、床に放りだした。「自分ではめろ。後ろ手にな」

怯《おび》えきった顔の赤羽は、あわてたように手錠を取りあげ、指示に従いだした。

「どこの刑事だ」赤羽は手錠をはめながら、震える声でいった。「いまのうちに私を解放しろ。後悔することになるぞ」

「威勢がいいな。どうしてそう思うんだ？　公安調査庁の妙な輩《やから》が力を貸してくれるからか？」

「おまえたちは判っていない。一介の刑事の手に負える状況じゃないんだ。間もなく警察権力など意味をなさなくなる。司法など、国が存続していて初めて成立するのだからな」

「御託は後でたっぷり聞かせろ。だがいまは黙ってな。耳障りだ」そういって、蒲生は赤羽の背を蹴《け》った。

赤羽は前のめりにつんのめった。

嵯峨は蒲生に歩み寄った。「助かったよ、ありがとう」

「きみの勘が正しかっただけさ。美由紀に限らず、臨床心理士ってのはみんな切れ者なのか？　ひょろっとして頼りにならねえかと思ったが、やるじゃねえか」

少しばかり困惑を覚えて、嵯峨は黙りこくった。この刑事の乱暴な物言いには、まだ慣れていない。こちらにいわせれば、粗野そのものに見えた蒲生のほうにこそ、とても不安を覚えたものだったが。

とはいえ、蒲生は岬美由紀が信頼を寄せる刑事だ。悪い人であるはずがない。

蒲生は、拳銃をスーツの下のホルスターにおさめながらいった。「こいつ、いま妙なこと口走ってたな。ペンデュラムとか」

嵯峨はうなずいた。「ひょっとして、ペンデュラム日本支社？」

「メフィスト・コンサルティング・グループのか？　とてつもねえ大企業だぜ。外資系のな」

「でも国の存続がかかった危機って……」

「いま中国で起きてることと、なにか関係あるのかもしれねえな」蒲生は赤羽の襟首をつかんだ。「さあ立て。ドライブにでかけようぜ」

嵯峨はきいた。「どこへ行くの？　警視庁？」

「いや。公安調査庁の息がかかってて、上層部からして腑抜《ふぬ》けだ。たしかにどうにかなっちまってるよ、この国は。独自に調べるしかねえな」

「僕も協力するよ」

蒲生は赤羽を引き立ててから、嵯峨をじろりと見た。「きみ、奥さんは？」

「いないよ」

「恋人は？」

「いない」

「そりゃ結構。じゃ行くぜ」蒲生は赤羽をぽんと叩《たた》いてうながした。

ふてくされた赤羽が歩きだすと、蒲生はそれにつづいて戸口に向かっていった。

嵯峨は、ベッドを振りかえった。

知美は静かに眠っている。心電図だけが、その鼓動を伝える。ひとりの少女に宿る、生命の存在を知らしめる。

その顔を覗《のぞ》きこみながら、嵯峨は思った。

恋人、か……。

「嵯峨」と蒲生がじれったそうに呼んだ。

「いま行くよ」嵯峨は知美に告げた。「きっとよくなるからね。心配しないで。安心してお母さんと暮らせる日々は、すぐそこまで来てる。じゃ、またね」

それだけいうと、嵯峨は身を翻して、戸口に駆けていった。

どんな困難が待っていようと、躊躇《ちゅうちょ》してなどいられない。これ以上、精神疾患を弄《もてあそ》ぶ勢力を野放しにはできない。

ふたつにひとつ

嵯峨はコートのポケットに手をいれ、空を見あげた。太陽は、もうかなり高い位置にあった。

駅前もにぎわっている。通勤ラッシュ。渋滞。青になるタイミングを身体で覚え、信号が切り替わる寸前にいっせいに歩きだす人々。東京。そのどこにでもみられる風景。毎日のように繰り返される光景。

だがそのすべては、仕向けられたものかもしれない。人生というものが常に見張られ、操作されているものだったとしたら……。

「乗んな」と蒲生が、赤羽を強引にセダンの後部座席に押しこんだ。

蒲生は、そのセダンの運転席に乗りこみ、窓から顔をのぞかせた。「嵯峨。一緒に行かないか?」

嵯峨は首を横に振った。「美由紀さんと連絡がつかない。もうちょっと自分で調べてみるよ。別々に行動したほうが、監視の目も逃れやすいだろうし」

「そうだな。気をつけろよ、エリート青年。無事だったらまた会おうぜ」

「ええ。蒲生さんもお元気で」

セダンは発進し、環状線の流れに加わって、彼方へと消えていった。

ため息をつき、嵯峨は歩道を進みだした。

頼れる場所はどこにもない。あらゆるところに罠《わな》が待ち構えている。いま、自分が下した判断が、本当の意味でみずからの意志によるものなのか、それすらも判然としない。

ペンデュラム日本支社、と赤羽がいった。すべてを操作している黒幕は、国際的なコンサルティング企業なのだろうか。

「たしかめてみますか」と、しわがれた男の声がした。

嵯峨は足をとめた。

歩道にたたずむひとりの老紳士。タータンチェックのコートを着て、手には派手な装飾の宝石箱を保持している。

箱の蓋が開けられた。中には、ふたつの小さなチョコレートがおさまっていた。

老紳士は、皺《しわ》だらけの顔にかすかな笑いを浮かべた。「このふたつのチョコのうち、あなたがどちらを食べるのか、われわれには判っているといったら?」

「……どちらも食べないかも」

「そういう選択肢もありえますね。それすらもわれわれは予測しているかもしれない」

「あなたはペンデュラムの人？」

「いえ。ですが、メフィスト・コンサルティング・グループに属する者であるとはいえますね」

「本社から支社の査察に来たの？」

「面白いことをおっしゃる、嵯峨先生。けれども、やや的外れです。わがグループの特殊事業は、普通の企業体系とは趣を異にします。常識的に理解するのはなかなか難しいでしょう」

「でも、力の及ぶ範囲は限られている。そうでしょう？」

「われわれの活動の地域的限界ですか？　それはどれくらいだとお考えですか？」

「地球上だよ。まさか火星や水星にまで往来しているわけじゃないだろう？　あなたたちは天界の人じゃないってことだ。同じ地面に足をつけている人間同士。だから僕らにも、きっと手が届く」

「ほう」老紳士はにんまりと笑った。「さすがに楽しませてくれますね、嵯峨先生」

「なぜ僕に接触を？　岬美由紀さんがどこにいるか教えてくれるのかな。もしくは、中国での出来事について説明してくれるとか」

「いいえ。質問を受け付ける気はいっさいありません」

「じゃあ何のために？」

「あなたが運命というものをどのように考えているのか知りたくてね。あなた自身も理解しておいたほうがいいでしょう。だから実験しにきたわけです」

嵯峨は箱の中を見やった。「ふたつのチョコの違いは？」

「ひとつはとても美味。もうひとつは、致死量の二倍の砒素《ひそ》が混入している」

「……食べたら死ぬね」

「そうですね」

「ゲームを拒否したら？」

「あなたはそのていどの人間だということです。ペンデュラムが警戒する対象ではない」

「なるほどね。勇気をしめして、命を落とすようならただの愚か者。生き残るためには、あなたたちの意図を見破るか、もしくはドロップアウトするか。ふたつにひとつってわけだ」

「そういうことです。このゲームはいまのあなたたちが置かれている状況の縮図です」

嵯峨は無言で、ふたつのチョコレートを見つめた。

心理学的には、向かって右を選ぶ確率が高い。ただし、この老紳士がどちらを僕に選ばせたがっているかはわからない。殺したがっているのか、それとも生かしたがっているのか。それによってどちらを右に配置するかも変わる。

あるいは、こちらに知識があることを承知のうえで、裏をかいて左を選びやすいと考えているかもしれない。または、さらにその逆かも……。

「如何ですか?」老紳士がうながした。

「僕なら」嵯峨は左を指差した。「こっちを選ぶね」

「なぜですか?」

「可能性の裏返しを果てしなく検証しても数学的確率は五分と五分、心理学的には右。いずれにも当てはまらないのは左。考えうる可能性としては、そんなとこかな」

老紳士はしばし嵯峨を見つめていたが、やがて、嵯峨が選ばなかった右のチョコをつまみとると、みずからの口に放りこんだ。

嵯峨はかすかに驚いたが、老紳士はチョコを頰張り、完全に飲みくだした。

「外れです」老紳士はいった。「あなたが選択だけをして、実際に食べる勇気をしめさなかったのは、がっかりです。予測ではその可能性こそ最も高かったが、現実にそうなるとは」

「僕に勇気がないと？」

「そうですとも。結果がしめしている」

「……それは違うね」嵯峨は、残ったチョコを手にとると、口にいれた。

老紳士が目を大きく見開いた。

噛《か》むうちに甘い味わいがひろがる。食べ終えてからしばらく待ったが、身体に異変は生じなかった。

やはりね。

思わずふっと笑って、嵯峨は老紳士を見た。「僕の答えで正解だったわけだろ？　間違ってたと思わせて、挫折感を与えたかったのかい？　残念だったね」

まだ驚きのいろを漂わせた老紳士がたずねた。「なぜそのチョコが安全だと？」

「あなたが食べたほうには砒素が入ってた。生き永らえているのは、あなたの身体には砒素に対する耐性があるからだろう？　習慣性のある砒素を少量ずつ摂取すれば、慢性中毒に陥らないぎりぎりのラインで耐性を育てることができる。常人の致死量の数倍まではだいじょうぶになるんだってね。わざわざ外部から派遣されたのは、あなたがそういう特殊な人材だったからだね」

「ほう……。もし違うといったら？　チョコはふたつとも安全だったのかもしれませんよ」

「勝手にそう主張すればいいよ。証拠はあなたの腹のなかなんだし。なにが正しいか判らない世界なんだから、確かめようがないしね。僕はそう思った、ただそれだけだよ。じゃあ、これで失礼」

ぶらりとその場を離れる。老紳士とこれ以上の会話は必要ない。彼は自分の役割を果たしているだけだ。なんの情報も持っていないだろう。

「嵯峨先生」と老紳士が呼びとめた。

立ちどまり、嵯峨は振りかえった。

老紳士は控えめな口調でいった。「あなたはなかなか驚異的なお人です。正解をしめさないのはフェアじゃありませんから、お教えしておきます。嵯峨先生の推測どおりですよ」

「……あなたたちがフェアかどうかを気にするとは思わなかった」

「そんなことはありません。われわれは優越の立場に甘んじているわけではない。心理戦で歴史を煽動《せんどう》していくには、人類のなかに知性の育った者がどれだけ存在するかを把握しておかねばなりませんから」

「歴史の煽動?」

「いずれ判ります。あなたなら、岬美由紀先生を助けだすことができるかもしれませんね。少しは楽しめそうです。では、これにて」

老紳士は宝石箱を脇に携え、踵《きびす》をかえして歩き去っていった。

追いかける気にはなれない。それで真相が明らかになる相手ではない。

向かい風だった。コートのポケットに両手をつっこみ、嵯峨は歩きだした。

これまで社会に生きながら、目に触れることのなかった世界。まったく気づくことのなかった真実。それが浮かびあがった。見えていなかった蜘蛛《くも》の糸に触れた。

もう後戻りはできない。

嵯峨は歩いた。光と影、明暗と寒暖の落差のなかを歩いた。風が強さを増していく。耳をかすめていく風のなかに、嵯峨は誰かの叫びをきいた気がした。だがそれは、すぐに遠くに運ばれ消えていった。

『千里眼　運命の暗示　完全版』につづく

著者あとがき

前作『千里眼　完全版』（角川文庫）は、リアリティを向上させ、読みやすくしたうえに、クライマックスを書き足すなど全面的に改稿しました。

しかし、本書はもう、改稿ではありません。その大部分を完全に新しいストーリーとして書き下ろしています。

いわば「ほとんど新作も同然」であり、登場人物の役割も、展開も、解明される真相も違います。

シリーズ第一作を、なるべく旧作のオリジナリティを損なわないようにバージョンアップしたのが『千里眼　完全版』だとしたら、第二作の『千里眼　ミドリの猿　完全版』は、その根本的な欠陥をプロット段階から見直し、再構築したものだといえるでしょう。

じつは二〇〇〇年三月にハードカバーがでた旧作『ミドリの猿』は、映画「催眠」の続編的ニュアンスを含んでいました。この映画版というのは、僕の書いた小説『催眠』とはまったく異なる超常現象ホラー物であり、『ミドリの猿』では、その主人公だった嵯峨敏也と入絵由香の設定を、千里眼シリーズに組みこもうとしていました。

なぜなら、本来『千里眼』は執筆段階から映画化を前提としていて、ホラー映画になってしまった「催眠」の観客に違和感がないような形をとりながら、娯楽活劇の「千里眼」につなげようとしていたからです。いわば「エイリアン」につづく「エイリアン2」の宣伝コピーにあった「今度は戦争だ！」というテーマだったからです。

よって『ミドリの猿』に登場する嵯峨敏也や入絵由香は、小説版『催眠』の嵯峨・入絵とは別世界の人たちであり、アナザーワールド物だったわけです。

結局、旧『ミドリの猿』出版の三ヵ月後に公開された映画「千里眼」は、予算不足からか、まったく企画意図とは異なるものとして作られ、脚本も僕が提出したものとは全然違っていました。映画公開も前年の「催眠」にあやかろうとしたのか、ホラーとして宣伝されたため（現在もレンタルDVDはホラーコーナーにおさまっています）、小説における工夫はなんの意味もなさなくなりました。

現在の読者にとっては、『ミドリの猿』は小説『催眠』の内容を否定する作品にも思えるため、混乱を引き起こす元になっています。

よって、この第二作『ミドリの猿　完全版』はシリーズ正史からその展開の大部分を破棄し、小説『催眠』の正統続編として新たに書き下ろすことにしました。

嵯峨の上司、倉石は登場せず、赤羽《あかばね》という人物が登場しています。東京カウンセリングセンターも解散せず、緑色の猿についても、小説『催眠』のテーマを崩すことなく継承しています。ここには新たな謎と真相があります。

岬美由紀も大人っぽいキャラに変わり、思考に一貫性があり、新シリーズ『美由紀の正体』までの全作品につながる伏線を盛り込んでいます。芦屋との心理戦も、本来の美由紀の持ち味を描けたことで、このシリーズ特有の面白さを感じていただけると思います。

最後までお読みいただければお解りのとおり、この作品はもう旧シリーズの第三作『運命の暗示』にはつながりません。

本作以降、角川「千里眼」クラシックシリーズは、旧・小学館版のシリーズとはまったく別の作品となります。

次の『運命の暗示　完全版』は、この『ミドリの猿　完全版』以上に新しい展開が追加され、中国における冒険もほぼすべて新作と化しています。

さらに、つづく第四作は、完全なる「新作」です。

旧シリーズの『洗脳試験』は破棄し、一ページたりとも使いません。タイトルも内容もまったく異なる、友里佐知子との決戦の物語を、現在の僕の持てる力のすべてを注ぎこんで描きたいと思っております。

本書で初めて『ミドリの猿』のストーリーに接した方は、岬美由紀の運命が気になって仕方ないかもしれません。

しかし、どうか旧作『運命の暗示』をお読みにならないでください！　本作ではすでに嵯峨と蒲生は出会っていますし、嵯峨のキャラもまるで別人と思えるほどかけ離れています。本作の伏線も、新作『運命の暗示』でこそ弾《はじ》けるものばかりです。

そういうわけで『クラシックシリーズ3　千里眼　運命の暗示　完全版』を是非ご期待ください！

著者

P.S.　八年前からこのシリーズを愛読されている皆様に、特別に感謝申し上げます。皆様あればこそ、幾多のトラブルを乗り越えて完成度の向上に努め、今日までシリーズを継続することができました。

当時の思い出は永遠のものと思っております。そしていま、リメイクされる「完全版」

の数々を、ぜひ当時を思い起こしながらお楽しみください。岬美由紀は、永遠に皆様とともにいます。

奇数月は千里眼の月！

『千里眼　The Start』（角川文庫・2007年１月）
『千里眼　ファントム・クォーター』（角川文庫・2007年１月）
『千里眼の水晶体』（角川文庫・2007年１月）
『千里眼　ミッドタウンタワーの迷宮』（角川文庫・2007年３月）
『千里眼の教室』（角川文庫・2007年５月）
『千里眼　堕天使のメモリー』（角川文庫・2007年７月）
『千里眼　美由紀の正体』上・下（角川文庫・2007年９月）

大幅改稿で生まれ変わった！

『クラシックシリーズ１　千里眼　完全版』
（角川文庫・2007年９月）
『クラシックシリーズ２　千里眼　ミドリの猿　完全版』
（角川文庫・2007年11月）
『クラシックシリーズ３　千里眼　運命の暗示　完全版』
（角川文庫・2008年１月）

岬美由紀と並ぶ人気ヒロインの活躍！

『蒼い瞳とニュアージュ　完全版』（角川文庫・2007年９月）
『蒼い瞳とニュアージュⅡ　千里眼の記憶』
（角川文庫・2007年11月）

次回作（2008年1月25日発売）

クラシックシリーズ3　千里眼　運命の暗示　完全版

催眠　完全版

マジシャン　完全版

PASSWORD：apx7

松岡圭祐　official site

千里眼ネット

http://www.senrigan.net/

千里眼は松岡圭祐事務所の登録商標です。

（登録第4840890号）

本は正規書店で買って読みましょう。

本書は二〇〇一年四月、小学館文庫より刊行された作品に大幅な修正を加えたものです。

この物語はフィクションです。登場する個人・団体等はフィクションであり、現実とは一切関係がありません。

クラシックシリーズ2

千《せん》里《り》眼《がん》 ミドリの猿《さる》 完《かん》全《ぜん》版《ばん》

松《まつ》岡《おか》圭《けい》祐《すけ》

角川文庫 14927

平成十九年十一月二十五日　初版発行

発行者—井上伸一郎
発行所—株式会社角川書店
東京都千代田区富士見二—十三—三
電話・編集（〇三）三二三八—八五五五
〒一〇二—八〇七八
発売元—株式会社角川グループパブリッシング
東京都千代田区富士見二—十三—三
電話・営業（〇三）三二三八—八五二一
〒一〇二—八一七七
http://www.kadokawa.co.jp
印刷所—暁印刷　製本所—BBC
装幀者—杉浦康平

定価はカバーに明記してあります。

ま 26-62　ISBN978-4-04-383609-3　C0193

角川文庫発刊に際して

角川源義

第二次世界大戦の敗北は、軍事力の敗北であった以上に、私たちの若い文化力の敗退であった。私たちの文化が戦争に対して如何に無力であり、単なるあだ花に過ぎなかったかを、私たちは身を以て体験し痛感した。西洋近代文化の摂取にとって、明治以後八十年の歳月は決して短かすぎたとは言えない。にもかかわらず、近代文化の伝統を確立し、自由な批判と柔軟な良識に富む文化層として自らを形成することに私たちは失敗して来た。そしてこれは、各層への文化の普及滲透を任務とする出版人の責任でもあった。

一九四五年以来、私たちは再び振出しに戻り、第一歩から踏み出すことを余儀なくされた。これは大きな不幸ではあるが、反面、これまでの混沌・未熟・歪曲の中にあった我が国の文化に秩序と確たる基礎を齎らすためには絶好の機会でもある。角川書店は、このような祖国の文化的危機にあたり、微力をも顧みず再建の礎石たるべき抱負と決意とをもって出発したが、ここに創立以来の念願を果すべく角川文庫を発刊する。これまで刊行されたあらゆる全集叢書文庫類の長所と短所とを検討し、古今東西の不朽の典籍を、良心的編集のもとに、廉価に、そして書架にふさわしい美本として、多くのひとびとに提供しようとする。しかし私たちは徒らに百科全書的な知識のジレッタントを作ることを目的とせず、あくまで祖国の文化に秩序と再建への道を示し、この文庫を角川書店の栄ある事業として、今後永久に継続発展せしめ、学芸と教養との殿堂として大成せんことを期したい。多くの読書子の愛情ある忠言と支持とによって、この希望と抱負とを完遂せしめられんことを願う。

一九四九年五月三日

角川文庫ベストセラー

角川文庫ベストセラー

木更津キャッツアイ
宮藤官九郎

余命半年を宣告されたぶっさんは、バンビ、マスター、アニ、うっちーと昼は野球とバンド、夜は怪盗団を結成。木更津を舞台にした伝説の連ドラ。

河原官九郎
宮藤官九郎
河原雅彦

河原雅彦と宮藤官九郎が「演劇ぶっく」誌上で「デート」「バイト」「トライ」した連載、年表、活動記録、対談等を収録した伝説の書の文庫化。

宮藤官九郎脚本 池袋ウエストゲートパーク
宮藤官九郎

池袋西口公園(I.W.G.P.)を舞台にした路上ドラマの傑作。石田衣良・原作、宮藤官九郎連ドラデビュー作。SP「スープの回」収録の完全版。

ロケット★ボーイ
宮藤官九郎

銀河ツーリスト勤務の小林、広告代理店勤務の田中、食品メーカー勤務の鈴木は、三十一歳にして、人生の軌道修正を考える。初の連ドラオリジナル。

木更津キャッツアイ 日本シリーズ
宮藤官九郎

宣告から半年がすぎても普通に生き延びるぶっさん。オジーが黄泉がえったり、ロックフェスが企画されたり、恋におちたり。奇跡の映画化脚本集。

六道ヶ辻 たまゆらの鏡 ～大正ヴァンパイア伝説～
栗本薫

大正時代。伊奈新山に斎門伯爵が現れた。その頃から血を抜き取られた奇妙な死体が発見されるようになり――。ゴシック・ロマン・ミステリ!

狂桜記―大正浪漫伝説
栗本薫

中学生の柏木幹彦は桜屋敷で暮らしていた。ある日いとこが庭にある中将桜で首を吊ってしまう。桜屋敷に秘められた謎が殺人事件を引き起こす。

角川文庫ベストセラー

ベルナのしっぽ　郡司ななえ

犬嫌いを克服してパートナーを組んだ著者と、深い絆で結ばれた盲導犬のベルナ。しかし、やがて別れの時が…。大きな感動を呼んだ愛の物語。

ガーランドのなみだ　郡司ななえ

盲導犬ベルナと最愛の夫を相次いでなくし失意の底にいた主人公のもとに二頭目の盲導犬ガーランドがやってきた…。感動の盲導犬物語第二弾。

見えなくても…私　盲導犬とともに歩んで　郡司ななえ

27歳で病により失明した著者が結婚し一児をもうけ、盲導犬とともに、困難に満ちた人生を力強く前向きに生きる日々をつづった感動のエッセイ。

薔薇いろのメランコリヤ　小池真理子

愛し合えば合うほど陥る孤独という人生の裂け目。誰も描き得なかった愛と哀しみに踏み込んだ恋愛文学の金字塔。小川洋子解説。

狂王の庭　小池真理子

広大な敷地に全財産を投じて西洋庭園を造る男。妹の婚約者である彼を愛する人妻。没落する華族社会を背景に描く、世紀の恋愛巨編。

一角獣　小池真理子

憎悪や怒りや嫉妬を超えた底なしの悲しみが連れてきたある至福の時間。八通りの人生の、美しい凄みを見事に描ききった小説集。

投資アドバイザー　有利子《ありこ》　幸田真音

証券会社勤務のヤリ手投資アドバイザー、有利子。「顧客に損はさせない」と、個人客の投資相談に取り組むが……。エンターテインメント経済小説。